天作之合

杭州亚运会（亚残运会）申办筹办工作纪实

Hangzhou Yayunhui (Yacanyunhui)
Shenban Chouban Gongzuo Jishi

杭州市政协文化文史和学习委员会 编

杭州出版社

《天作之合——杭州亚运会（亚残运会）申办筹办工作纪实》编辑委员会

主　任：马卫光

副主任：陈新华　王利民

委　员：（按姓氏笔画排序）

　　　　王宏伟　申屠家杰　朱荣兴　孙　侃　李　鹏

　　　　陈　波　卓　超　　赵　宇　赵弘中　夏　芬

　　　　高国舫　童伟中　　樊　琪

主　编：马卫光

副主编：陈新华　王利民

撰　稿：孙　侃

编　辑：樊　琪　张俊楠

资　料：翁　筱　水清浅

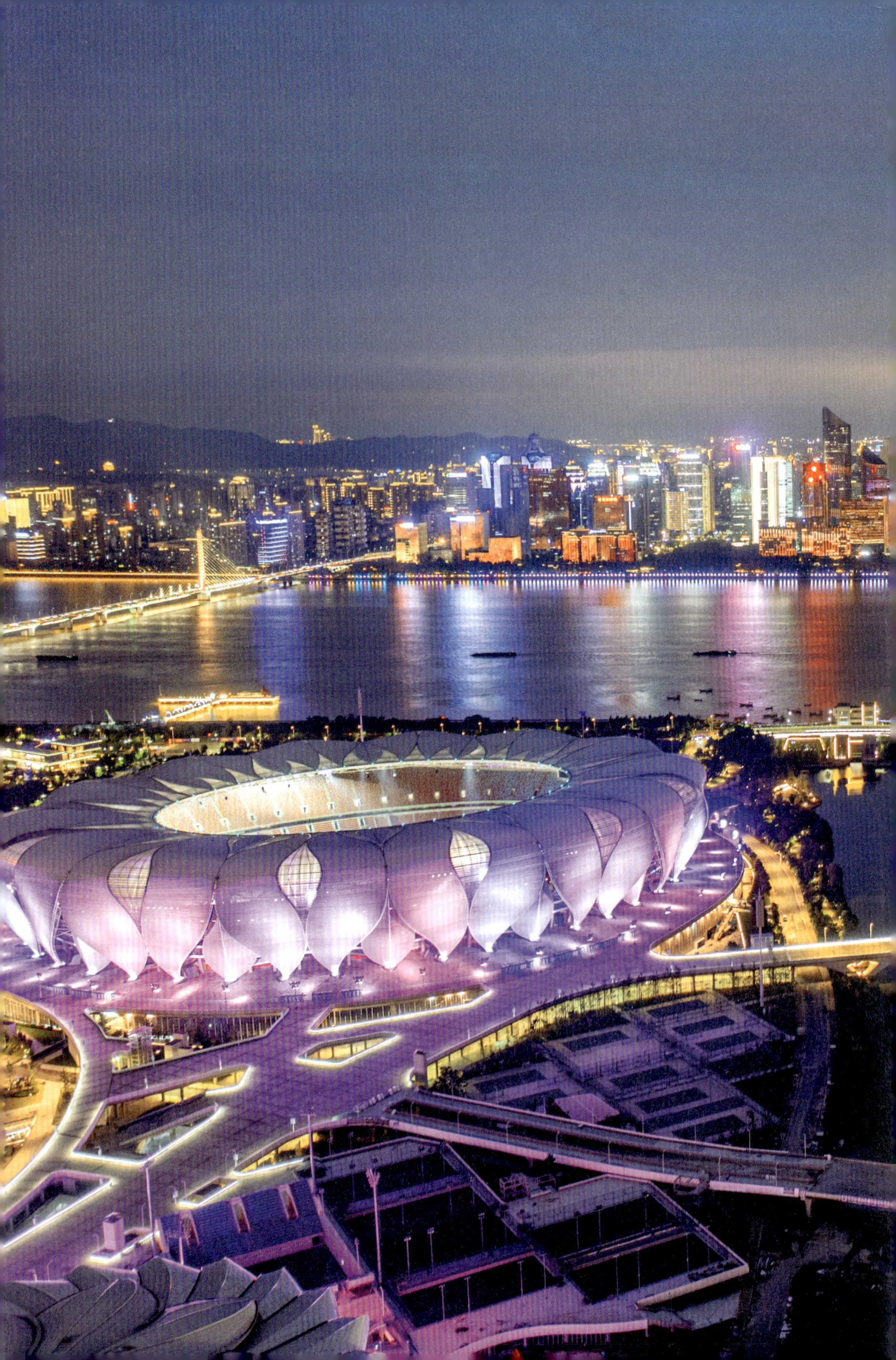

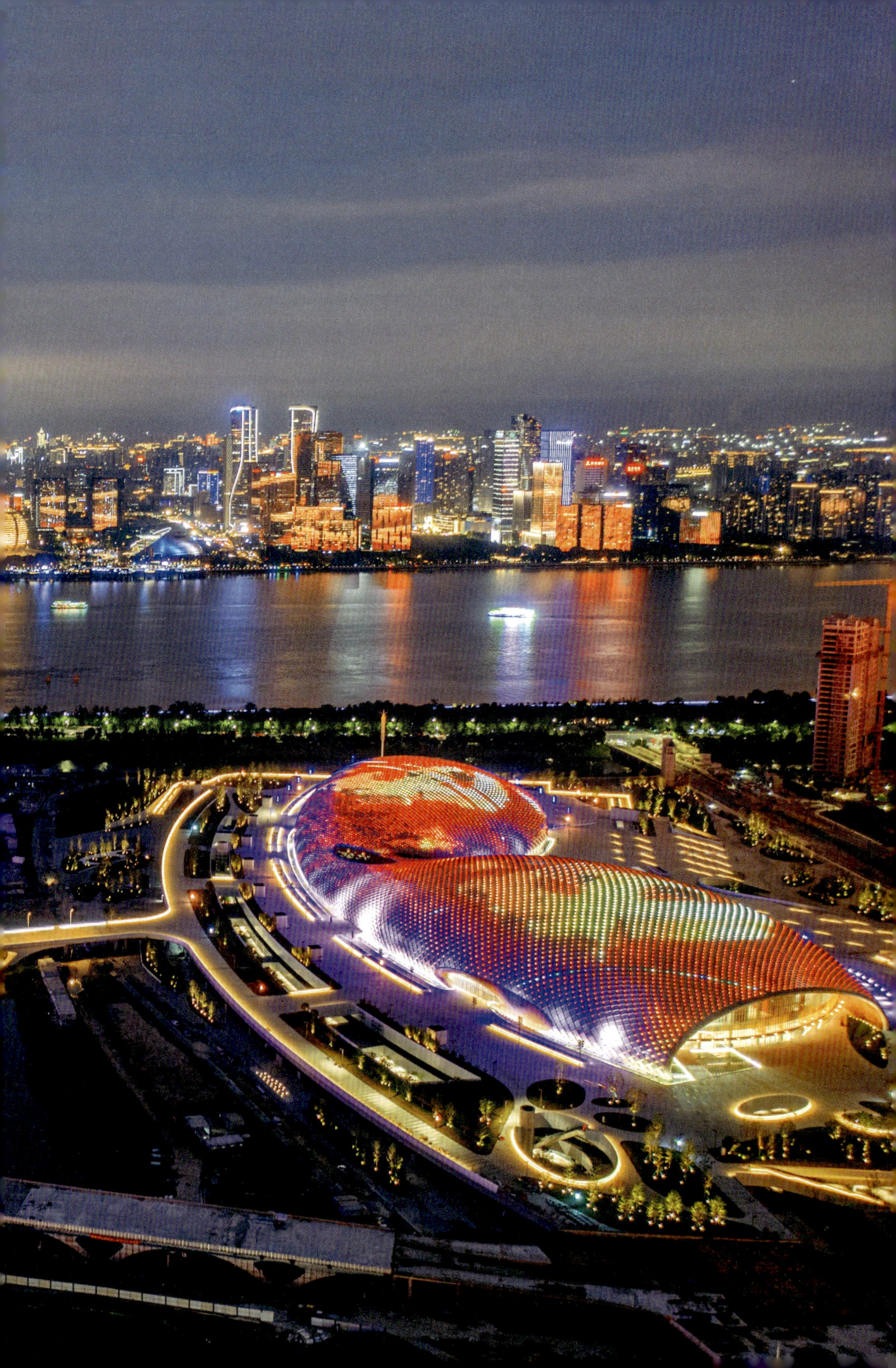

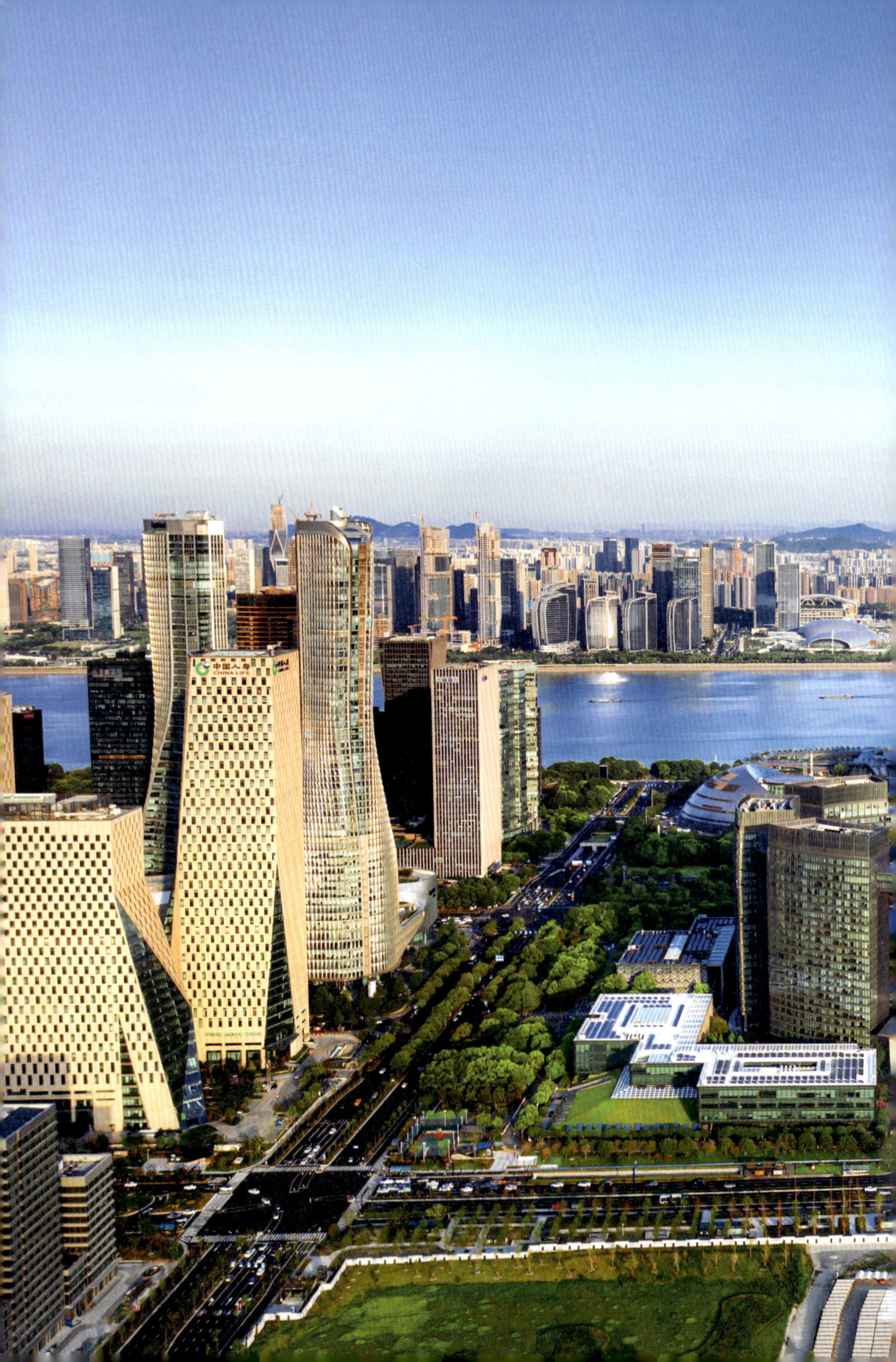

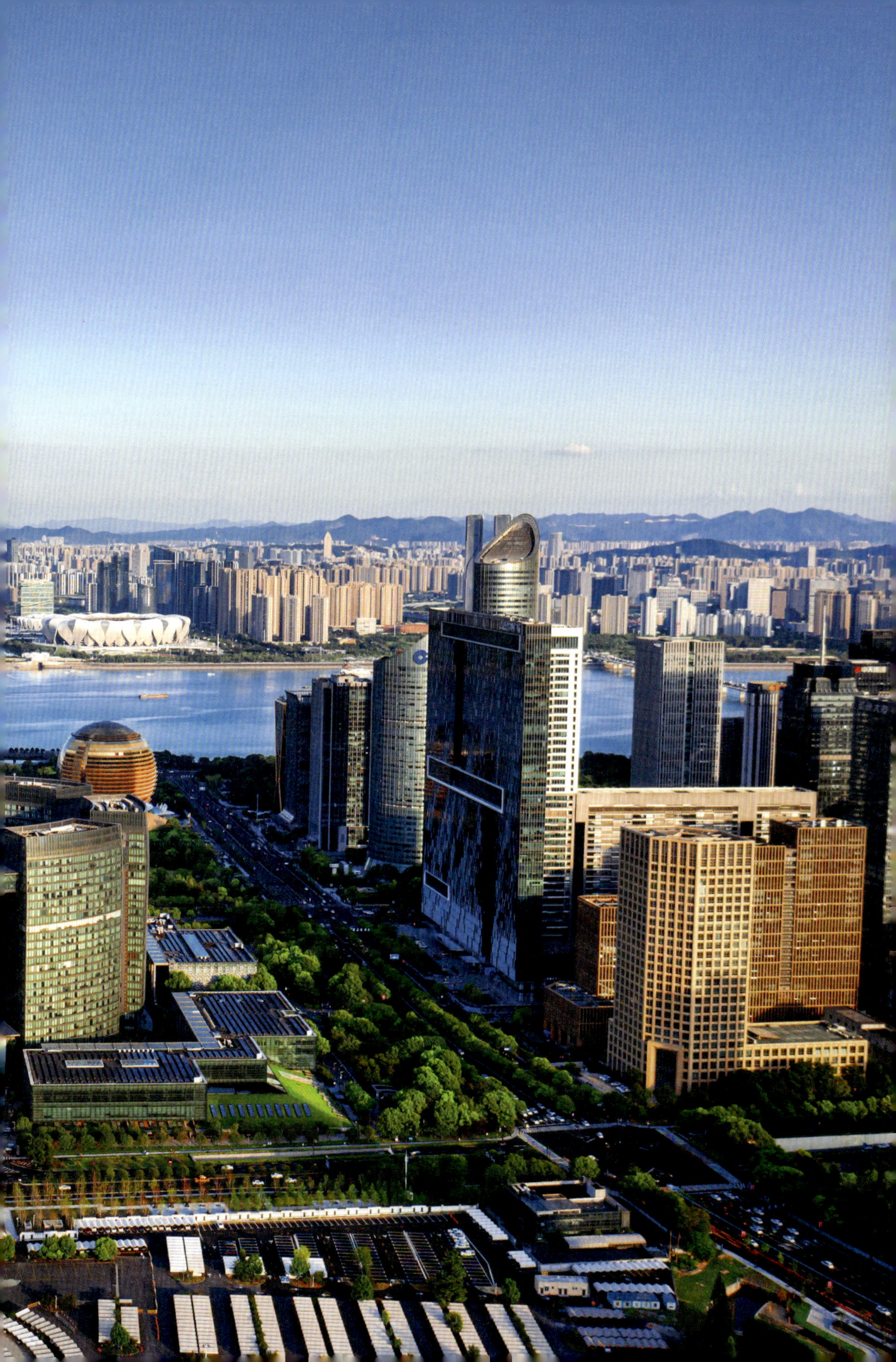

目 录

序　章　　相信杭州有能力举办一届成功的亚运会

第1章　远方传来激动人心的消息：亚运来了！

第一节　阿什哈巴德掌声响起，亚运会花落杭州　013
第二节　杭州举办一届亚运会的 N 个理由　025
第三节　举全省之力，共圆一个期待已久的梦　038

第2章　呈现力与美的盛会必然花团锦簇

第一节　"心心相融，@未来"：主题口号和会徽诞生记　051
第二节　灵动"江南忆"，昂扬向上"薪火"传　062
第三节　真想不到，会有这么多亚运文化产品　077

第3章　场馆建筑：每一个都会是最好的

第一节　"大小莲花"：在钱塘江畔璀璨盛开　091
第二节　让建筑彰显艺术、人文和运动精神　101
第三节　物尽其用，每个场馆背后的精打细算　121
第四节　宣传推广马不停蹄，尽展亚运形象　135

第 4 章　亚运赋能城市基础设施大提升

第一节　交通路网建设：提升城市能级的大手笔　155

第二节　地铁运营里程跃居全国第五是怎样实现的　170

第三节　杭州西站和机场三期，新的国际化城市门户　180

第 5 章　摩厉以须，任何一个节点都无懈可击

第一节　比赛项目和赛程，我们知道些什么　199

第二节　服务和保障：工作没有尽头　206

第三节　贯彻办会理念，从每一个细部抓起　218

第 6 章　与每个市民一起成为亚运人

第一节　精心装点城市，玉碗盛来琥珀光　237

第二节　城市观光"打卡地"，让你尽情体验"最杭州"　252

第三节　全民参与，也让群众提前享有亚运红利　262

第四节　志愿者：一道最美的风景　281

第 7 章　万事皆齐备，东风已不欠

第一节　决战决胜，全力冲刺亚运筹办　293

第二节　高举火炬，共享激情、快乐和拼搏　304

后　记

序 章

相信杭州有能力举办
一届成功的亚运会

序 章
相信杭州有能力举办一届成功的亚运会

初夏的杭州，万木葱茏、生机盎然。世界文化遗产良渚古城遗址，乐声悠扬，火种高擎。

五千多年前，良渚先民在此开启文明的征途，五千多年后，莫角山遗址的高台之上，亚运火种在此点燃。

2023年6月15日，上午9时18分。以情景舞蹈音画《良渚之光》为背景，19名身着白色礼服的采火使者缓步登上台阶。领衔的一位采火使者

6月15日，浙江省委书记、省人大常委会主任易炼红出席火种采集仪式并点燃火种盒

将采火棒伸向玉璧造型的采火装置，采火棒端口霎时腾起热焰，如红枫遍染，起伏如歌。在跨越五千多年的大自然交响曲中，采火使者成功点燃亚运圣火。经由交接，浙江省委书记、浙江省杭州亚运会（亚残运会）工作领导小组组长易炼红郑重接过熊熊燃烧的火种，满怀激情地点燃火种盒，杭州亚运会火种采集仪式圆满成功！

19 名采火使者，寓意第 19 届亚运会；40 名《良渚之光》情景舞蹈音画演员，则代表本届亚运会参赛的 40 多个国家和地区。他们追随火种，从四面八方汇聚到一起，象征着亚洲大家庭成员，带着和平与友谊，带着亚洲命运共同体的信念，共襄盛会，共创传奇。

点燃的亚运圣火，辉映着历史与未来。文明的火种从未熄灭，而创新创造的脚步也从未停歇。

这是文明之火。良渚古城遗址是实证中华五千多年文明史的圣地，是展示古代中国与现代中国独特历史文化的窗口。良渚的文明之光，穿过岁月时空，点燃起新时代的亚运之火，象征体育精神传承发扬、赓续不竭。

这是希望之火。杭州亚运会的火种点燃的是全人类的希望、团结之火，就如杭州亚运会火炬的名字"薪火"一般，彰显着中华文明薪火相传。

亚运会对于杭州，还有着更为特殊的意义——这是对杭州改革发展成就的最大肯定，是对杭州作为"历史文化名城、创新活力之城、生态文明之都"的最大认同，展现的是共建亚洲和人类命运共同体的大国担当，是杭州、浙江、中国向世界传递出的新时代新气象。作为"重要窗口"，在亚洲和世界瞩目的舞台上，把握高光时刻，将全世界的目光都汇聚在杭州。世界期待杭州，杭州准备好了。

序 章
相信杭州有能力举办一届成功的亚运会

亚运火种成功采集的这一天，是一个特别的日子：杭州亚运会倒计时100天。

就在圣火采集仪式后，浙江省第19届亚运会和第4届亚残运会工作领导小组例会随即召开。亚运筹办进入了最后100天，这100天是决战决胜的冲刺期、形象塑造的关键期、全面检验的窗口期、氛围营造的放量期、发展成果的提升期，直接关系到杭州亚运会的成败。浙江省委书记、浙江省杭州亚运会（亚残运会）工作领导小组组长易炼红在会上对杭州亚运百日攻坚提出了明确要求：要进一步加强对亚运筹办工作的组织领导，汇聚百日冲刺强大合力，进一步健全统一指挥体系、联动协调体系、责任落实体系、应急准备体系，做到使命必达，志在必胜，安全必牢，干则必善，美誉必传，举全省之力实现"奋战百日，完美亚运"的目标。

百日冲刺就是集结号，就是动员令。这一天下午，杭州亚运会倒计时100天总指挥部誓师动员大会召开，省市领导王浩、刘捷、王成国、王文序、胡伟、李岩益、杨青玖、卢斌、姚高员、汤飞帆、李火林、马卫光等出席了誓师动员大会。

在誓师大会上，省委副书记、省长、总指挥部指挥长王浩向大家传递着冲刺决战的坚定信心和决心：最后100天是亚运筹办的冲刺决战期，必须增强一刻不停的紧迫感、一丝不苟的责任心、一鼓作气的精气神，全力抓紧每一天时间、抓实每一项任务、抓好每一处细节，精心雕琢打磨、精细磨合演练，以筹办工作的扎实成效向世界宣示"浙江准备好了"，确保精益求精、万无一失，只留经典、不留遗憾。

杭州亚运会是党的二十大胜利召开后我国举办的一场国际综合性体育

6月15日，杭州第19届亚运会倒计时100天总指挥部誓师动员大会

文化盛会，是国之大事、省之要事，备受国内国际社会高度关注。办好这场盛会，对于充分展现国家形象、充分展示浙江风采，激励广大人民群众在新时代新征程踔厉奋发、勇毅前行，具有特殊的重要意义。

2022年中，亚运会和亚残运会先后决定延期举办，杭州第19届亚运会延期至2023年9月23日至10月8日举行，杭州第4届亚残运会则延期至2023年10月22日至10月28日举行。回首杭州亚运会（亚残运会）申办筹办所走过的历程，四季交替、几度春秋，有太多的人为之呕心沥血，有太多的精彩瞬间值得回忆体味。自取得第19届亚运会举办权以来，在亚奥理事会和中国奥委会的指导帮助下，杭州市积极克服疫情影响，全力推动着亚运会各项筹办工作顺利展开。

"相信杭州有能力举办一届成功的亚运会"是习近平总书记对杭州的殷切期望。大国之诺，重如泰山；大国之言，出而必行。办好一届成功的亚运会，体现的是一座城市的政治担当，彰显的是重信守诺的大国信誉。

杭州市坚决扛起习近平总书记交给杭州的千钧重托，从"国之大者"的政治高度领悟把握杭州亚运会的办会初心、筹办定位，精益求精做好筹备工作。在党中央、国务院的殷切关怀下，为有序推进杭州亚运会（亚残运会）的筹办工作，国家、省、市分别建立了指挥组织体系。2023年4月，国务院办公厅发文调整了第19届亚运会和第4届残运会工作领导小组（以下简称领导小组）的人员组成，领导小组组长由国务委员谌贻琴担任，浙江省委书记易炼红、国家体育总局局长高志丹、中国残联主席张海迪任副组长。下设新闻宣传工作组、外事工作组、安保工作组、疫情防控工作组、抵离服务保障工作组和食品供应安全工作组。

浙江省委、省政府成立了亚运会、亚残运会工作领导小组，杭州亚运会赛事总指挥部和协办城市分指挥部同时成立，标志着亚运筹办工作进入关键阶段，逐步由"筹"向"办"全面转换。

杭州亚运会赛事总指挥部负责统筹亚运会赛事组织工作，协调主办城市运行保障工作和分指挥部工作，由国家体育总局局长高志丹、浙江省省长王浩担任指挥长，浙江省委常委、杭州市委书记刘捷，国家体育总局副局长周进强，浙江省副省长李岩益，杭州市市长姚高员担任执行指挥长，下设一办十五中心和杭州市城市运行保障指挥部。协办城市亚运领导小组（赛事分指挥部）负责统筹本地办赛任务和城市保障，由各协办城市市长担任指挥长。

举办一届成功的亚运会，是习近平总书记和党中央赋予杭州的光荣使命，更是杭州发展难得的战略机遇。杭州市四套班子领导靠前指挥、亲自推动、主动督导检查亚运各项工作，始终全心、全情、全力投入在亚运保障工作中。

第 1 章

**远方传来激动人心的消息：
亚运来了！**

第1章
远方传来激动人心的消息：亚运来了！

第一节

阿什哈巴德掌声响起，亚运会花落杭州

"中国杭州获得2022年亚运会主办权！"长时间热烈的掌声中，杭州正式成为继北京和广州之后，中国第三个举办亚运会的城市。申办成功过程的背后，那些全力付出的人们，那些感人的故事和细节，总是让人难以忘怀。

"来疑沧海尽成空，万面鼓声中。""弄潮儿向涛头立，手把红旗旗不湿。"（宋·潘阆《酒泉子·长忆观潮》）

当地时间2015年9月16日10时03分（北京时间13时03分），土库曼斯坦首都阿什哈巴德奥林匹克体育中心，第34次亚洲奥林匹克理事会（OCA）代表大会在此举行。在有45个国家和地区亚奥理事会委员与会的大会上，亚奥理事会主席谢赫·艾哈迈德·法赫德·萨巴赫亲王郑重宣布："中国杭州获得2022年亚运会主办权！"

第34次亚奥理事会代表大会现场

艾哈迈德亲王宣布杭州成功申办的那一刻，全场响起一片长时间的热烈掌声。

由此，杭州正式成为继北京和广州之后，中国第三个举办亚运会的城市。

阿什哈巴德是一座个性鲜明的美丽城市，它位于土库曼斯坦南部，在科佩特山脉北麓的阿哈尔绿洲上，北面是广袤无垠的卡拉库姆沙漠。1991年12月，土库曼宣布独立，改国名为土库曼斯坦，阿什哈巴德成为土库曼斯坦的首都，人口约100万。2019年12月，在全球城市实验室发布的"全球城市500强榜单"上，阿什哈巴德位列第492名。

土库曼斯坦的阿哈尔捷金马，别名"汗血宝马"，被认为是世界上最奇特、最稀有的马种。汗血宝马因其身上有神秘的"汗血"现象而得名，以其体态优美、品质出众、耐渴能力非常强等特点享有盛誉。我国对汗血宝马的记载最早见于西汉司马迁所著《史记·大宛列传》，西汉张骞出使西域，见大宛国"多善马，马汗血，其先天马子也"。当年，汗血宝马是通过丝绸之路传入我国的。如今开展各种马术运动是土库曼斯坦发展体育运动的一大重点。

成为一国之都后的阿什哈巴德发展迅速，是世界上发展最快的都市之一。如今的它不但已是土库曼斯坦的政治、经济和文化中心，还是工业中心。阿什哈巴德地处沙漠绿洲，农业十分发达，主要农业产品有棉花、小麦、瓜果蔬菜等。

阿什哈巴德的城市建设很有特色。这一带曾受沙漠影响而严重缺水，直到1962年卡拉库姆大运河通到这里后，缺水现象才得到了根本改变。眼下，市内主要街道的两侧均铺设有宽度半米左右的水渠，用以浇灌路边的花草树木。整座城市绿树成荫、草木葱茏。在阿什哈巴德的主要建筑物前、广场上、公园里、主要道路隔离带上，还建有造型各异的喷泉。"喷泉之城"的称号名副其实。

土库曼斯坦宣布独立后不久，政府就决定把首都建成世界上独一无二的"白色之城"、水城和绿色之都。整座城市的新建筑多由法国建筑大师设计、土耳其人承建。这些建筑物的表面被清一色伊朗产白色大理石所覆盖，整座城市显得洁白而明亮，让来到这里的每个人印象极其深刻。

阿什哈巴德奥林匹克体育中心是中亚目前最大的体育城，就在阿什哈巴德市中心的科佩特山下，地理位置优越，交通便捷。这片奥林匹克建筑群总投资约50亿美元，由多个国际一流标准的体育建筑组成，其中包括两座室内竞技馆、一座观众座位数为6000个的自行车比赛场馆、一座室内田径场、一个网球场和一座水上运动场，设施完备的媒体酒店于先期落成。第34次亚奥理事会代表大会在此召开。2017年9月，亚洲室内运动会和亚洲武道运动会两个运动会合并举办后的第一次亚洲室内和武术运动会也在这个体育中心举行。

2015年9月13日至15日，中国杭州亚运会申办代表团抵达这座城市，随即开始了申办工作最后阶段的准备。

杭州亚运会申办代表团的核心成员是时任中国奥委会主席、国家体育总局局长刘鹏，时任浙江省副省长郑继伟，时任杭州市市长张鸿铭，申亚形象大使罗雪娟，阿里巴巴集团总裁金建杭。

选择罗雪娟和金建杭加入申办代表团有其理由：奥运冠军"蛙后"罗雪娟从杭州的泳池游向世界的最高领奖台，代表了杭州竞技体育的顶尖水平；金建杭作为阿里巴巴集团的运行负责人，代表杭州企业界向亚奥理事会发声，可以彰显杭州数字经济发达的独特优势，以及举办一届"智能亚运"的现实可行性。申办代表团中还有省市相关部门负责人等。

杭州亚运会申办工作小组申办城市工作委员会（简称"亚申工委"），在国家体育总局、浙江省有关方面指导下开展工作，准备工作做得十分细致。能事先筹划好的事项都已筹划妥当；能想到的问题都已一一想到，并做好应对方案；相关的材料和物资，能从国内带去的都从国内带去。

"我当时是赴阿什哈巴德的申办代表团工作人员。从杭州前往阿什哈巴德，我们是从乌鲁木齐转机的，记得由我负责带往阿什哈巴德的，就有19个大行李箱。因为在亚奥理事会会议的现场，我们还需要自己搭建展台，向会议代表展示作为申办城市的杭州究竟是一座什么样的城市。所以，除了必备的展板和照片，我们还印制了精美的彩色画册，带去了西湖龙井茶、绸扇、绸伞等特产，精心安排了茶艺表演，全面介绍杭州风土人情。考虑到在陌生的阿什哈巴德，很多物资一时无法备齐，我们连搭建展台的胶带纸都自己带了，真正做到了能从国内带去的都从国内带去。"杭州亚组委（总体策划部）项目策划处处长刘健，亚运会申办期间还在杭州市体育局工作，是当年亚运会落户杭州过程的参与者和见证者。他告诉笔者，事实证明，这样的事无巨细是完全必要的。因为后来为了临时购置一台彩电，费尽周折，驱车来到距会场很远的大型超市，方才买到大屏幕彩电。

为了确保在第34次亚奥理事会会议上，杭州的申办工作能圆满成功，

第 1 章
远方传来激动人心的消息：亚运来了！

杭州亚运会申办代表团和杭州亚申工委的准备工作细致到了极点。尽管本届亚运会申办城市只有中国杭州一个，但所有申述、审议、投票的环节一个也不能含糊，倘若某个环节准备不够到位，整个申办流程就会受阻，申办工作就有可能出现变故。

亚洲奥林匹克理事会（OCA）成立于1982年11月16日，简称"亚奥理事会"，其前身为1949年2月13日在新德里成立的亚洲运动会联合会，总部设在科威特，是全面管理亚洲奥林匹克运动的组织，是代表亚洲与国际奥委会和其他洲级体育组织联系的全权代表，并负责协调亚洲国家和地区之间的体育活动，在亚洲宣传奥林匹克理想，保证四年一届的亚运会顺利举行。

阿什哈巴德时间9月16日上午9时（北京时间上午12时）许，第34次亚洲奥林匹克理事会代表大会正式开始。杭州亚运会申办代表团的准备工作此时已完全停当。前一日下午，代表团一行6人飞抵阿什哈巴德后，即在晚间拜会了艾哈迈德亲王。拜会结束后，随即赶赴次日亚奥理事会代表大会会议现场，与刘鹏局长及申办代表团其他成员，对申办陈述进行了细致演练，并对已经反复调整的陈述词作最后的修改完善，陈述演练一直持续到16日凌晨1时多。

也是在会议的前一天，申办代表团工作人员和出手相助的媒体记者，在会议现场外的展示区悬挂喷绘画布、调试播放设备、陈列特色产品，忙得不亦乐乎，落实了布置展台等所有会前工作。刘健告诉笔者，15日晚上他最多只睡了3个小时，印象中，脑袋沾枕还没多久就又急急起身了。

当来自45个国家和地区的亚奥理事会委员们陆续走进阿什哈巴德奥林匹克体育中心媒体酒店的会议中心时，在过道上就看见了申办城市杭州在展示区的宣传展台，琳琅满目的宣传品放满了展台，大电视机屏幕上正在播放杭州的风光片，茶艺表演更抓人眼球，让参会代表不由得停下了脚步。其时，过道上还有 2017 年日本札幌亚冬会的宣传展台、雅加达等曾经申办亚运会城市的宣传展台等，无疑，本届亚运会申办城市杭州的展台是最吸引人的。

考虑到在申办议程中，给杭州亚运会申办代表团的申办陈述时间只有 20 分钟，与会代表们无法完全了解杭州及申办情况，申办工作小组专门准备了精美的中英文彩色画册，内有申办陈述报告的主要内容、杭州风土人情介绍等，还附有一张杭州亚运会申办宣传片光盘，组成十分精美的一套，特意放置在每位与会代表的桌上，一旦打开，一幅幅精美大气的照片和简洁优美的介绍性文字呈现眼前。本次会议的会中安排了茶歇，在杭州的宣传展台上，已放置了宣传画册、杭州特产等，供与会代表们在休息时阅读、体验。

第 34 次亚奥理事会代表大会的议程十分紧凑。当天会议的第一个议题，即是听取申办代表团的申办陈述，介绍申办城市的优势，了解亚运申办阶段的主要工作进展，从而最终决定 2022 年第 19 届亚运会的举办城市。

在会议第一阶段，杭州亚运会申办代表团成员分别代表国家、杭州市、运动员和企业家，从各自的角度，先后进行了陈述。每个人的陈述时间在 2 分钟以内。

刘鹏首先代表中国奥委会向亚奥理事会郑重推荐由杭州申办 2022 年第 19 届亚运会，并表示中国国家体育总局和中国奥委会将全力支持杭州举办一届成功、精彩的亚运盛会。

第 1 章
远方传来激动人心的消息：亚运来了！

"承办 2022 年亚运会与杭州城市发展规划、可持续发展目标相一致。杭州市政府将和中国奥委会一道，与亚奥理事会和亚洲各单项体育联合会全面合作，遵守承诺，践行议程，把 2022 年亚运会办成一届绿色、智能、节俭、文明的体育盛会。"张鸿铭代表杭州市政府和市民，向大会表达了对举办 2022 年亚运会的决心、能力和期盼。

罗雪娟和金建杭分别代表运动员和杭州企业进行了陈述性发言，从各自角度出发，表达了让杭州举办本届亚运会的真诚心愿。

英文陈述人兼陈述主持人是杭州电视台双语主播陈永馨，她毕业于英国伦敦政治经济学院国际关系专业，说得一口略带伦敦腔的流利英语，口齿清晰，阐述精当。她曾参与拍摄展现杭州民间工艺的电视纪录片《指尖上的杭州》，还在卡塔尔多哈参与过杭州举办世界短池游泳锦标赛的申办会议。当天，陈永馨穿着由杭州著名服装设计师精心赶制的蓝底白花丝绸旗袍进行陈述，她的陈述长达 7 分钟，内容包括杭州的人文、历史、经济、环保等发展概况，以及全民运动的基础等，可谓申办陈述环节中的"重头戏"。陈述结束后，代表团给在座的委员们播放了由视频短片和幻灯片组成的杭州申亚宣传片。

这部时长 5 分 13 秒的全英文视频短片拍得十分精致，它以明快的节奏、磅礴的气势，一个个亮丽的画面，展现了杭州的湖光山色，展示了杭州城市建设的崭新面貌和市民安逸和谐的日常生活，也呈现了杭州人开展各类体育运动的画面。短片从竞赛安排、智能服务、住宿接待、交通服务、医疗保健、安全保障、市场开发等 7 个方面，展现了杭州办好亚运会的底气和期盼。申亚宣传片现场播放的效果非常好，全体与会代表目不转睛，看完后脸上都露出赞许的神情。

提问与回答环节十分顺利，与会代表的脸上始终洋溢着满意的微笑。

郑继伟代表浙江省政府做了总结陈述，他郑重承诺：浙江省政府将举全省之力支持杭州举办第19届亚运会。

此时，艾哈迈德亲王缓缓走上台前，台下的杭州申亚代表团的成员们屏气凝神，目光都落在艾哈迈德亲王身上。

"中国杭州获得2022年亚运会主办权！"

宣布之后，艾哈迈德亲王随即建议全体在场者鼓掌，表示对杭州成功申办亚运会的祝贺。

在现场长时间的热烈掌声中，杭州亚运会申办代表团成员和与会者一起，齐刷刷站了起来，有的展开了早已握在手里的一面大幅五星红旗，有的则拿着手中的小型国旗和奥运五环旗不停挥舞。每个成员都笑靥如花。这是如释重负的轻松笑容，也是满意的笑容、自豪的笑容。

在热烈的掌声中，刘鹏向亚奥理事会全体委员表示了最诚挚的谢意，感谢他们对中国和杭州的信任和支持。杭州亚运会申办代表团全体成员向亚奥理事会委员和所有与会者躬身致谢。

正式宣布2022年亚运会主办城市为中国杭州后，中国奥委会、亚奥理事会和杭州市，共同签署了2022年亚运会举办城市合同。

根据亚运会惯例和亚奥理事会的建议，结合杭州城市特点和亚运会申办计划，亚奥理事会和杭州市方面商定，第19届亚运会开闭幕日期拟定为2022年9月10日至9月25日，亦即中国南方秋高气爽的中秋节前后。

2017年9月18日至9月20日，杭州亚组委代表团一行赴土库曼斯坦，出席了亚奥理事会体育委员会、执行委员会以及全体代表大会。时任亚组委副秘书长，杭州市副市长陈国妹向理事会陈述了第19届亚运会的竞赛项目设置、场馆安排方案等亚奥理事会最为关心的问题，得到亚奥理事会和与会代表充分肯定。

杭州亚运会共设40个竞赛大项，包括31个奥运项目和9个非奥运项目。"这次杭州脱颖而出，极大地彰显了中国的实力、杭州的诚意，这实力和诚意打动了亚奥理事会，也打动了所有期待奥林匹克运动蓬勃发展的人们，而中国政府选择杭州作为申办城市，也有着多方面的考虑。"刘鹏说，"首先杭州是长三角地区最重要的城市之一，文化繁荣、经济发达，又与国际大都市上海相邻，区域位置十分优越。其次则是浙江、杭州在体育方面的突出贡献有目共睹，浙江是中国自1984年参加奥运会，杭州射击选手吴小璇成为中国第一个女子奥运冠军以来，届届有金牌的两个省份之一。"

"不仅如此，浙江的体育场馆基础良好、体育氛围浓厚、自然与人文环境俱佳，杭州在新建的奥林匹克体育中心，以及现有的浙江省黄龙体育中心等，完全能够承接大部分比赛项目，能够有效避免为承办赛事而大兴土木，此外，杭州还是世界闻名的旅游城市，这些都能够帮助运动员有更出色的发挥，也有利于亚运文化的更好传播。"刘鹏认为。

这一次能让亚运成功落户，是多方共同努力的结果，总书记和中央政府的关心支持是申办成功的最主要因素。习近平总书记在会见亚奥理事会主席艾哈迈德亲王时指出，中国政府全力支持杭州市，相信杭州有能力举办一届成功的亚运会。申办现场，正是艾哈迈德亲王亲口传达了中国政府和习近平总书记的意见，这才有了申办过程的圆满顺利。

杭州申办本届亚运会成功的消息在第一时间就传开了，欣慰而兴奋的人们禁不住跳了起来，热烈庆贺，互相道喜。申办成功当天晚上，中国驻土库曼斯坦大使馆邀请杭州亚运会申办代表团全体成员，在大使馆举办了庆祝晚宴。而在国内，在杭州，各种庆贺活动更是丰富多彩。

当9月16日杭州亚运会申办成功后，滨江区一家幼儿园的一名小朋友，立马就为杭州亚运会捐了20.22元。这是亚组委收到的来自市民的第一笔捐款。这笔捐款虽数额微小，但表达了杭州市民对亚运来临的欣喜，也表达了他们对"亚运改变一座城市，改变你我他"的美好憧憬。

2019年7月9日，经亚洲残疾人奥林匹克委员会第22届执行委员会会议讨论，杭州2022年亚洲第4届残疾人运动会将于2022年10月9日至15日举行。亚残运会竞赛场馆沿用杭州亚运会场馆，同步提升无障碍设施。

亚洲残疾人运动会由1975年起举办的远东及南太平洋残疾人运动会更名而来，是亚洲地区规模最大的残疾人综合性运动会。2010年，中国广州承办首届亚残运会，此后，亚残运会每四年举办一届，均在亚运会闭幕后举行。根据杭州亚残运会《主办城市合同》，亚残运会和亚运会的举办要间隔15天。为减轻城市运行压力，杭州亚残运会开闭幕时间避开了国内"十一黄金周"旅游高峰和赛事举行人流高峰的叠加。

杭州亚残运会竞赛项目共设包括田径、游泳、盲人门球等在内的22个竞赛项目，604个小项。自此，杭州亚组委与亚残奥委会紧密合作，按"两个亚运，同步筹办"的原则，循着"阳光、自强、和谐、共享"的筹办理念，筹办工作稳步推进。

2018年9月2日晚，印度尼西亚雅加达格罗拉蓬卡诺体育场，雅加达亚运会闭幕式上，将迎来"杭州8分钟"。

闭幕式上，亚运会会旗缓缓降下，雅加达市长将火炬、会旗交回亚奥理事会，亚奥理事会又把火炬、会旗交给时任中国奥委会主席苟仲文。当

2018年雅加达会旗交接仪式

苟仲文将火炬、会旗交给时任杭州市市长徐立毅时，亚运的杭州时刻已然到来。

在"杭州时间"的现场表演环节，一位小姑娘乘着大荷叶，从杭州而来向全亚洲发出邀请，她将水瓶中的水缓缓倒出，这是来自杭州西湖的水，水银泻地铺满整个舞台。此时，以名曲《春江花月夜》为音乐主体，又借鉴了法国大师拉威尔最著名的《波莱罗舞曲》节奏的背景音乐响起，几十名舞者登上舞台，展示出一幅"荷风圆月图"。

此时，易烊千玺、马云等各界人士以及75名中国运动员走上舞台，向全亚洲发出了2022年杭州亚运会的盛情邀请。

2018年10月13日晚，第3届亚残运会闭幕式在印度尼西亚雅加达玛蒂亚体育场举行。在全场观众注视下，印度尼西亚残奥委会主席森尼·马尔伯恩先生将象征"Ability"（能力）的盒子移交给中国残奥委会主席、中国残疾人联合会主席张海迪女士；雅加达省省长向亚残奥委会主席马吉德·拉什德先生移交了亚残奥委会会旗，并由拉什德先生转交到时任杭州市副市长王宏手中。由此，亚残运会正式进入"杭州时间"。

闭幕式上，现场大屏幕播放了时长为6分钟的杭州亚残运城市形象宣传片《杭州，我们共同的家园》，展现了杭州作为历史文化名城、创新活力之城、生态文明之都、东方品质之城的独特韵味和别样精彩，并向全亚洲和世界传递"阳光、和谐、自强、共享"的杭州亚残运会办赛理念和残疾人事业发展理念。

第二节

杭州举办一届亚运会的 N 个理由

一场重大体育盛事将对一座城市的经济、文化、科技、城市面貌、市民精神风貌等方面带来极大提升。亚运会的成功申办是杭州城市发展的必然结果，它的举办又是一次难得的发展机遇，杭州与亚奥理事会实现"双赢"并非只是口号。

杭州为什么要申办亚运会？当第 19 届亚运会落户杭州后，这个问题似乎更加引起人们的关注和思考。

中国奥委会副主席、北京冬奥组委副主席杨树安曾经概括地说："杭州亚运会将促进杭州基础设施建设，带动第三产业的发展，为打造'数智杭州'提供助力；为杭州提供国际间友好交流的机会，提升国际知名度，为世界了解杭州乃至浙江的发展情况提供重要的窗口；系统而深刻地影响杭州市民道德、文明和人文观念，丰富和发展杭州市民的体育价值观念和意识，推动公众参与体育，在全社会形成良好的体育锻炼风气，进一步促进公众形成健康的生活方式；留下一批熟悉国际体育事务的体育人才，有助于促进体育改革，开拓体育市场，为杭州发展体育产业提供实践和发展的机会。"显然，这些便是对亚运会将带给杭州的"红利"。

一场体育盛会，对一座城市、一个地区发展的推动，作用着实不可低估。正如时任浙江省委常委、杭州市委书记赵一德所说，承办奥运会，是杭州加快城市国际化的极佳机遇和历史责任。

首先是对城市发展的推动。重大体育赛事需要空间环境（城市硬性物质基础和城市软性文化）的重要支撑，因此，它必然带来城市内部肌理和城市面貌的更新、完善和升级。

以北京为例，无论是1990年的亚运会，还是2008年的夏季奥运会、2022年的冬奥会，对于首都北京城市的发展完全都起到了积极推动作用。北京亚运会，极大地改善了交通基础设施、体育运动场馆以及城市商业、文化设施，加快了北京北部地区的开发；北京夏季奥运会的标志性场馆"鸟巢""水立方"等，带动了周边区域的城市面貌改变，不仅成为中国崛起的图腾，更成为国家形象的代表；冬奥会的成功举办，北京、延庆、张家口、首钢园区在交通网络、基础设施、环境治理、公共服务和人文环境等方面形成了大量的城市发展成果，有力地推动了北京等城市的发展。

又如2010年广州亚运会，在承办亚运会的1200亿元总投资中，资金投入除了场馆建设维护、亚运会运行资金外，主要用于城市面貌和环境改善，包括地铁建设、城市道路、桥梁和基础设施，以及环境综合整治、工业污水治理等。"天更蓝、水更清、路更通、房更靓、城更美"成为广州人共同的感受。

其次是对经济发展的推动。筹办大型体育赛事对当地经济通常具有明显的拉动作用，甚至还会"借势"步入经济发展快车道，实现区域经济转型。

2014年8月，南京成功举办2014年第二届夏季青年奥运会，在旅游、金融、商贸、通信、文化和体育产业等各方面带来巨大的发展机遇。数字表明，在全国15个副省级城市中，南京2014年上半年经济增速为10.2%，位居第一，经济总量为4107.60亿元，位居全国第五位，比上一年提升一位。因为青奥会的举办，促进了经济的全面发展，2014年度南京经济总量从全省第三跃升至全省第二。

再次是对科技创新的推动。重大体育赛事对科技创新领域的推动，十分鲜明地表现在科技进步和城市绿色可持续发展上。

筹办中的杭州亚运会十分注重科技创新和可持续发展的技术开发和实际应用。"杭州亚运会的定位是'中国新时代，杭州新亚运'，特别强调'新'。这个'新'，不但体现在肩负着新的历史使命等方面，还体现在科技之新。"杭州亚组委负责人指出，"我们希望，杭州亚运会最大限度地展示科技之新，将各种新技术应用于开闭幕式和办赛过程之中。同时采用云上转播方式并融入AR（增强现实）、VR（虚拟现实）等'元宇宙'概念来提升观赛体验，亚运村和奥体中心主场馆之间的往返通勤也在谋划无人驾驶。"无疑，杭州亚运会在筹办过程中，已经高度关注体育盛会与科技创新的互相推动关系，将科技创新作为本届亚运会筹办和举办的重要手段和展示内容，这与杭州这座"数字之城"的性质是分不开的。

同样，也是对城市文化建设的推动。澳大利亚悉尼市在举办第27届奥运会后，出版了《庆祝2000年奥运：100件遗产》一书，列举了本届奥会期间完成的100项工程，大都可列入文化项目。如他们巧妙地将原住民的生活复制到了奥运会开幕式上，以原住民舞蹈独特的艺术形式再现了原住民神秘的精神世界和丰富的内心情感，展示了大洋洲独有的民族文化，由此提升了悉尼的本土文化内涵。

体育赛事还能激发一座城市、一个地区的赛事精神文化，如体育运动表现的团结友爱、健康向上、积极进取精神文化，是形成健康城市的动力源泉，是现代城市的活力所在、朝气所在。体育运动充满了生生不息的动力和蓬勃向上的活力，培养人们勇敢顽强的性格和迎接挑战、不畏艰险的品质。大型体育赛事对区域内的传统与价值观念的巩固，对市民的自豪感与社区精神的提升，以及对城市文化的形成都具有非常重要的意义。

"在2018年世界短池游泳锦标赛和世界游泳大会结束数年后，杭州就将举办亚运会，毫无疑问将提高体育在人们心目中的地位。亚运会落户杭州，必将引导更多的人参与到体育运动当中来。"奥运会冠军叶诗文的启蒙教练魏巍认为。

在当今全球化的背景下，文化交流和文化融合变得越来越普遍和重要。外来文化与本土文化的融合是体育赛事与城市文化发展共生共赢的源泉，"体育＋文化"的方式，融合了不同民族的文化，是大型体育赛事发展成为全球盛会的一个重要原因，也是举办过大型体育赛事的城市成为世界文化名城的重要原因。正在筹办亚运会的杭州，对此已做出努力。

"运动会不仅仅是体育，也是文化、经济和外交。文化多彩、交流出彩，是与比赛精彩同样重要的目标。在办赛过程中，我们会充分考虑亚洲多元文化的交流与互鉴。"亚组委有关负责人介绍，"我们已经开展了一些文化活动，比如亚洲美食节，交流各国美食文化。主题歌曲的征集，我们也希望能够体现多元文化融合。最近我们还在拍一个纪录片，全景式展示第一届到第十九届亚运会筹办的历程，从文化的角度来梳理亚运走过的路、举办城市的风采和运动员的体育精神。开幕式的表演，也会体现'亚洲一家亲'和'亚洲命运共同体'的主题。办赛之时，我们会搭建平台，让各国有机会呈现自己的文化特色。亚运村将会非常尊重各国文化的表达。"一届成功的亚运会，要实现"三彩"——办赛精彩、文化多彩、交流出彩，其中，杭州亚运会的"文化多彩"，对推动一座城市、一个地区的文化建设，有着不可忽视的重要作用。

亚运会这场体育盛会，将为我们带来的何止上述这些！如在实现"三彩"方面，"交流出彩"的作用同样巨大。通过亚运会的举办，做足国际交流和国际传播这些文章，宣传好我们这座城市，让各国人民更加了解、更加喜爱这座美丽的城市。据此，杭州亚运会在筹办过程中，如在征集亚运会主题歌时，尽可能考虑在亚洲其他国家能否也会有好的传播效果。还计划拍摄一部亚运主题电影，让亚洲各国人民能感同身受。

亚运会的举办，将为这一代年轻人提供提升自己、展现自己的好机会。北京 2008 年夏季奥运会的召开，参与和关注奥运会的那些年轻人，被亲切地称为"鸟巢一代"，他们有梦想、有追求，用自己的行动展现出爱国主义、开放精神和社会责任感，并被认为是中国的希望和未来。杭州亚运会对年轻人的成长，同样是极其有益的。

亚运会的筹备、组织工作，也将给举办城市留下一批赛事运营的专业人才，再加上基础设施遗产和良好的运维，使之拥有雄厚的体育软硬件实力，能在未来有更多机会举办各级别的国内、国际体育赛事。在此还必须一提的是，杭州亚运会首次把电子竞技等"智力项目"列为正式比赛项目。"电竞入亚"对电竞事业和电竞产业发展所带来的巨大作用，以及对这一产业在杭州的发展推动不可小觑。

2018年雅加达亚运会时，电子竞技作为一个邀请项目而非正式项目首次亮相亚运会。本届亚运会将其列为正式比赛项目，主要考虑到，一是亚运会所设置的竞赛项目应该跟上时代潮流，与时俱进。传统体育项目侧重于体力和体能，但人要全面发展，智力也至关重要，而电子竞技就是一项广受年轻人喜爱的智力竞赛项目。当亚奥理事会发布了"电竞入亚"的消息后，网络关注度数以亿计。电竞小项的内容一经发布，就冲上了微博热搜，这些现象都反映出了年轻人对电竞比赛的期待。二是从更长远的角度来看，电竞的背后是巨大的产业，它的发展也是新经济发展的重要组成部分。

传统的电竞和电子游戏，正更多地向虚拟化、人工智能化方向发展，趋势明显。数据表明，至2022年年底，全球竞技和电子体育产业的收益达到1750亿美元，其中亚太地区占据50%以上。

中国正处于电竞产业向上快速增长阶段，目前电竞产业的发展速度已经超越韩国和美国，成为全球电竞的最强国之一，且有希望在全球竞技和电子体育产业上占有更大比重。如今，不少大公司已把电竞当成除足球以外最大的战略业务板块，他们看中的，正是电竞产业背后那20亿消费者和爱好者。杭州乘亚运之势，充分利用电竞崛起的机会，扎实发展电竞产业，有利于引领Z世代这一未来目标受众人群的消费品位和风格，有利于树创电竞产业品牌，有利于大跨度地发展数字经济。

"中国杭州电竞中心"所在地杭州拱墅区，因为亚运会电子竞技比赛场馆的存在，已经吸引来不少电竞产业的"头部"企业入驻，比如腾讯、网易、完美世界，支撑起了一个电竞产业集群，推动了新经济的发展，且发展潜力无限。这显然也是亚运落户杭州所携带的一笔"厚礼"。

而积极利用亚运电竞主场优势，助力杭州成为知名的新兴电竞中心，已经具备了可能。杭州将凭借亚运会留下来的电竞资源，结合重大赛事举办，创办电竞周、电竞展等活动，推进电竞和旅游、会展、音乐、制造业等产业结合发展；以创造电竞文化环境为抓手，结合传统文艺产业要素，营造电竞、文创、休闲、旅游消费新环境，建设质量较高、文化环境深厚、凸出生活美学魅力的地标性电竞街区，壮大电竞产业，不断扩大杭州电竞在国内国际的影响力。

当然，亚运会和亚残运会落户杭州，被推动的产业不只有电竞，不光是"智能"，其对体育领域产业的推动，将体现在多个方面，产生巨大效益。

2019年8月，国务院办公厅发布《体育强国建设纲要》，并于当年8月10日实施。这个纲要进一步明确了体育强国建设的目标、任务及措施，以充分发挥体育在全面建设社会主义现代化国家新征程中的重要作用。纲要明确，到2035年，体育产业更大、更活、更优，成为国民经济支柱性产业，到2050年，全面建成社会主义现代化体育强国。

当前，国家对发展体育事业十分重视，倡导全民健身，所颁布的《全民健身计划（2021—2025年）》中，把促进全民健身运动的条款制定得非常具体，如到2025年，要在全国新建或改扩建2000个以上体育公园、全民健身中心、公共体育场馆等健身场地设施，补齐5000个以上乡镇（街道）全民健身场地器材，配建一批群众滑冰场，数字化升级改造1000个以上公共体育场馆。

在"推动体育产业高质量发展"方面,《全民健身计划（2021—2025年）》提出，要优化产业结构，加快形成以健身休闲和竞赛表演为龙头、高端制造业与现代服务业融合发展的现代体育产业体系。推进体育产业数字化转型，鼓励体育企业"上云用数赋智"，推动数据赋能全产业链协同转型。促进体育资源向优质企业集中，在健身设施供给、赛事活动组织、健身器材研发制造等领域培育一批"专精特新"中小企业、"瞪羚"企业和"隐形冠军"企业，鼓励有条件的企业以单项冠军企业为目标做强做优做大。大力发展运动项目产业，积极培育户外运动、智能体育等体育产业，催生更多新产品、新业态、新模式。

这些要求都合辙于杭州下一步发展体育产业的趋势和方向，而亚运的到来，则为杭州体育产业发展提供了良好的环境和坚实的基础。

2021年，杭州市已在体育产业"十四五"规划中明确了目标：到2025年，建成以竞赛表演业和健身休闲业为主导、体育服务业与体育制造业齐头并进的现代体育产业体系。建成全国重要的体育产业示范基地和体育消费示范城市，成为国际知名且具备杭州文化特色的"赛事之城"和"户外运动之城"。

"亚运会虽然还没有正式举办，但一些国家的运动员已陆陆续续来杭州进行热身赛，场馆需求、交通需求都会增加，根据现有规划，预计浙江省未来投入不会少于1500亿元。"专事体育产业发展的莱茵达控股集团董事长高继胜表示，在国家大力推动体育产业发展的背景下，杭州亚运会的举办，对于推动体育产业发展，激发群众体育热情，刺激体育制造产业等方面都有强大的推动作用。

与此同时，杭州体育服务业也不断得到丰富，多样化的体育元素逐渐成为夜经济的一部分，比如飞盘、蹦床、攀岩、健身……越来越多的杭州人选择在夜晚走出家门，"燃烧卡路里"。

不能忽略的是，杭州发达的数字经济也不断为体育产业赋能，小沩科技、乐刻运动、巨岩科技等一批具有数字化特点的体育产业公司相继涌现。在这个过程中，杭州还积极引入金融力量，推进金融机构和体育企业开展多种方式的业务合作。通过打造金融"体育场景"，积极承办杭州的本地体育赛事，发放"体育消费券"和加大对体育产业企业贷款投放等形式，催化产业发展进步。

2022年7月20日，亚运会和亚残运会筹办正酣，杭州举行了首届体育产业创业创新大会，有8支参赛队通过路演和嘉宾分享的形式，倡导人们碰撞体育创业的金点子。这次大会也为杭州储备了优质的项目和人才。

有人说过，一个城市如果承办过重大体育赛事，会激发广大市民对体育竞技的关注和热爱，能留下很多包括比赛场馆、赛事品牌在内的有形、无形资产，更重要的或者说更珍贵的，是让这座城市的市民培养出强烈的体育意识、运动意识、健身意识，让这座城市更加充满活力。我们所说的"办好一个会，提升一座城"，一场重要赛事让这座城市得以"提升"，最本质的"提升"是生活在这座城市的人们。人们对体育运动的无限热爱和有力支持，也是包括发展体育产业在内的打造"国际赛事之城"最本质的动力。

体育盛会还能有效提升城市能级，提升一座城市的国际化程度。毋庸讳言，改革开放以来的杭州，社会经济发展速度不断加快，人民群众的生活水平不断提高，但杭州的国际化程度还不够。亚运会期间，在同一时间内要接待这么多外宾，对各方面来说都是一场大考验。本届亚运会正式落户杭州后，杭州很快掀起了学外语的热潮；公共服务的国际化，如国际医院、国际学校的建设速度也在加快，市民的国际化视野也得以拓展。这也是亚运会推动城市国际化的一个具体表现。

"精感石没羽，岂云惮险艰。"（唐·李白《豫章行》）事实上，杭州亚运会的成功申办之路，并非如同最终投票胜出那样顺畅，它是在并不平坦的道路上，坚持着一步步向前，才抵达成功的目标的。

新中国成立以后，尤其是改革开放以来，浙江及杭州的体育事业得到了突飞猛进的发展，体育运动成果地位在全国逐渐上升，人民群众的体育运动水平持续提高，体育运动场所和竞赛场馆不断建造和完善。

举办大型综合性体育赛事，一直是杭州孜孜以求的梦想。新世纪以来，浙江省和杭州市在申办大型综合性赛事方面一直在努力。为此，在杭州，在已建成黄龙体育中心等综合型体育场馆的基础上，结合杭州市拥江发展的规划，在钱江新城对岸的滨江和萧山七甲河两岸交界处建设一个奥体博览中心的规划得以实施，建设目标是国内领先、国际一流，博览中心包括大型体育馆、体育馆、游泳馆、网球中心等。2009年，杭州奥体中心体育场奠基开工。

与此同时，通过加大各方面的投入，体操、游泳、田径、赛艇等各类体育项目的竞技水平不断提高，优秀运动员的队伍不断扩大，群众性体育运动的基础和成果也更加扎实。

一边在秣马厉兵，一边在寻找机会。浙江省和杭州市一直关注着国内国际大型体育赛事的举办动向，加强与各国各地的体育交流，藏器待时，积攒力量。

第 1 章
远方传来激动人心的消息：亚运来了！

机会在等待中终于浮出水面。2014 年 4 月，国家体育总局领导在北京与浙江省、杭州市有关领导对杭州申办国际大型体育赛事进行了沟通交流，并表示将积极支持杭州申办第 19 届亚运会。

当年 5 月，浙江省体育局、杭州市政府向浙江省政府联合上报《关于杭州申办 2022 年第 19 届亚洲运动会的请示》，正式提出申办亚运会的申请，随之，浙江省政府向国家体育总局上报了《关于浙江省杭州市申办 2022 年第 19 届亚洲运动会的函》。

亚运会作为洲际性大型体育赛事，在世界上具有相当的影响力。能举办亚运会的城市，通常都是经济实力较强、体育运动发展水平较高、举办体育赛事热情较高的区域性中心城市。能够承办一届亚运会，也是一座城市的荣幸，它对这座城市各方面的发展也将带来巨大的作用。然而，亚运会的历史上也发生过一些意外情况。

此前，为了提升亚运会的市场吸引力和经济可持续性，避免与举办年份相同的世界杯足球赛和冬奥会频频"撞车"，亚奥理事会曾于 2010 年宣布，将第 18 届亚运会推迟到 2019 年举办，举办城市是越南河内。

然而，此后由于遭遇财政危机，越南政府于 2014 年 4 月突然宣布放弃举办权，这让亚奥理事会措手不及，不得不以最快速度寻找替代城市。幸运的是，印度尼西亚政府同意让雅加达在这一特殊情况下"接盘"，可在举办时间上附加了条件。亚奥理事会不得不作出让步，使这一届亚运会提前到 2018 年举办。

"越南放弃 2019 年亚运会，临时让印度尼西亚接手，这种情况的发生有可能使亚运会陷入非良性的循环中。因此，亚奥理事会希望中国这样的大国能站出来申办。"亚奥理事会终身名誉副主席魏纪中，曾深度参与杭州亚运会的申办全过程，他对当时亚运会承办情势的记忆十分清晰。

毋庸赘言，在这样的情状下，亚奥理事会迫切需要中国承担体育大国的责任，参与下一届亚运会的申办；中国也需要一座城市来扛起举办亚运会的重任，来体现中国体育事业在亚洲乃至世界上不可忽视的重要地位。多种因素综合之下，杭州，无疑是最佳候选城市。

2015年8月16日，国务院批复同意杭州代表中国申办2022年第19届亚运会，不久，中国奥委会正式向亚奥理事会递交了申办意向书。

同年8月20日，杭州市成立"杭州2022年第19届亚洲运动会申办城市工作委员会"（简称"亚申工委"），时任杭州市市长张鸿铭担任主任，杭州市副市长陈红英担任执行主任。此时，距离9月16日揭晓结果的第34届亚奥理事会代表大会，时间已不足一个月。

2015年8月22日，习近平总书记在会见亚奥理事会主席艾哈迈德亲王时指出，中国政府全力支持杭州市，相信杭州有能力举办一届成功的亚运会。习近平总书记的高度重视，无疑使上上下下进一步坚定了亚运申办的决心。

"亚申工委"成立后，随即以最快速度、最高效率投入工作，加紧落实宣传片拍摄、陈述词撰写、现场布展准备等工作，力争本次申办圆满成功。

2015年8月初，魏纪中率亚奥理事会考察组访问杭州，对杭州亚运会的办会基础、办会条件进行了全方位考察，考察所得出的一大判断，就是除了亚运村外，杭州利用已有和在建的体育设施，就能承办一届亚运会，相关城市基础设施也基本可以满足亚运会需求，市政府和组委会不需要增加太多投入。

"举办亚运会,对于杭州的发展来说,不会是包袱。亚运会的经济效益更主要是间接的、长期的,比如促进旅游发展、改善城市软硬件水准等等。"魏纪中说。的确,即便是需要新建的亚运村,也能在赛后得以充分利用。而大批的体育竞赛场馆,在赛后将迅速转化为杭州市民开展全民健身运动的最佳场所。

杭州最终确定了"绿色、智能、节俭、文明"的办会理念,从中也可窥见"算大账""算长远账""算综合账"的战略思维和目标指向。"办好一个会,提升一座城",这是杭州亚运会的办会宗旨,它同时也在告诉广大市民,举办一届高水平的体育文化盛会,将全面促进杭州在生态文明、智慧城市、文化兴盛等领域的发展成果,进一步提升杭州在亚洲乃至世界的影响力和美誉度。这是一份"大礼",绝不是无谓的浪费和消耗。

亚运会为杭州勾画了一个美好的蓝图。对于杭州、对于浙江、对于中国,这都是一次难得的全方位的发展机遇,杭州与亚奥理事会实现"双赢"并非臆想。

一句话,杭州需要亚运,亚运需要杭州,这是一场适逢其时的天作之合。

第三节

举全省之力，共圆一个期待已久的梦

全面深刻把握一届成功亚运会、亚残运会的丰富内涵，统一思想、明确方位、锚定目标、奋力冲刺，集中人力、物力、财力，真正举全省之力，众志成城办好"国之大事""省之要事"，努力把杭州亚运会和亚残运会办成浙江"重要窗口"建设中最具辨识度的重大标志性成果。

第19届亚运会申办成功以后，筹办节奏开始加快。

根据《亚奥理事会章程和规则》和《主办城市合同》规定，杭州市需在获得2022年第19届运会主办权后6个月内成立组委会。申办成功后，"亚申工委"提出亚组委机构设置方案，并按程序请示报批。

国家层面对筹办工作十分重视，行动极其迅速。2016年3月18日，《国务院办公厅关于同意成立2022年第19届亚运会组委会的函》下发，同意成立2022年第19届亚运会组织委员会（以下简称"亚组委"）及其组成，亚组委为本届亚运会筹办工作的指挥层。其时，组委会主席由时任国家体育总局局长刘鹏、时任浙江省人民政府省长李强担任。

按照亚奥理事会、国家体育总局和省、市党委政府的要求，亚组委为独立事业法人，负责杭州2022年第19届亚运会的筹办、组织和协调等工作，其主要职责有：1.组织、协调亚运会的筹备和举办工作；2.研究决定亚运会工作中的重大事项；3.亚运会筹办各阶段组织机构建设和人事任免工作；4.安排部署各阶段筹备工作；5.监督考核各项筹备工作的进度和质量；6.联系、协调亚奥理事会及国际、亚洲各体育单项组织的关系，定期向亚奥理事会提交筹办工作报告；7.与各级相关部门、机构的联系、协调，定期向国家体育总局和省、市党委政府汇报工作进展情况；8.亚运会筹办其他相关工作。

2016年4月9日，2022年第19届亚运会组委会成立大会在浙江人民大会堂举行，时任浙江省委书记、省人大常委会主任夏宝龙与时任国家体育总局局长刘鹏共同为第19届亚运会组委会揭牌。刘鹏和时任省长、第19届亚运会组委会主席李强致辞。时任省委常委、杭州市委书记、第19届亚运会组委会副主席赵一德主持大会。这次成立大会的召开，标志着本届亚运会的筹备工作全面启动。成立大会之后，随即召开了第19届亚运会组委会执行委员会第一次会议。

"工作的节奏非常快，要求也非常高，亚组委的班子及工作人员需要以最快速度组成，并在通过必要的上岗培训之后投入工作。亚运会什么时候举办？这个早就定下来了，所有筹办工作都必须在已定的时间点之前完成。所以集中人力、物力，加紧筹办，才是我们唯一需要做的事。"杭州

杭州第19届亚运会组委会成立大会

亚组委组织和人力资源部部长陈秋芳向笔者不无感慨地说。好在无论在国家体育总局和省政府层面，还是在市政府层面，对亚组委的组成、对人力、物力的筹措和集中，都十分支持，从市级机关和各区（县、市）机关抽调的人员很快陆续到位。

杭州亚组委内设机构根据工作需要很快确定下来。2016年下半年，浙江省编委办明确杭州亚组委内设1办19部，共20个工作机构[1办19部即办公室（总体策划部）、杭外工作部、竞赛部、外联部、宣传部、财务部、组织和人力资源部、纪检监察和审计部、市场开发部、场馆建设部、法律事务部、广播电视和信息技术部、赛事器材部、大型活动部、安全保卫部、后勤保障部、医疗卫生部、反兴奋剂工作部、志愿者部、环境保障部]。从1办19部的名称中，约略可知工作职能。

2017年4月，亚奥理事会主席艾哈迈德亲王和国家体育总局领导前来杭州，在亚组委办公地正门口，为亚组委挂上牌子。

第 1 章
远方传来激动人心的消息：亚运来了！

杭州第 19 届亚运会组委会揭牌仪式

"亚运会是浙江杭州承办的一次规格最高的体育盛会，也是全面展示杭州和浙江形象的一个重要窗口。申办成功以来，我们高度重视、精心谋划，筹办工作有序开展。我们将全方位贯彻'绿色、智能、节俭、文明'的办赛理念，学习借鉴国内外成功经验，认真履行承办义务、兑现承办承诺，全力以赴做好筹办工作。希望亚奥理事会一如既往地支持浙江承办工作，共同把杭州亚运会办成一届精彩、成功、令人难忘的体育盛会。"时任浙江省委副书记、省长车俊于 2017 年 4 月 17 日在杭州会见亚奥理事会主席艾哈迈德亲王时如是说。

2018 年 1 月 8 日，亚组委第二次执行委员会会议审议通过，印发《2022 年第 19 届亚运会组委会组成名单》，亚组委由主席、副主席、秘书长、副秘书长、委员组成。主席由时任国家体育总局局长、中国奥委会主席苟仲文和时任浙江省委副书记、省长袁家军担任，委员由中宣部、外交部、公安部、国家安全部、财政部、自然资源部、农业农村部、海关总署、国家税务总局、国家市场监督管理总局、国家广播电视总局代表，国家体育总局有关司局负责人，浙江省、杭州市有关单位负责人，以及亚运会比赛项目所在地设区市的市长组成。

经国家体育总局、省市政府和亚组委协调，明确杭州亚运会将坚持"以杭州为主，全省共享"的办赛原则，即以杭州为主承办，省内宁波、温州、绍兴、金华、湖州共5座城市为协办城市，这5座协办城市将在所辖部分区、县（市）设置竞赛场地和部分亚运分村。据此，结合亚运会筹办相关部门的实际分工情况，2018年1月11日，亚组委办公室印发《2022年第19届亚运组委会部分委员单位职责》，明确了37个省（部）属成员单位，67个市属和其他成员单位，组委会工作部门，以及杭州市各区、县（市），湖州市、绍兴市体育局及德清县、柯桥区政府，以及其他亚运会比赛项目所在地政府工作职责。

亚残运会落户杭州顺理成章。2019年7月9日，亚残奥委员会第22届执行委员会会议讨论，决定杭州2022年亚洲第4届残疾人运动会于2022年10月9日至15日举行。同年9月30日，《国务院办公厅关于同意成立2022年第4届亚残运会组委会的函》下发，同意成立2022年第4届亚残运会组委会。

自此，杭州亚组委又开始兼有了亚残组委的功能，即及时按照"一套班子、两块牌子"模式报批亚残组委机构设置，并遵循亚残运会筹办实际，设立了亚残运会工作部（与组委会办公室合署办公），强化亚残运会筹办的规划和统筹。2019年12月15日，亚组委第四次执行委员会暨全体委员会议、第4届亚残组委成立大会、亚残组委第一次执行委员会暨全体委员会议顺利举行。

第1章
远方传来激动人心的消息：亚运来了！

亚运会和亚残运会的筹办是一项大工程，这句话一点也不夸张。要在较短的时间里，把筹办工作做得顺畅，做得圆满，没有充足的人是很难做到的。在亚运会和亚残运会筹办最紧张的阶段，究竟需要多少工作人员投入其中？

根据常态化人员编配计划，经核定，包括亚组委（亚残组委）和场馆运行团队在内的工作人员有3500余名，需亚组委（亚残组委）主责抽调（尚有竞赛场馆运行团队、独立训练运行团队和非竞赛场馆运行团队人员约3000名，由场馆属地政府和单位落实，此处未计入）。亚组委会和亚残组委工作人员包括专职人员、挂职人员、帮助工作人员，还有面向社会招聘的社会专业人士，以及因赛事筹办实际需要所聘请的相关顾问和专家。

上述人员还不包括亚运会和亚残运会举办过程中，协助工作人员为运动员和观众提供竞赛运行、注册制证、礼宾和语言、抵离迎送、仪礼活动、后勤保障、媒体运行、交通出行、网络信息亚运村内接待、观赛引导等各项服务的大量志愿者，以及确保赛事顺利进行所必需的安保人员。

也就是说，为确保筹办工作正常有序进行，在亚组委原有700余名工作人员一一配岗后，仍需从国家、省、市范围内补充2800余名P类人员（P类人员就是带薪工作人员，即从各个企事业单位抽调过来从事筹办组织工作的人员，大都为辅助性工作岗位）。

"省市两级党委政府的组织部门，对亚组委抽调人员给予大力支持。2017年，省委组织部出台实施了《关于杭州亚组委干部人事有关事项的意见》，为赛事筹办人才保障提供规范依据和有力支撑。"亚组委相关负责人介绍说，"我们在全省范围内选派组委会专职工作人员，并利用杭州市直事业单位空编，公开招录了部分事业身份人员；分批选派具有武汉军运会挂职锻炼经历的工作人员参与赛事筹办；每年根据各部室工作需要，不定期开展社会专业人士招聘；同时压实属地、业主单位和高校主体责任，督促推进场馆团队核心骨干力量配备到位。"多措并举、拓宽渠道，使筹办人员迅速、高质量地聚集，而多方分担和督促，也保证了各场馆现场拥有核心骨干力量。迄今，竞赛场馆运行团队核心骨干人员都已在各场馆集中办公，确保了各场馆的日常运行管理。

人员抽调聚集的时间究竟有多紧张？从亚组委接到人员抽调聚集的指令到制定抽调方案、下发抽调通知，差不多仅一周时间；从下发抽调通知到第一批抽调人员（339名）集结到岗，也差不多仅有一周时间。

这可能是新中国成立以来，杭州市范围内最大规模的机关事业单位人员抽调行动了，要厘清这些人员的岗位、专业、性质、待遇等具体情况，可谓千头万绪。更重要的是，所有被抽调的工作人员都必须是优秀的，必须克服所有困难，尽快到岗、尽快适应，尽最大可能发挥各自所长。这样的情状，类似于打响一场重大战役前的兵力集结。

"由亚组委主责抽调的工作人员有2800余名，这是人员抽调的重点。一个人都得顶一个人用，需要依据岗位职责、业务条线等情况，从国家、省、市各级部门抽调。为了减小各抽调单位压力，需要将这2800多个抽调需求尽可能分到多个单位，分散开抽、分层来抽。但这样一来，拟抽调人员遍及国家、省、市级单位（部门）130余家，涉及单位如此之广，沟通协调的工作量非常大。"陈秋芳回忆道。由于时间紧，责任大，组织和人力资源部的同志加班加点，甚至在办公室连住了三个晚上，争分夺秒地制定方案、加强沟通，前前后后一共制作了三版方案。

省市党委、政府"集中力量办大事"的能力和魄力在此得到了很好的体现。人员抽调必须通过组织部门协调解决、下发抽调通知，省市组织部门为此进行了大量细致的工作，与相关职能部门（如市场监管系统、公安系统、教育系统、体育系统、医疗卫生系统等）反复沟通，尽量简化抽调流程。亚组委则对抽调人数较多的单位上门沟通，争取这些单位的理解和支持。同时对每个岗位的到岗时间进行预估，方便各抽调单位根据到岗时间表统筹使用人员，尽可能减轻抽调单位人员压力。

由于各场馆团队抽调人员人数数量大、涉及单位多，有时还难免要兼顾原单位的工作任务，这给场馆团队抽调人员的日常管理带来了很大挑战。为此，亚组委在已有相关管理制度的基础上，出台了《杭州亚运会、亚残运会场馆运行团队工作人员考核实施办法》《杭州亚运会、亚残运会场馆运行团队工作人员考勤管理办法》《杭州亚运会、亚残运会场馆运行团队工作人员行为规范》，让场馆团队人员的日常管理有规可依、有据可循。

郑雄鹰是连续三届残奥会坐式女子排球冠军。从2022年1月起，她成为亚组委抽调人员，正式加入杭州市奥体中心主体育场"大莲花"场馆运行团队，参与场馆赛时运行计划编制等工作。"'大莲花'是杭州亚运会、亚残运会开闭幕式的场馆，同一个场馆要在短期内举办两项盛会，需要做一些转换工作，比如场馆设施上适合健全人的布局不一定适合残障人士，再比如残疾人的轮椅、义肢等维修要跟上，所以在设计点位上一定要注重方便、好找。"郑雄鹰说。

主动投身亚运会筹办工作，成为场馆运行团队的一名工作人员，这是因为觉得这份工作不仅能发挥自己的专业所长，还能转换角色，细细体味为运动员提供悉心服务的感觉。郑雄鹰说："我以前做运动员时，只知道争夺比分，在赛场上拼搏，真没想到幕后各方面的人力物力都在密切配合。"

她说,成为筹办工作人员队伍中的一员,她将充分利用身体的特殊性,更加切身感受无障碍设施如何建造才能使残疾人士的出行更加便利、更有舒适度。她相信自己以专业运动员的视角提出的要求和建议,能有助于亚运会和亚残运会的顺利举办。

陆万梅是土生土长的新疆汉族人,还在读高中时,她就作为新疆的学生代表之一,参加了2010年广州亚运会的青年营,与亚洲各国运动员和青年学生们相聚过半个月,与亚运由此结缘,一直想着再为亚运做点什么。而对于杭州,她的脑海里始终留驻着极其美好的印象。2012年夏天,她即将上大学本科一年级之时,她父亲开着车,带着她和妈妈、奶奶一起来到杭州游玩,杭州的美丽景色和丰厚的文化底蕴深深吸引了她。

"亚运、杭州,这是两个让我心动的词。所以这回杭州面向社会招聘亚组委工作人员,我毫不犹豫地报了名。我从初中开始一直到高中,都是在乌鲁木齐外国语学校就读,在天津外国语大学国际新闻本科专业毕业后,又在澳大利亚墨尔本的莫纳什大学读研,读的还是新闻传播方面的专业。我觉得自己的专业基础还是很扎实的,加入杭州亚组委的工作人员团队之后,相信能为亚运会和亚残运会出一份力。"陆万梅告诉笔者,她如今是杭州亚组委宣传部的一员,主要从事国际传播方面资料收集和统筹及重要发布工作。

"从中国美术学院毕业后,我就定居在杭州,发挥自己的专业所长,办过设计公司。2018年8月,通过社会专业人士招聘手续,成为亚组委宣传部的一员。因为我觉得亚运会就在家门口举办,应该去参与一下。"翟振辉也是亚组委宣传部的一员,负责品牌形象设计审核协调等工作。有了近5年的亚组委工作经历,他认为自己成熟了许多。"随着工作的逐渐深入，我越来越发现亚运会的筹办是一个非常具有系统性的工程。我在这个国际性的平台工作，通过自己的专业能力作贡献，这个过程很能锻炼自己。相信自己结束这项筹办工作之后，在专业上定会有较大的进步。'办好一场会，提升一座城'，我觉得还可以再加上'锻炼一批人'。"翟振辉说。

"今天是 2022 年第一个工作日，我们已经真正跨入'亚运年'。目前，杭州亚运会场馆设施建设已进入收官阶段，赛事前期筹备工作开展细致全面，亚运氛围营造取得阶段性成效，亚运筹办进程也助推整个城市管理水平提升。现阶段，亚运筹办工作已进入冲刺阶段，现在的关键是围绕亚运筹办的目标和任务，进一步明确工作重点和路径，真正解决为什么、是什么、干什么、怎么干的问题，从而做到干有方向、干有目标，更加突出重点，努力取得更好成效。"

亚组委要求，每一位工作人员都必须"慎终如始，攻坚克难，坚守风险底线意识、亚运铁军作风"。要永葆"实干"的作风，遇事马上就办，不推诿、不扯皮、不拖延，效率优先，注重实效。要永葆"抓细"的作风，细化到具体操作层面，使工作有施工图、可操作。更永葆"从严"的作风，充分认识自己岗位和职责的重要性，始终保持对工作认真负责的态度，守纪律，讲规矩，以每一位同志的高度责任感，凝聚亚运铁军的强大战斗力，打赢这场攻坚战。

亚组委集中抽调人员的培训始终结合不同场馆、不同赛事、不同筹办人员的实际需要，因地制宜、因岗而异地展开，以确保他们具备成功办赛所需要的知识、技能、经验、方法。重点开展场馆团队指挥层和主任层培训，采取集中培训方式，完成筹办工作最新进展情况、指挥决策体系与报告机制、场馆运行管理实务、场馆相关通用政策、场馆关键运行日程、重要工作流线等通识类内容，场馆普适性、特色性内容，岗位类内容学习。同时面向场馆团队中受薪人员、短期补充人员、赛会志愿者、合同商等不同类别人员的岗位培训，合理界定和把握培训工作的不同要求，形成兼具稳定性与灵活性的学习培训项目体系。2022年起还结合各场馆测试赛以及各业务领域和场馆测试活动，集中力量抓好测试赛培训。

"举全省之力"的含义是什么？就是全力把人、财、物等资源向办好这件大事倾斜，浓厚氛围，给足政策，这是一种姿态，更是一种扎扎实实的行动。杭州亚运会筹办过程中，这一点已经做到了。

"黄沙百战穿金甲，不破楼兰终不还。"（唐·王昌龄《从军行》）的确，面临艰巨任务，面对重大考验，我们最需要做的，就是保持冲刺快跑状态，以实际行动，决战决胜。

第2章

呈现力与美的盛会必然花团锦簇

第 2 章
呈现力与美的盛会必然花团锦簇

第一节

"心心相融，@未来"：主题口号和会徽诞生记

体现亚奥理事会大家庭团结向上、紧密相拥的精神，展现新时代中国特色社会主义事业蓬勃发展，呈现杭州城市人文特质，追逐梦想、传递快乐，富有活力与动感，这便是主题口号、会徽的设计和拟定原则。

2019年12月15日晚，杭州2022年第19届亚运会倒计时1000天活动举行（其时杭州亚运会尚未决定延期），活动在主会场杭州奥体中心网球中心和宁波、温州、金华、绍兴、湖州五个分会场举行。当杭州亚运会主题口号正式发布之时，现场发出长时间的欢呼和掌声。

杭州亚运会主题口号具有十足的现代感，充满对未来的畅想，它的英文表述为"Heart to Heart, @ Future"，中文表述为"心心相融，@未来"（读作"心心相融，爱达未来"）。

这个口号的亮点是@，这是邮箱用户名与域名之间的间隔符，借指互联网，也契合了杭州互联网之城的特征。"心心相融"（Heart to Heart），意为各国人民在亚运会这个大舞台上交流融合，也体现亚奥理事会大家庭团结向上、紧密相拥、和平相处的愿景，倡导全民健身和投身奥林匹克运动；"@未来"（@Future），传递一种自信乐观、不畏挑战、共迎美好的期许，与"更快、更高、更强——更团结"的奥林匹克格言相契合，也寄托着面向未来，共建人类命运共同体的美好愿望。

杭州第19届亚运会主题口号

"口号里面有个心字，代表各国人民在亚运大舞台上，用心相融，紧紧相拥，团结向上的愿望！""万物互联，杭州有着互联网的特质。相信这句积极阳光、现代时尚的主题口号很快就将传遍地球村！"在活动现场，杭州亚运会宣传形象大使、奥运冠军罗雪娟和网络作家唐家三少向大家诠释了杭州亚运会主题口号的内涵。

作为展示杭州亚运会理念、传播亚运精神的重要载体，这个主题口号是亚运会品牌形象和赛事景观的重要组成部分，其发布也是亚运会筹办进程中的重要事件之一。

2019年9月，杭州亚运会主题口号征集活动启动，在短短一个月的时间里，来自全球26536人次通过线上线下参与主题口号征集。活动结束后，时任亚奥理事会主席艾哈迈德亲王给杭州亚组委发来了主题口号允准信和亚运会倒计时1000天的贺信。

在主题口号征集公布的前后，杭州亚运会的各种宣传口号也陆续推出。"精彩亚运，魅力杭州！""共亚运，齐参与，杭州，你是我的骄傲！""I love Hangzhou! I love the Asian Games!""Hangzhou, I'm proud of you!"……一条条充满自信与激情的标语，出现在机场车站、大街小巷……

本届亚运会的会徽，名为"潮涌"，主体图形由扇面、钱塘江、钱江潮头、赛道、互联网符号及象征亚奥理事会的太阳图形六个元素组成，下方是主办城市名称与举办年份的印鉴。

在会徽中，扇面造型反映了江南人文意蕴，赛道代表着体育运动和竞技，互联网符号高度契合新时代杭州城市特色，太阳图形则是亚奥理事会的象征符号。钱塘江和钱江潮头是形象核心，绿水青山展示了杭州山水城市的自然特质，江潮奔涌则表达了浙江儿女勇立潮头的精神气质。整个会徽形象象征着新时代中国特色社会主义大潮的涌动和发展，也象征着亚奥理事会大家庭携手团结、紧密相拥、永远向前。

本届亚运会会徽的设计者是中国美术学院教授、博士生导师袁由敏领衔的"九月九号设计"团队。

杭州第19届亚运会会徽

"记得是在2018年1月

29日，杭州亚组委向海内外征集本届亚运会的会徽设计方案，我们在第一时间就确定了参与设计应征。因为我们设计团队的宗旨，就是期望把自身专业知识应用到具体社会生产之中，在这座城市的经济文化建设中有所担当、有所作为。为亚运助力，为杭州代言，自然成为我们设计团队最朴素的愿望。"袁由敏告诉笔者。

后来，在袁由敏撰写的本届亚运会会徽创作札记里，他再次阐明参与这次设计的缘由："凡重大体育赛事项目的视觉设计，一直是主办国展现其文化软实力，主办城市宣传推广城市魅力，设计师大显神通的好平台。史上成功的设计，都已成为奥运史和设计史上的双重宝贵文化遗产。能为一届世界或洲际范畴的重大赛事奉献视觉设计，是很多设计师的梦想。"

2018年2月，定下设计任务后，袁由敏设计团队迅速行动起来。

跳出窠臼、力求创新，这是袁由敏设计团队一开始就确立的原则。"我们把它归纳为'一定不做成什么'，也就是说必须避开原有的、老套的设计思路。当年北京2008年奥运会申办Logo横空出世，设计者陈绍华老师用书法'飞白'笔触、奥运五环元素演绎了极具动感的太极形象，这一视觉设计张弛有度，看似内敛却有视觉张力，深得人心。它引领了中国平面设计的一种潮流，但后来也催生出一种视觉设计同质化的现象。我们通过大数据搜索，全国所有运动会的Logo基本上是书法'飞白'。如果我们在一群毛笔'飞白'里再加上一个，那会显得没有文化自信，也没有视觉辨识度。所以我们首先确定了设计亚运会会徽的第一个反向目标：避开书法'飞白'的视觉形式雷区，绕开时代的'洪流'。"

反向目标的设计原则，带来了全新的设计思路。经过酝酿和讨论，大家首先确立的一个设计核心或者说设计原点，就是涌潮、钱江潮头，因为这是杭州乃至浙江的一大象征。

但这个涌潮并非波澜壮阔、铺天盖地、惊心动魄的,而是相对安静、舒展,不乏诗情画意,符合江南水性特点,也映现江南民众的性情。而钱江涌潮的波纹线条又幻化为一个扇面,或十条赛道,或互联网的 Wi-Fi 图标,这十条线条的寓意就更多元、更深刻了,而"2022"这个举办年份,则以一串艺术化的曲线镶嵌其中,宛如钱江潮头,潮头高耸却又不失柔情。

第 18 届亚运会于 2018 年 8 月 18 日至 9 月 2 日在印度尼西亚雅加达举行,闭幕式上要举行会旗交接仪式,开启"杭州时间",因此杭州亚运会会徽必须在这场闭幕式上展示。留给袁由敏设计团队的时间不多了。

"在后来的几个月中,我们一次次修改,一点点完善,鏖战九轮,轮廓逐渐清晰起来。"袁由敏告诉笔者,2018 年 4 月上旬,他们的应征作品送达亚组委,成为 4263 件全球应征作品中的一件。

接下来便是专家评审环节。本届亚组委组建了由来自艺术、设计和体育领域的权威专家、运动员代表等 15 位成员组成的评审委员会;4 月 18 日,评审委员会按照会徽评审程序和规则进行首轮筛选;4 月 18 日晚,采用"贴票票决"形式,15 位评委逐轮评选出 92、48、13、10 件作品,范围逐渐缩小;4 月 19 日上午,评审委员会再次对这些作品进行深入评议论证,最终选出 4 件优胜作品。

在紧锣密鼓的评审同时,已被关注的袁由敏设计团队的设计方案,正按照评审专家的意见,与亚组委相关人员一起进行不停修改完善。中国美术学院还成立了由许江院长挂帅的亚运会形象设计修改小组,共同探讨亚运会会徽以及接下来的亚残运会形象设计工作。

"比如在放大缩小色彩关系、调整线条的疏密动静、处理黄金分割等技术性问题上，我们又进行了反复打磨，整个团队都没有喘息之机。但有一点，随着会徽设计方案越来越接近完美，团队的信心越来越足，觉得项目肯定能够完成，我们的方案最终肯定胜出。"袁由敏向笔者展示了他最后几轮的修改稿。即便是常人容易忽略的细节，也已被他们反复打磨过。

在对会徽设计作品进行最后修改和扩展应用设计之后，2018年6月，袁由敏设计团队的设计方案（即"中国美术学院方案"），与另一个方案（即"浙江工业大学方案"）作为建议方案和备用方案共同上报。7月，亚组委审阅同意了会徽建议方案，派人送达亚奥理事会总部。当月底，方案获得正式认可。至此，袁由敏领衔的"九月九号设计"团队设计方案"潮涌"，成为杭州第19届亚运会会徽正式设计方案。

2018年8月6日20时，第19届亚运会会徽正式发布。时任亚奥理事会主席艾哈迈德·法赫德·萨巴赫亲王通过贺信表示，杭州亚运会会徽富有活力与动感，涵括了杭州的城市人文特质。相信到亚运会举办之时，会徽在中国、亚洲乃至全世界已深入人心，被人们所熟知。无疑，艾哈迈德亲王的这一评价，准确地道出了本届亚运会会徽的特色和亮点。

杭州第4届亚残运会会徽的名字叫"向前"（Ever Forward），它的图形是：一名坐在轮椅上的残疾人运动员，以奋勇争先的姿态，在十条半弧形线条构成的竞技赛道上，转动着轮椅全力向前挺进，充满动感、力量和激情。那十条半弧形线条长短不一，由紫到红到黄呈渐变色，伸向远方，又如同钱江潮奔腾不息。运动员的造型犹如在大潮中绽放的朵朵浪花，诠释了残疾人运动员顽强拼搏、挑战自我的英雄气概。下方则是主办城市名称和举办年份的印鉴。

第 2 章
呈现力与美的盛会必然花团锦簇

2020年3月23日上午10时，第4届亚残运会会徽、主题口号正式向全球发布。本届亚残运会会徽由时任中国美术学院设计艺术学院副院长陈正达设计，亚残运会主题口号为"Hearts Meet, Dreams Shine"（心相约，梦闪耀）。

杭州第4届亚残运会会徽

"亚运会和亚残运会，同一个赛场和赛道，同一个起点和终点，呈现出体育运动对于所有运动员的平等。因此，在杭州亚残运会会徽的设计上，既要和亚运会会徽设计基因要素、格调色系保持一致，但视觉传达上又要有明显的亚残运会特征。"陈正达介绍。

亚运会和亚残运会的举办是一个整体，因此，本届亚残运会会徽的整体视觉要素和风格特征与本届亚运会会徽"潮涌"应保持一致，以体现"两个亚运，同样精彩"的办赛要求，同时，亚残运会会徽还需在视觉上呈现更加积极向上的姿态，符合"阳光、和谐、自强、共享"的办赛理念，体现"更快、更高、更强——更团结"的奥林匹克格言所蕴含的体育精神。一句话，完成好这一设计任务是具有相当难度的。

"记得是在2019年11月8日下午，杭州亚运会艺术设计研究中心在中国美院象山校区揭牌成立。我作为这个中心的主要成员，参与了部分亚运视觉形象设计和专业咨询等工作。亚残运会会徽设计始终得到中心主要负责人的支持，记得当时我们经常进行会徽修改的讨论。尤其是许江院长挂帅的亚运会形象设计修改小组,对亚残运会形象设计的定向和完善起了很大的作用。"陈正达回忆,其时,距亚运会会徽发布已经过了一段时间,亚残运会会徽的设计方向渐渐清晰。

在各方不断磨合讨论,对所有设计方向和方案作了筛选之后,确定了亚残运会会徽修改的雏形方案。为确保设计的专业性、艺术性,其实早在2018年6月,杭州亚残组委已定向委托陈正达修改和完善杭州亚残运会会徽。

"在整个会徽修改过程中,特别是在几次关键方案的调整过程中,杭州亚组委领导和亚运会视觉形象设计总监宋建明老师的意见,对会徽最终成形给予了很大的指导和帮助。"经过为期半年差不多四轮修改,并经多轮专家研讨论证和深化修改,2019年8月,陈正达设计的亚残运会会徽被正式选为推荐方案。

2020年1月,杭州亚残运会会徽最终确定。2020年3月10日,杭州亚残组委收到亚残奥委会的会徽允准信件。

同在这场发布会上发布的杭州亚残运会主题口号"Hearts Meet, Dreams Shine"(心相约,梦闪耀),源自江苏省无锡市市民周文忠提交的主题口号应征方案,后经过多次深化修改、报批并最终形成。

"心相约,梦闪耀"这一主题口号,表达了残疾人运动员通过参与亚残运会,追逐梦想、传递快乐,为实现人生价值和光荣梦想而拼搏的心声,彰显了生命的尊严与可贵。主题口号传递出平等尊重、相知相融、携手圆梦的人文情怀,诠释了奥林匹克精神,也承载着残疾人战胜困难、完善自我、创造幸福的期盼。这一主题口号简洁大气,激励人心,与杭州亚运会主题口号"Heart to Heart, @ Future"(心心相融,@未来)在核心内涵和整体风格上十分和谐，完美呼应。

2020年10月21日，杭州亚运会以"润泽"为主题的核心图形和以"淡妆浓抹"为主题的色彩系统发布。

何谓核心图形和色彩系统？它们究竟有什么用处？简单地说，杭州亚运会核心图形和色彩系统是亚运视觉形象体系的基础性、辅助性元素，其设计融竞技体育精神、中国文化元素、杭州城市特质、国际化审美风格于一体，根植于杭州的历史人文、自然生态和创新基因，它们与会徽、吉祥物、主题口号、体育图标等视觉标志相互呼应，共同塑造杭州亚运会的整体氛围和美学基调。

核心图形和色彩系统将广泛应用和呈现于场馆布置、电视转播、庆典仪式、文化活动、城市景观、交通工具、制服、门票、特许商品等领域，旨在提升亚运城市氛围，传播亚运美学文化。

核心图形主题"润泽"，以杭州本土文化元素丝绸为主角，将丝绸徐

杭州亚运核心图形主题 Core Graphics Theme of Asian Games Hangzhou 2022

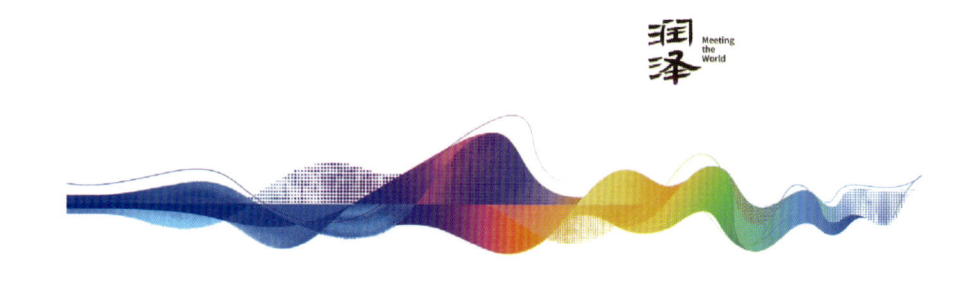

核心图形

徐展开成一幅富有江南韵味和东方诗意的"新富春山居图",交错呈现出山水彩墨、智能网云等图形元素,给人以绵延的视觉美感和无穷的想象空间。其设计者是中国美术学院设计艺术学院副院长成朝晖。

"核心图形作为承载亚运精神和文化基因的视觉形象,是亚运体育与杭州自然、人文、生态、科技、艺术与美学的展现与传播,以及人类对美好未来的共同愿望,这也正是'润泽'主题的至高境界。"成朝晖介绍,核心图形以动静结合的态势,着重展现了丝绸飘逸舒展、温润细腻、挥洒灵动的特性,体现了"温润万物、泽被天下"的气韵与胸襟,也寓意亚奥理事会大家庭在杭州欢聚,亚洲多彩体育文化通过杭州亚运会的舞台交流互鉴。

核心图形"润泽"中,成朝晖专门设计了"点彩"效果,即让无数彩色像素点在视觉中灵动跳跃,形色相融,以保持色彩的鲜艳亮眼。这也是第一次在亚运会核心图形设计中融入新印象画派的"点彩"技法。

色彩系统主题为"淡妆浓抹",富有"欲把西湖比西子,淡妆浓抹总

色彩系统

相宜"之神韵。它通过对中国色彩文化和杭州城市特质的提炼与浓缩,设计出以"虹韵紫"为主,以"映日红、水墨白、月桂黄、水光蓝、湖山绿"为辅的色彩系统,呈现出既有葱郁湖山自然生态,又富创新活力运动激情的新时代画卷。其设计者为中国美术学院色彩研究所执行所长郭锦涌。

"色彩是非常独特的视觉语言,往往饱含诗韵。这次色彩系统中的'虹韵紫',灵感就出自唐代杭州刺史白居易的《忆江南》:'日出江花红胜火,春来江水绿如蓝。'杭州是'诗画浙江'的省会,也是'唐诗之路'非常重要的起点,所以诗歌就成为我们这次创作的重要源泉。"郭锦涌介绍,较以往亚运会色彩系统不同的是,这次"淡妆浓抹"中的六种颜色,都是渐变色,"色彩是相对的,同样的色彩在不同光照下,表现出来的效果其实是不一样的。比起单一的颜色,渐变色具有更多的灵活性和适应性。"

第二节

灵动"江南忆",昂扬向上"薪火"传

  杭州亚运会吉祥物"琮琮""莲莲""宸宸",分别代表良渚古城遗址、西湖和大运河三大世界遗产,活泼灵动,乖巧可人,宛如三个亲密无间的好伙伴。它们有一个共同的名字"江南忆"。杭州亚运会火炬"薪火",以代表浙江八大水系的八组水波纹为炬基装饰,以良渚螺旋纹演化为炬身纹样,以玉琮语意为特征形成炬冠,以中国结穗尾纹样结束,象征各国运动员在亚运大舞台上团结共融。

三个活泼可爱的机器人娃娃"琮琮""莲莲""宸宸"出现在大家面前,它们分别代表目前杭州所拥有的三大世界遗产良渚古城遗址、西湖和大运河,活泼灵动,乖巧可人,宛如三个亲密无间的好伙伴。它们有着一个共同的名字"江南忆"。

第 2 章
呈现力与美的盛会必然花团锦簇

宸宸 ChenChen 琮琮 CongCong 莲莲 LianLian

杭州第 19 届亚运会吉祥物

杭州亚运会吉祥物"江南忆"组合名，出自白居易的名句"江南忆，最忆是杭州"，融合了杭州的历史人文、自然生态和创新基因。具体来说，代表良渚古城遗址的"琮琮"，名字源于良渚古城遗址出土的代表性文物玉琮。纹饰精美、象征神权的玉琮是良渚文化的重要标志物，散发着永恒的魅力。"琮琮"坚强刚毅、敦厚善良、体魄强健、热情奔放，展现了不屈不挠的创业

良渚遗址玉琮王

杭州西湖莲花

大运河拱宸桥

精神，鼓舞人们激发生命活力，创造美好生活。代表西湖的"莲莲"，名字源于西湖中无穷碧色的接天莲叶。莲叶以其纯洁、高贵、祥和的姿容为人们所喜爱。"莲莲"纯洁善良、活泼可爱、热情好客、美丽动人，展现了精致和谐、大气开放的人文精神，传递着共建人类命运共同体的期许。代表大运河的"宸宸"，名字源于大运河杭州段的标志性建筑拱宸桥。有着约四百年历史的拱宸桥，承载着一代又一代人的美好记忆。"宸宸"机智勇敢、聪慧灵动、乐观向上、积极进取，展现了海纳百川的时代精神，架起了亚洲和世界人民的心灵之桥。

2020年4月3日上午，由于疫情防控的需要，这三个吉祥物以互联网直播的形式向全球正式发布，收获了无数赞许和欣喜的目光。人们欣赏其独特而新颖的造型，喜爱其美妙而可爱的设计。作为杭州亚运会的吉祥物，它们将成为传播奥林匹克精神、传递和平与友谊的使者。

"我是85后，可以说，我小时候就与亚运有缘。"吉祥物"江南忆"的主设计师张文回忆设计吉祥物的过程说，"1990年北京亚运会上，我的姑奶奶张彩华，是4×100米女子接力决赛的最后一棒，这场比赛，姑奶奶她们拿到了冠军。她还是女子百米第一个跑进11秒的亚洲女性。她夺冠的消息传到了家乡，那真的是轰动了，幼小的我至今印象深刻。后来知道了体育比赛，知道了亚运，还特别喜欢北京亚运会吉祥物'熊猫盼盼'。正是有亚运情结，也是与自己所从事的专业有关，而且我和我太太杨毅弘对杭州这座城市有很深的感情，所以希望能用自己所学为杭州亚运会出一份力。"

2019年4月16日，杭州亚运会、亚残运会吉祥物征集启动仪式举行，为期三个月的吉祥物设计方案全球征集活动拉开序幕。杭州亚组委给出了

"梦想、创新、欢乐、坚毅"四个关键词，并期待专属杭州亚运的视觉标志诞生。

为了扩大征集活动的参与度，杭州亚组委进入各大高校、中小学和幼儿园开展了广泛的宣传发动，通过亚洲美食节"香约亚运＋"主题活动、"科技创新·共享亚运"杭州—香港恳谈会、泰国国际奥林匹克日等国际化平台，邀请各地各界朋友关心和参与吉祥物征集。来自海内外的艺术设计师、设计爱好者、热心人士甚至少年儿童纷纷响应，为吉祥物的诞生贡献智慧和力量。

张文和杨毅弘也很快着手准备起来。亚运会吉祥物往往是一座城市乃至一个国家的形象代表，他们就想到了杭州的三大世界遗产——良渚古城遗址、西湖和大运河。"杭州西湖自然与文化相融合的景观举世罕有，大运河联结着海河、黄河、淮河、长江和钱塘江全国五大水系，钱塘江上的'弄潮儿'，代表着勇立潮头的探索精神。"张文说，"更重要的是，这三大世遗都可以用'水'来点睛，以'水'来作为设计的切入口，想到了这一点，我们设计第一稿时特别顺畅。"

张文、杨毅弘设计的吉祥物的形象是三个卡通娃娃，分别起名为"江江"、"南南"和"忆忆"，连接成"江南忆"。其中，蓝色的"江江"来自钱塘江，代表着创新与奋进；黄色的"南南"来自良渚古城遗址，代表着梦想与人文；红色的"忆忆"来自西湖，代表着和平与坚毅。"后来，中国美院博士生导师、杭州亚运会视觉形象设计总监宋建明教授多次对吉祥物的科技属性、色彩体系的建立给出了不少重要意见，使得我们对吉祥物又作了深入设计和更精准的提炼。"张文对于每一次交流的机会显得格外珍惜。

深化修改后，"江江"更名为"宸宸"，灵感来源于拱宸桥，"宸宸"

的额头上有三个古桥桥洞的图案，图案中将有倒影的桥和人工智能的摄像头结合在一起，是对智能亚运的人性化表达；"南南"更名为"琮琮"，灵感来源于良渚文化的玉琮。张文曾多次去良渚博物院描摹玉琮上的"神人兽面纹"，这种敬畏的感情投射在了"琮琮"的身上；"忆忆"改名为"莲莲"，换了一身青绿色的衣服，眼睛含笑，眯成两道弯弯的月牙儿，显得更加青春可爱。在修改过程中，他们尝试了很多符号元素，最终确定用头顶上纹路交织相连寓意着万物互联。

2019年7月6日是集中收件的第一天，中国美术学院研究生翟莫梵是最早赶到现场提交作品的。递交设计作品的作者中有不少是大咖级别的设计师，当然还有非设计专业的人士。河北邯郸一位年近古稀的老人，因担心作品邮寄来不及抵达，特意坐了17个小时的火车赶到杭州，终于在征集收官当天交上自己的设计作品。为期三个月，杭州亚组委共收到海内外应征作品4633件，分别来自全国31个省、自治区、直辖市和香港特别行政区、台湾地区，以及英国、美国等国家。

11位来自海内外艺术、设计、影视动画、人文等领域的权威专家以及体育部门和运动员代表对应征作品进行了细致认真的评审。著名艺术家韩美林先生担任评审委员会主席，宋建明教授担任常务副主席，中央美术学院王敏教授担任副主席。经过一轮轮评审，从4633件到182件、46件、14件，最终10件入围方案从评委们的选票中产生，其中4件作品成为重点推荐方案，张文、杨毅弘设计的作品名列其中。

按照组委会的要求，4件入围方案原作者开展了自行深化修改。2019年10月1日，亚组委召开专题会议，从4件获选作品中选出3件作为重点深化修改方案，委托中国美术学院组织三位专家分别进行"背靠背"修改，中央美院、清华大学、同济大学等高校也参加了修改指导和论证。

在专家的指导下，通过一次次的深化修改，张文、杨毅弘的设计作品日臻完美。"终稿打印出来时，感觉一下子就对了。我们对吉祥物色彩的明度、纯度、色相进行了精准的设定，所有的色彩拉回到清丽、雅致、婉约那种符合杭州特点的色彩特征。"至今，回忆到这里时，张文依然抑制不住激动。

2020年4月3日，杭州亚运会吉祥物正式向全球发布。4月13日上午，同样由张文、杨毅弘设计的杭州亚运会吉祥物项目运动造型设计正式发布。该设计是利用吉祥物对各体育项目比赛中最具代表性动作的定格与动画设计，是亚运视觉形象体系的重要组成部分。

2021年12月23日，杭州第19届亚运会官微宣布，杭州亚运会特许商品——吉祥物项目运动造型数字藏品上线，共3款，分别是由"琮琮"展示的攀岩、"宸宸"展示的电子竞技和"莲莲"展示的帆船，于次日12时在支付宝开售。此次发行的数字吉祥物是一种数字收藏品，由蚂蚁链提供技术，实现链上确权存证与发行，每个限量藏品都有独一无二的编号。

运动造型数字藏品——琮琮、宸宸、莲莲

与杭州亚运会吉祥物发布只隔了13天，2020年4月16日，杭州第4届亚残运会吉祥物——良渚神鸟"飞飞"在互联网上正式向全球发布。亚残奥委员会主席马吉德·拉什德发来贺信说，吉祥物富有吸引力，引人瞩目，激发每个人对于亚残运会的热忱，它蕴含的体育精神、文化和友谊对传播亚残运会精神具有重要作用。

杭州第4届亚残运会吉祥物

"飞飞"是"三青鸟""蓝翡翠""良渚玉鸟"这三种鸟的"合体"。它的双翼延续到脸颊上的是良渚文化标志纹，扬起的翅膀展现了力的美感，鸟冠上的"i"字（intelligence）是智能、智慧的象征，体现了杭州这座互联网之城的特征。胸前45个点组成的环形象征着亚残奥委会各成员欢乐会聚。

2019年4月到7月，杭州第4届亚残运会吉祥物启动全球征集。"确定应征之后，我们团队首先进行了充分的调研，逐渐把目光集中在颇具杭州代表性的四个动物形象上——白鹭、金牛、松鼠和玉鸟，它们代表天、地、水的精灵。"中国美术学院青年教师李洁介绍，由她领衔的团队着手设计之初，就明确了设计的基本方向，"因为在调研中，我们了解了许多与浙江有关的代表性动植物和人文风情，最后发现浙江是个鸟类繁多的地方，虽然也有其他外来物种，但浙江的一大特色就是'鸟语花香'。"

"鸟语花香"的浙江让李洁设计团队进一步打开了思路。经过专家组的深化修改，从四种动物中提取了神兽和神鸟两种形象，分别代表天与地的精灵遥相呼应。最终出炉的"飞飞"形象是一只小巧可人的鸟，它并不属于某种鸟类，而是"三青鸟""蓝翡翠""良渚玉鸟"等三种鸟的"合体"。

"它的概念源自中国古代神话中的神鸟'三青鸟'，原本是一种猛禽，后渐转为色泽亮丽、体态轻盈的小鸟，后人多把它看作传递幸福佳音的使者，在浙江，这种青鸟蛮多的；'飞飞'的颜色来源于浙江五大'天姿之鸟'之一的'蓝翡翠'，其活跃于杭州西溪湿地与西湖；而'飞飞'的外形又来源于良渚文化中的玉鸟，因此我们在它身上特地画上了良渚文化中特有的纹理，这纹理宛如潮水，象征亚残运会运动员自我超越、顽强拼搏的精神，中间的漩涡纹象征着光芒与希望。"李洁还特意介绍说，"在运动、兴奋、开心时，'飞飞'会发出蓝色的光芒，这是希望能够以体育运动为契机，连接起中国和亚洲各国的友谊。"

亚残运会吉祥物设计稿经过"四进二"与"二进一"过程后，逐步完美。2019年10月，"飞飞"与其余三组作品一起入选重点深化修改方案后，李洁设计团队又与深化修改组的专家一起作了"背靠背"修改。在经过网上查重、报批等程序后，李洁设计团队的方案成为本届亚残运会吉祥物候选方案，并最终得到中国残联和亚残奥委会的正式允准。

"飞飞"与会徽"向前"、主题口号"Hearts Meet, Dreams Shine"（心相约，梦闪耀）一脉相承，都是宣传杭州亚残运会的绝佳载体。"第一个'飞'，是鸟的飞翔。天高任鸟飞，代表人类社会包容、尊重、友爱的良好氛围。第二个'飞'，是残疾人运动员追逐梦想，自我飞跃的精神状态。"杭州亚残组委有关负责人的解释，无疑道出了吉祥物"飞飞"的本质内涵。

第 2 章
呈现力与美的盛会必然花团锦簇

杭州第 19 届亚运会倒计时一周年主题活动

2021 年 9 月 10 日晚，亚运会倒计时一周年主题活动现场（其时杭州亚运会尚未决定延期）发布了火炬形象。

当时，现场大屏幕上呈现出时空交错的视觉特效，众人的目光一齐落在台上。名为"薪火"的火炬从玉琮道具中缓缓升起，时任省委书记、省人大常委会主任袁家军同志走上台，郑重地举起火炬，向在场者展示这一杭州亚运会火炬形象，全场顿时响起一片热烈掌声。

本届亚运会火炬，名为"薪火"，其造型自下而上"生长"，整体高 730 毫米，净重 1200 克。炬基，以八条水脉为文明之脉，代表浙江八大水系；炬身，以良渚螺旋纹为演化，形似指纹，自然交织，精致细密；炬冠，以玉琮语意为特征，方圆相融，昂然而立；出火口设计源自"琮"最早的甲骨文字形，寓意光在内周而复始；整体轮廓曲线犹如手握薪柴，在动静之中迸发出运动员的力量感和汇聚态势。

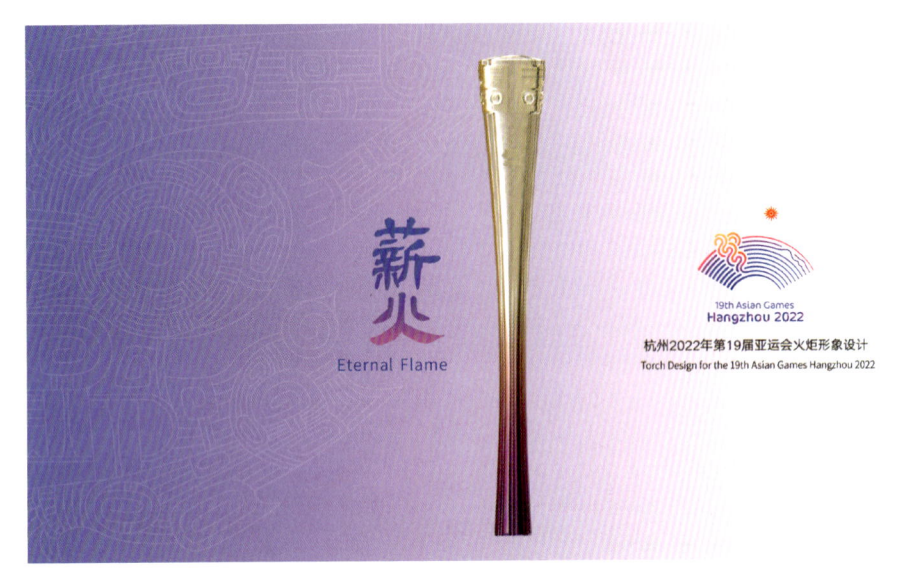

杭州第19届亚运会火炬

"薪火"是由中国美术学院工业设计研究院院长王昀担任设计指导，中国美术学院教师包天钦、陈赟佳、谷丛等组成的主创团队及协创团队，历时近一年的设计、论证、修改而完成的。

王昀在形象设计和主题设计方面颇有经验，曾参与过多项国内重要设计任务。2007年，为了给2010年上海世博会出谋划策，他在许江领衔的中国美术学院设计团队中有着出色的表现，作品"城市魔方——2007上海世博想象主题馆构想"还获得了上海美术大展·艺术设计展优秀奖。火炬设计团队的另几位青年教师在这一领域也多有建树。

"把亚运会火炬定位为雅俗共赏，这是第一步。运动会火炬像是一种传统的礼器，但又不同于传统的礼器，它所承载的内涵，还必须让今人能充分理解。这就得做到抽象和具象的融合。同时它的科技含量也特别高，因为它还有一个内燃的燃烧系统，点燃后，火炬手举着它跑动，必须让火炬均匀燃烧，决不能出现中途熄灭的情况。火炬的特殊性决定了它的设计是有相当难度的。"王昀介绍。

良渚文化的标志物玉琮不久就进入了王昀设计团队的视野。玉琮作为良渚文化的重要标志物，具有"纹以载道，以器传礼"的鲜明特性，这与传递文明和亚运体育精神的火炬十分相符。正是因为选择了良渚玉琮作为火炬的设计原型，所以它的外形采用了方形桶身，这在运动会设计中独树一帜。"确切地讲，是方圆相融、上方下圆的造型。这样的造型，可能会在设计和制作工艺上带来新的要求，整个火炬的组成方面也与传统火炬会有不同，但它的整体形状更具个性，更臻完美。"包天钦介绍。

"'薪火'通体覆以双色，顶部是'丹桂金'，下端过渡为杭州亚运会色彩系统的主色彩'虹韵紫'。炬基以代表浙江八大水系的八组水波纹为装饰，炬身以良渚螺旋纹为演化，纹样形似指纹，自然交织，精致细密，以中国结穗尾结束，象征各国运动员在亚运大舞台上团结共融。"陈赟佳特别介绍，"炬冠呈方形，与炬身的连接处巧妙地设置了隐藏式进风口，而顶部出火口呈十字交叉状，四分区的密簇网片、环缝出火盖加上中心拱形稳焰片的设计方法，既提高了燃烧的稳定性，还提高了颜值。"

运动会火炬设计不单单设计火炬形象，它是一个"家族"，与火炬相关的"家族成员"都得设计，包括采火器、采火棒、圣火盆、火种盒、火种灯、火种灯展示台、火炬支架、火炬展示台及火炬包装盒。它们都是火炬的配套物，不可缺少，所有"家族成员"放在一起才组成了"全家福"。差不多与设计"薪火"同时，其配套物也都由王昀领衔的团队设计完成了。

包天钦说，本届亚运会火炬的燃烧系统以天然圣火与智能技术为双核支撑，这在历届大型赛事火炬设计中也是首创。经过设计团队与有关方面反复论证优化，先后突破工艺、材料、生产、运输等一系列瓶颈，方才达到了预想的效果。在制作上，还做到了原材料通过区块链技术数字上链，利用可溯源机制确保真实性；金属部分采用1070铝合金旋压成型工艺，表面先后经过激光精雕和阳极氧化两道工艺淬炼；燃料采用生物质燃气，清洁安全可靠；握把采用可回收生物质材料，环保轻盈，便于手持。

经过419个日日夜夜，王昀设计团队经历了上百个方案的调整，完成了逾百张手绘草稿，报批文件多达百份，内部修改方案40余版，样机20余支，产生了20000余份文件之后，终于交出了一份令人满意的答卷。

2021年9月14日，杭州第19届亚运会火炬"薪火"同款3D版数字火炬正式发布。杭州亚运会数字火炬是杭州亚运会首款火炬主题特许商品，也是亚运会70年历史上首次发行数字特许商品，它是数字时代的全新形式，寓意本届亚运会希望通过数字化探索和创新，让更多人能有机会拥有亚运火炬，并成为亚运精神的传递者。本次发布的杭州亚运会数字火炬是一种限量的数字收藏品，每个火炬都有自己的编号，共发行2万个。

2021年10月9日下午，在特殊教育学校杭州市杨绫子学校举行了杭州亚残运会倒计时一周年活动。活动现场，杭州第4届亚残运会火炬形象"桂冠"正式发布。

"桂冠"是一支外观呈流线型的火炬，通体有"月桂黄"和"虹韵紫"两种色彩，相映成趣，整体高756毫米，净重1160克，与杭州亚运会火炬"薪火"相互呼应。该火炬形象由中国美术学院王昀教授担任设计指导，工业设计研究院工业设计系主任章俊杰带领王菲、武奕陈、傅吉清等教师组成团队，历时一年反复论证、设计、修改后共同创作完成。

第 2 章
呈现力与美的盛会必然花团锦簇

"这支火炬的设计思想源自良渚玉琮和杭州市花桂花,把良渚玉琮尊为文化本源,取它'礼通天地,道贯古今'的理念,并强化了桂花所寓的阳光、和谐、自强、共享的办赛理念。"王昀介绍,从这个理念出发,具体设计时,"桂冠"的"心脏"位置嵌入了代表良渚文化的玉琮形象,显现其承上启下的态势;桂花从点滴星光的炬基起步,昂扬上升,形态过渡为浓郁的花束,直至铸就浪潮般的桂冠。而火炬出火口以数字城市为灵感,设计了智慧射线状的出火格栅,强化了人文与科技的双重融合。

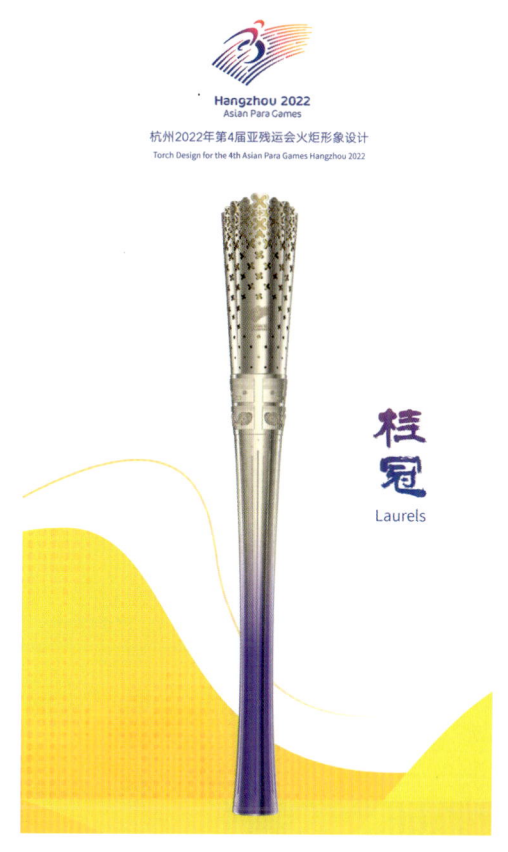

杭州第 4 届亚残运会火炬

"桂花寓意着勇夺桂冠,我们从一开始就坚持这一意象。"设计团队成员章俊杰说,"'桂冠'的外在形态表达了向上的动感,与亚残运会会徽'向前'的含义是一致的,即体现亚残运健儿奋勇拼搏的运动激情和勇立潮头的当代浙江精神。'四瓣成簇'的桂花花瓣造型,表明了第 4 届亚残运会的含义。桂花与玉琮的形象融合,也体现了亚残运会火炬刚柔并济的特点。"

当然,作为亚残运会火炬,自身必然还具有诸多个性化特点。如在火

075

炬底部铭有"心相约，梦闪耀"盲文。在火炬配套物中，除了必备的采火器、采火棒、圣火盆等之外，还加了一个适配器，即专用火炬支架，这是专为坐轮椅的运动员设计的。有了它，运动员可不必手持火炬，而是把火炬固定在轮椅上进行传递。据章俊杰介绍，"桂冠"的握把还采用生物质复合材料，既易降解，又可轻握，显然增加了火炬在传递中的易用性，让运动员能更轻松便捷地握住它。

2021年10月18日，杭州亚残运会火炬"桂冠"同款3D版数字火炬正式发布。这款数字火炬共限量发行4万个，它将成为无数关心亚残运会的人们的重要纪念物。

第三节

真想不到，会有这么多亚运文化产品

礼仪服装、亚运海报、体育图标、数字火炬手、各种特许商品、碳中和行动者数字纪念奖牌……多姿多彩、别具一格的各种赛事文化产品，会让你充分感受本届亚运会非凡的魅力、独有的神韵。你肯定忘不了五彩缤纷的这一切。

本届亚运会上的礼仪服装究竟长什么样？随着亚运会和亚残运会举办日期的日趋临近，人们的关注度也越来越高。

2021年9月10日晚，在杭州奥体中心网球中心举行的杭州亚运会倒计时一周年主题活动（其时杭州亚运会尚未决定延期）上，令人瞩目的杭州亚运会火炬形象正式发布，人们的激动尚未退去，紧接着又发布了亚运会和亚残运会礼仪服装，为现场观众的热情又添了一把"火"。

礼仪服装设计包括颁奖礼仪服装和升旗手服装，其设计主题为"云舒

杭州第 19 届亚运会礼仪服装

霞卷"。这是一个极富诗意的主题，给人以姿态万千、色彩绚烂之感，也有舒展身心、开阔胸怀之寓意。当模特身穿这几套礼仪服装上台，甫一亮相，台下随即发出一片鼓掌声、啧嘴声，纷纷称许杭州亚运会礼仪服装："赞！""鲜亮！"

杭州亚运会颁奖礼仪服装色彩采用亚运色彩系统中的"虹韵紫""月桂黄""水墨白""湖山绿"，其中，"月桂黄"从上至下渐变，"湖山绿""虹韵紫"从左至右渐变，"水墨白"与其他颜色相互交融，这些色彩的运用可谓独具匠心，浑然天成；升旗手服装色彩采用"月桂黄""水墨白"，上下皆白，配以橘黄、浅黄，象征丰收景象，点缀渐变色的领带。

杭州亚运会礼仪服装的设计元素，依然来源于杭州人文历史景观、钱塘奔腾潮涌、亚运竞技赛道等重要元素，采用休闲西装款式，风格中西兼容，以简单立领、肩部宽阔、收腰及斜摆裙的造型尽显得体大方，其中托盘礼仪人员为短款，引导员为长款。

与亚运会礼仪服装设计同时发布的，还有杭州亚残运会礼仪服装，同样包括颁奖礼仪服装与升旗手服装设计，为杭州亚残运会重要视觉形象之一。亚残运会礼仪服装的设计主题是"远黛青山"，灵感来源于杭州美丽的青山绿水，这与亚运会礼仪服装的设计主题"云舒霞卷"相呼应。

相较于造型和款式，运动会礼仪服装的图案和色彩显得更为关键，温暖明快，不乏寓意，毫不违和的色彩设计，正是这一类服装设计成功的法宝。

2022年4月1日，杭州市召开誓师动员大会（其时亚运会尚未决定延期举办）。大会现场，杭州亚运会全球征集的官方系列海报发布，一批原创性、特色性、时代性的亚运形象宣传作品出炉。

亚运海报，每一张都是大片！这是海报发布仪式上，在场的人发出的赞叹。

作为一种视觉媒介，亚运海报既承担着宣传功能，也关联着东道主的文化特征，折射出这个时代的潮流风貌与社会背景。本届亚运会官方海报，必须围绕"历史人文""智能科技""体育竞技""幸福城市"等主题，可采用手绘、摄影、正负形等艺术手法，结合图形、文字、色彩等元素，以"线性"表达为串联，充分展现亚运美学和奥林匹克精神，以契合杭州亚运会定位、目标和办赛理念，宣扬杭州历史文化与时代风貌，提升主办城市的精神形象，呈现令人印象深刻的"江南美学"，展示个性鲜明的"杭州范式"。可见，这一征集要求是很高的。

令人欣喜的是，自2021年7月28日杭州亚组委面向全球发出官方海报设计征集邀约起，各大洲的设计者踊跃报名，历时94天，共收到海内外应征作品1789件。应征者中，不仅有从业多年的国内外知名设计师，也有不少年轻的艺术家和设计爱好者。经过如前复杂而严格的程序，一批优秀的亚运会官方海报脱颖而出，得以展出。

"官方海报可以更丰富视觉体验，它能够从不同的角度来反映亚运形象，增强我们对亚运或者对这座城市的理解。"杭州亚运会艺术设计研究中心负责人、中国美术学院设计艺术学院院长毕学锋说。按照计划，优秀的亚运会官方海报挑选出来后，相继在杭州亚组委大楼、市民中心、杭州东站、湖滨步行街、地铁吴山广场站等地亮相，展期持续一个月左右，让市民们从中感受亚运美学文化。亚运会官方海报将广泛运用于赛事形象景观、社会氛围营造、媒体宣传推广等，并以海报为媒介，与世界与时代

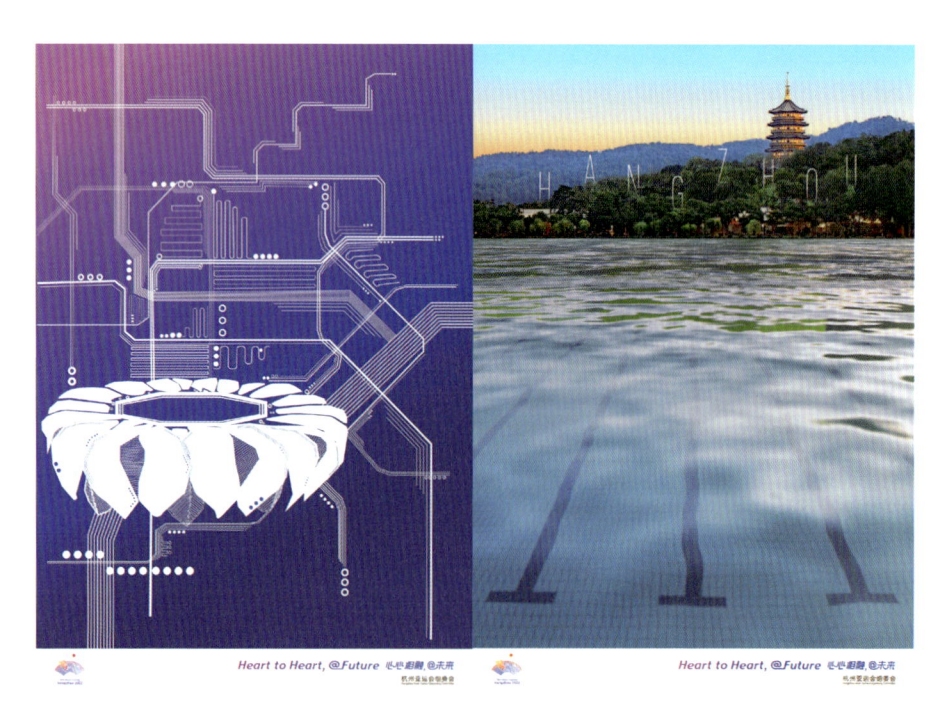

杭州第19届亚运会官方海报

第 2 章
呈现力与美的盛会必然花团锦簇

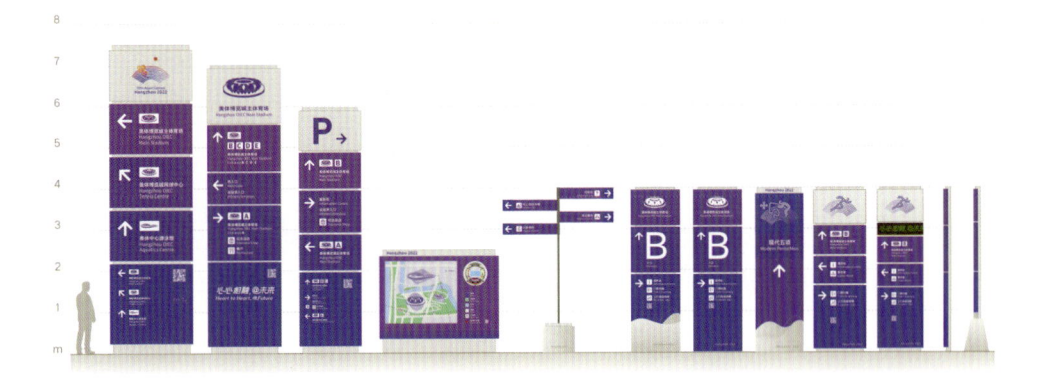

引导标识系统基础元素设计

对话，讲述中国故事，在世界舞台上彰显中国文化自信，表达东方文化意趣。

亚运会是一场赛事活动集中进行、各国人员聚集、各项相关活动密集的大型集体性活动，且包括竞赛场馆、运动员村、媒体中心在内的各类场馆需要在同一时间内集中使用，没有科学合理的交通设施，活动的顺利举行无从谈起，而没有准确醒目的引导标识系统，同样会让你找不到北，让你迷失在现场，正常的活动也就难以参与了。

一句话，引导标识系统作为杭州亚运会赛事文化的重要组成部分，不可或缺，其细节甚至决定成败。2021 年 3 月 26 日，杭州亚运会、亚残运会引导标识系统基础元素设计在线上发布。引导标识系统又称标识导向系统，即通过特定的符号、文字、标识牌等元素，形成统一且连贯的空间指引体系和说明体系，以辅助人在空间环境中进行一系列移动行为。引导标识系统由标识系统与引导系统构成，二者常常一起出现。而引导标识系统中的基础元素设计，无疑是杭州亚运会、亚残运会视觉形象系统建设工作的基础，是落实赛时功能分区和人车流线管理，加强赛会景观和气氛营造的必要条件。有了基础元素，就好像有了一个个文字，怎样写成文章，就看文字怎样组合排列、怎样灵活使用了。

从线上发布的内容来看，杭州亚运会、亚残运会引导标识系统基础元素重点围绕场馆侧进行设计，包括车辆交通标识、行人导向标识、功能区域标识、公共信息标识等。整体版面以"虹韵紫"为主基调，进行渐进式色阶处理，并分区分层编排设计相关信息。导视图标符号采取圆角化处理，既是一种细节上的安全保障，也与杭州温润的特质相协调。另外，增加了可触摸的盲文标识，便于视觉障碍者使用，体现一种人文关怀和城市温度。

作为亚运会赛事文化的一部分，这套引导标识系统的装置造型，自然源于良渚玉琮与钱江浪潮，前者寓意礼迎八方、节节攀升，后者代表勇立潮头、坚韧拼搏和不竭的生命活力。

该套引导标识系统基础元素发布后，很快就全方位、多维度地覆盖到各种场馆内外场景，形成连贯的信息场与信息链，为场馆侧引导标识系统深化设计提供基础。有了这套基础元素设计，有了引导标识系统，将使你轻松自如地穿梭在亚运场地的空间中。当然，有人说，这套引导标识系统基础元素设计本身也是个艺术品，值得赏鉴。

除了引导标识系统，体育图标和二级标志也是值得一说的。体育图标也是奥运会、亚运会等各类重大赛事上的重要视觉形象之一，它以生动准确的运动造型，表现运动会的各种大小体育项目。作为通用图形的体育图标，它需要超越语言文字的局限，让不同的人一目了然。体育图标将广泛应用于运动会道路指示系统、广告宣传、景观环境布置、电视转播、纪念

第 2 章
呈现力与美的盛会必然花团锦簇

品设计等领域,是构成运动会形象与景观的重要组成部分。

此外,人们通过认识体育图标,可以了解更多体育项目,更加关注体育运动。当然,体育图标本身也是集实用性与艺术性于一体的设计品。

2020 年 9 月 22 日,杭州第 19 届亚运会体育图标发布。此次发布的体育图标涵盖 40 个大项、59 个分项,可以说,本届亚运会各项赛事基本上都通过图标得以呈现。其设计者为中国美术学院袁由敏、宣学君、陈申领衔的专业团队。

必须一提的是,杭州亚运会的体育图标,其核心元素延续了亚运会会徽"潮涌"与整体视觉形象的风格,以线性、流畅、动感的造型呈现出各个竞赛项目,使得各类视觉形象设计之间有机融合,浑然一体,从而使杭州亚运会的"味道"更加浓郁。

以往的体育图标都是二维的,再怎么形象可爱,图标本身没法动起来。在三维技术和动漫艺术相当成熟的今天,体育图标自然也别出心裁——杭州亚运会发布了历史上首套动态体育图标。

杭州第 19 届亚运会体育图标

这套亚运会动态体育图标的设计者同为袁由敏、宣学军、陈申领衔的专业团队，历时一年半才创作而成。它的用途无疑十分广泛，场馆标识等原本使用静态体育图标的地方，都是它的用武之地，媒体转播、城市景观、融媒推广等领域将是它新的展示舞台。

杭州亚运会动态体育图标延续了主形象色"虹韵紫"，并在遵循体育图标功能性的前提下，采用动作捕捉与游戏引擎等技术，通过动态运动过程、背景刷入、定帧展示等手段，演绎体育运动的"态"与"势"，直至形成流畅的动画效果。动态体育图标还配了背景音乐，以江南丝竹为主，融入鼓乐，不仅有江南水乡的风韵和温情，又不失体育竞技的力度和韧性。

2021年2月2日，杭州第4届亚残运会体育图标发布，包括22个大项，其设计以奔涌的钱江潮为灵感来源，呼应会徽"向前"所蕴含的奋勇拼搏的运动激情和勇立潮头的浙江精神。该套体育图标由中国美术学院陈正达、王弋团队设计。

杭州第4届亚残运会体育图标

另一套图标系统,即亚运会、亚残运会二级标志于 2021 年 5 月 10 日在线上发布。这套图标系统包括可持续标志、公众参与标志、测试赛标志、智能标志、火炬传递标志、文化活动标志、志愿者标志等,各为 7 个。它们以各具特色的图形特征,诠释着亚运活动的不同主题,在统一的视觉结构关系和色彩体系基础上,形成相互关联、有机和谐的整体。这些二级标志将广泛应用于对应的活动场景,以丰富杭州亚运会、亚残运会视觉形象元素,体现变中有不变、不变中有变的多元统一风格。

该项目的设计工作由中国美术学院设计艺术学院院长毕学锋担任艺术指导,视觉传达设计系教师王弋带领设计团队,历时近半年,反复修改论证后共同创作完成。

2019 年 5 月 18 日,杭州亚运会首套个性化专用邮票在西湖涌金公园向公众发布。此个性化专用邮票为一套一枚,另发行有小本票一本。此套邮票也是面向全国发行的首套搭载 AR 技术的个性化专用邮票。

这套亚运会个性化专用邮票,主图是杭州亚运会会徽,用烫银的线条和面值文字加以装饰,附图以杭州亚运会主场馆为主,以钱塘江沿岸建筑作陪衬,蓝绿底色寓意浙江的青山绿水,运动感十足的水波纹象征浙江的江南气象与活力意象。

2022 年 2 月 21 日,杭州亚运会进入倒计时 200 天之际(其时亚运

个性化邮票

亚运会邮票

争当亚运数字火炬手

特许商品——《杭州2022年第19届亚运会》特殊版式个性化邮票双连张发布。它是中国集邮有限公司精心打造的首款GPZ（中国邮政官方发行的特殊工艺双连张）编号体育题材邮票，在紫光灯下可局部呈现无色荧光油墨图案和全真彩效果。

而2022年11月27日（其时亚运会已决定延期举办），在为杭州亚运会迎来倒计时300天而举办的主题活动上，杭州亚组委向全球推出首创性"亚运数字火炬手"。发布会上，亚奥理事会总干事侯赛因·穆萨拉姆通过视频致辞，向世界发出争当亚运数字火炬手的邀请。

何谓亚运数字火炬手？一句话，它是真实用户在数字亚运世界里的数字身份，具有唯一性。亚运数字火炬手这一形式，把现实世界的亚运火炬手拓展到虚拟的数字世界，能让全世界更多的人突破时空限制，身临其境般直接参与到亚运会这一盛大的体育文化活动中。

全球网民通过"智能亚运一站通"参加"爱运动、爱公益、爱绿色"等活动，就可以成为亚运数字火炬手。成为亚运数字火炬手之后，可拥有代表亚运数字火炬手独特身份的数字权益，包括个性化的数字形象、杭州亚运会火炬手同款服装和"薪火"同款火炬的数字装扮等。

从2022年4月22日12时起，"历届亚运会数字会徽"数字特许商品陆续发布。特许商品是亚组委授权企业生产和销售的与亚运会和亚残运会知识产权相关的商品。数字特许商品不同于传统意义上的商品，它以区块链技术为底层，对数字化设计作品进行链上标记，生成唯一的数字凭证，对应归属于每一位购买收藏的用户，拥有不可篡改、不可复制、不可拆分等特性，使得其在任意变动中都会留痕，形成可追溯性，有效保护发行者版权和消费者权益。

"历届亚运会数字会徽"数字特许商品，源于时任亚奥理事会主席艾哈迈德亲王赠送给杭州亚组委的真实孤品会徽，以十年为一个周期进行发布，如同小小的数字年轮，铭刻了亚运会七十余年的发展历程，映照着亚洲文化交流互鉴的足迹。

2022年10月22日，本届亚残运会倒计时一周年之时，亚残运会特许

往届亚运会数字会徽

商品"飞飞专场"——飞飞毛绒玩具、飞飞徽章、飞飞钥匙扣、飞飞背包等可在网上兑换。

毛绒玩具、徽章、贵金属、工艺品、食品、美妆、数字藏品等17大类千余款特许商品次第推出，一次次点燃人们迎亚运、爱亚运的热情，尤其深得年轻人的青睐，亚运的气氛正越来越浓烈。

不过，与上述被人们热捧的众多亚运特许商品等相比，努力获得"碳中和行动者数字纪念奖牌"行动似乎更新颖、更独特，更符合当今社会所需。

杭州亚组委确定打造首届碳中和亚运会、亚残运会的目标后，同浙江省生态环境厅、杭州市生态环境局、蚂蚁森林等单位联合，启动了这项活动。

2022年6月15日，浙江省2022年"全国低碳日"活动在杭州余杭区径山镇径山村举行，现场发布了浙江省减污降碳协同指数和减污降碳协同增效场景应用。为进一步推动"人人1千克，助力亚运碳中和"活动，扩大公众参与，现场还发布了"杭州2022年第19届亚运会碳中和行动者数字纪念奖牌"。

这是亚运会有史以来第一款以碳中和行动者为内容的数字纪念奖牌。这款数字纪念奖牌分为铜、银、金三款，在支付宝"蚂蚁森林"上线。活动上线以来，得到了社会各界的积极响应和大力参与。至这款数字纪念奖牌发布，活动已吸引3000万余人参加，助力绿色能量4万余吨。

绿色亚运、智能亚运，在杭州得到实实在在的诠释。

第3章

场馆建筑：每一个都会是最好的

第一节

"大小莲花"：在钱塘江畔璀璨盛开

两朵洁白的并蒂莲，身形婀娜、风姿绰约，璀璨绽放在钱塘江畔，静待亚运盛会在此拉开帷幕。金属铸就的高大身躯，宏伟壮丽不失诗意优雅，肖然横卧却又韵味独具，它们别出心裁的设计理念令人惊叹，它们排除万难的建设过程让人折服，杭州奥体中心体育场和网球中心，已经成为中国新时代杭州新亚运的崭新地标。

无论是漫游于钱塘江北岸的钱江新城一带，抑或车行于杭金衢高速公路，还是泛舟于钱塘江面，抬头都能看见这一片鳞次栉比的体育场馆建筑群，交相辉映的"大莲花""小莲花"就是其中最熠熠生辉的两颗明珠。

这片体育场馆建筑群就是杭州奥林匹克体育中心，简称"杭州奥体中心"。它位于钱塘江南岸奥体博览城核心区，以七甲河为界雄跨萧山、滨

杭州奥体中心

江两区。

"杭州奥体中心以'绿心为核,轴线延展,水绿交融,五片环绕'的布局结构,与钱塘江、周边建筑和两岸城市景观相得益彰,尤其是与钱塘江北岸的国际会议中心与大剧院组成的'日月同辉'交相辉映,充满了东方式的美学追求,匠心独具。"杭州亚组委场馆建设部综合处处长徐斌如数家珍地介绍,"杭州奥体中心的设计和施工水平是世界一流的,它的建设对杭州城市发展,特别是城市空间格局转变,进一步推进城市化意义重大。因为它不仅是一个能承办洲际性、全国性的大型体育赛事的地方,还是一处集文化、商贸、旅游、居住、演艺、美食、休闲、度假、购物等功能于一体的大型城市综合体。"

第 3 章
场馆建筑：每一个都会是最好的

作为杭州迎亚运最璀璨的手笔之一，杭州奥体中心的落成，离不开全体杭州人民的群策群力，众志成城。

2009年12月26日，杭州奥体中心体育场顺利奠基，首期开工的项目包括体育场及附属设施、网球中心、商业及车库三大部分。2010年1月，"大莲花"打下激动人心的第一根桩，七甲河畔在尘土飞扬中变身为热火朝天的大工地。

2017年10月，杭州亚运会场馆及设施建设行动大会暨亚运场馆开工活动在杭州奥体中心主体育馆项目现场举行，时任亚组委副主席、省委常委、杭州市委书记赵一德宣布开工。

2018年10月，时任市人大常委会主任于跃敏带队督查亚运会场馆建设，人大代表就更好地落实亚运会办会理念，加强亚运村规划建设纷纷提出宝贵的意见建议。"大小莲花"等各场馆在一双双巧手中、在一腔腔热血里从蓝图变为现实……

杭州奥体中心由体育场"大莲花"（又被称作"莲花碗"）、体育馆/游泳馆"化蝶"、网球中心"小莲花"、综合训练馆"玉琮"等组成，站在江对岸遥望莲花碗，其巍峨令人叹服，其匠心令人惊慑。

莲花为形，冰姿为骨，"大莲花"的造型堪称绮丽而神奇。由28片大花瓣和27片小花瓣交错组成，"一大一小"的大小花瓣自成单元，徐徐舒展，如一只巨大的"莲花碗"矗立江岸，将钱江两岸装点得美轮美奂。"花瓣"之间酷似中国传统建筑景窗的无声留白；内部空间与外部景观通过新式"落地景窗"的默默互动；选用铝镁锰板，架构了像网格一样的半透明"蝉翼"，使钱塘江景一览无余，采光效果更胜一筹。其设计之精妙，令人叹为观止、拍案称绝。

"大莲花"不仅外形设计精妙,而且规模宏大、气势磅礴,观众席的座位数量达到了80800座,是目前国内三座8万人以上的体育场之一。"大莲花"占地面积430亩,总建筑面积为22.9万平方米,共有地上六层、地下一层,雄踞于江畔,静揽两岸繁华,俯观一江水色。尤为壮观的是体育场观众席上方的巨型钢罩棚,外边缘南北向长333米,东西向长285米,如张开的巨伞为观众撑起一片硕大的观赛天地,满怀激情的观众们将在此为本届亚运会、亚残运会开闭幕式大声喝彩,为亚运会田径和亚残运会轮椅网球比赛呐喊助威。"大莲花"配套设施齐全,仅停车场面积就达20万平方米,相当于480个篮球场大小,可容纳2925辆车川流而进,极大地缓解了观赛停车难问题。

同时,"大莲花"还贴心规划有地下商业街和占地9.5万平方米的"一馆两中心":亚运博物馆将以翔实的史料、丰富的数据和珍贵的实物为展,辅以多媒体高科技,留下如星河璀璨的亚运遗产;杭州群众文化活动中心和杭州非物质文化遗产保护中心如星拱月依偎而建,在市场化运营中实现从群众中来、到群众中去的公益体育馆属性。独特的泛光照明系统、7种变光模式,让"大莲花"在四季更迭、时光流转里争奇斗艳、无处不美。

时光倒退回2006年11月,杭州市政府一锤定音:规划建设奥林匹克体育中心。经过近两年的打磨,2008年6月,备选的五个设计方案火热出炉,集体亮相于浙江展览馆,杭州市民积极参与、踊跃投票,"大莲花"设计一骑绝尘,强势胜出。

"'大莲花'不仅外形惊艳、规模庞大,它的内部设计也极具巧思。座位颜色的设计从东到西,红色、紫色、灰色、浅蓝、深蓝5种颜色穿插渐变,意为紫气东来、吉星高照,颇具东方传统文韵。体育场中心除了一

杭州奥体中心体育场内景

个 400 米的标准田径场，两边的弧顶区，一边设计为跳高、标枪、铅球等项目的比赛场地，另一边设计为链球、撑竿跳等项目的比赛场地，安排紧凑、布局合理。"杭州亚组委场馆建设部陆春江副部长说到此处忍不住神采飞扬，"标准田径赛场的跑道由两边平行的直道和两个半径相等的弯道组成，一般为 8 条平行跑道，但本届亚运会在这里安排了 100 米短跑比赛，要求必须有 10 条直线跑道，所以'大莲花'田径场的红色塑胶跑道特意设计为一条'十直九弯'的跑道，这与普通跑道有很大的不同。"

正是无数辛劳的付出、无数智慧的结晶，让"大莲花"轻灵艳丽地盛开在钱塘江畔，与日月同辉，和江河共存。而浙江大学教授罗尧治团队领衔研发并于 2021 年 11 月获得国家科学技术进步奖一等奖的现代空间结构体系创新、关键技术与工程应用技术，是"大莲花"结构设计背后的主要科技支撑。

总共有 55 片花瓣的"大莲花",最大的一片"花瓣"钢结构自重就达 839 吨,内部最重的一吊达 139 吨,最长的一吊达 51 米。深基坑安全施工难度大、上部看台构件的精准定位及支模难度大、悬挑构件加工与安装难度大等一系列工程技术难题都是施工建设中张牙舞爪的拦路虎。2021 年 2 月,惊艳亮相的杭州奥体中心体育场项目成功获得了中国建筑工程领域最高奖项"鲁班奖"。此外,它还荣获中国钢结构金奖、国家工程建设 QC 成果奖等多项荣誉。

"整座场馆有 79 个钢结构环梁节点,为了攻坚这个技术难题,在我的记忆里,光是有院士参加的专家论证会就开了 5 次,从晨星微晓到入夜微凉,每次一开会就是一整天。确定好方案,才能做模型,钢筋怎么样连接穿插,混凝土怎么浇筑,都要 1∶1 地实验现场勘探研究。从模型制作完成到真正开工第一块样板就用了半年时间,这些花瓣最重的一瓣相当于长征五号起飞时的重量,建设时难度可想而知。"回忆起"大莲花"钢结构的施工过程,参与这一工程建设的中天建设集团第二建设公司土建负责人高亚辰,禁不住感慨万分。

从落笔设计到施工招标、再到建材配比,杭州奥体中心体育场一直比肩"百年工程",力求打造建筑精品。"当时参与投标的企业有 12 家,数得上名号的大企业都来了。"中天建设集团第二建设公司项目经理赵纯阳,至今仍记得"大莲花"项目施工投标时的情景。为了能在标书上拔得头筹,集团专门组织研讨小组,进行课题攻关,并先后前往北京、广州问道各行业专家学者,依靠新技术、新思路不断提升标书方案水平。最后,中天集团以综合评分第一的好成绩力压群雄,拿到项目。

"'大莲花'建设在即,主持解决施工建造中相关技术难题的最佳人选，就是董石麟教授。工期短、任务重、施工难，本以为会被他拒之门外，结果董教授一口答应了。""大莲花"的建设单位杭州奥体中心滨江建设投资有限公司总工程师王靖回想起当时的情景，依旧十分动容，"董教授毫不犹豫地答应，并表示他是杭州人，为家乡出力，义不容辞。"

对工程质量不敢掉以轻心的中天集团，施工过程中的任何一个细节，都会请集团专家组反复斟酌、推敲、打磨。2021年5月，"大莲花"建设正酣，施工问题却接踵而来，由于电视转播采用4K超高清，需要在钢结构钢罩棚外缘上增加10吨左右的灯具荷载，已建成的钢结构能否撑得住这新增的重量？各路专家反复讨论，却始终心怀忐忑，不敢轻下结论。

"增加照明，不是对罩棚钢结构的改造，没有问题！"时任中国工程院院士、浙江大学建筑工程学院教授、"大莲花"专家顾问组组长董石麟嗓门不大，却掷地有声。他一锤定音，果断开工。在他的指挥下，这一拦路虎被顺利消灭。

这座见证着无数人才华、凝聚着无数人心血的雄伟建筑绘就了杭州亚运特有的缤纷色彩，也承载着杭州亚运的莫大荣光。湖山有幸，杭州有情，盛世亚运，因它更美。

与"大莲花"遥相呼应的，是于2017年奠基开工、2022年1月通过赛事功能综合验收的，被人们亲切唤成"小莲花"的杭州奥体中心网球中心。它包括一个形如莲花的10000座加盖决赛场地、两个2000座的半决赛场地、8片预赛场地、10片练习场地和4片室内场地。洁白的花瓣整齐排列，金属的光泽质感十足，顶棚采用的"开闭合旋转原理"，更彰显着亚运的智能理念。

杭州奥体中心网球中心外景

"小莲花"建筑直径135米，建筑总高37.956米，总建筑面积5万平方米，总席数（含半决赛场地、预赛场地、练习场地和室内场地）1.56万座，共有地下一层、地上三层。如今，该决赛馆已成为获得国际网联二星认证的网球场地，可满足承办"大满贯"等国际性网球赛事的要求。

"小莲花"外观雅致亮眼，屋盖外围及下半部分由24片"大花瓣"围合而成，铝板花瓣采用4种穿孔率，能模拟真实莲花在自然光下的光影效果，线条柔和，与巨大的屋盖浑然一体。顶部的钢结构罩棚即屋盖由8片每个重达160吨左右的能旋转"花瓣"构成，8片"花瓣"总重量相当于1000辆小汽车的重量。"花瓣"可根据天气情况在艳阳高照中旋转开合，优雅如蝶。顶棚徐徐张开，暖阳、空气、微风徐徐钻入，场馆内处处生机勃勃；顶棚完美合拢，场馆内风雨不入，室内运动和比赛按部就班地

杭州奥体中心网球中心内景

进行。

环状花瓣一开一合，一张一弛，宛如镜头快门帘般"推移""旋转"，每次用时约为15分钟。每当穹顶打开，阳光遍洒，微风不燥，从高处俯视，巨大的白莲袅娜开放，如翼舒展，真可谓独树一帜。

庞大如山却又轻盈如蝶，笨拙沉重却又灵动自如，如此对立互斥的两个极端却完美融合在40米的高空，看似云淡风轻的同步张开、闭合，其间的技术难度可想而知。据王靖回忆，最初的"小莲花"是按无屋盖开敞式场馆完成初步设计的，到了2011年年初，指挥部最终决定给"小莲花"增加可开启式活动屋盖。经过修改设计，在保持原有造型不变的前提下，"小莲花"在悬挑钢管桁架的基础上增加了1000余吨的钢结构活动屋盖，其创新之大胆，开世界之先河。

经过长达两年时间的前期设计、反复修改，又在施工过程中披荆斩棘、排除万难，洁白无瑕的"小莲花"最终如愿迎风含笑在钱塘江畔，与亚运同歌，和盛会共舞。

白莲丽日相辉映，水天一色共澄明。与"大莲花"的"泛光照明"系统和特制变光模式一样，"小莲花"的外立面也可以按照春夏秋冬不同的季节，呈现出不同的灯光效果。更为神奇的是，为了满足亚运会的 4K 高清的转播，仅用一个 iPad 即可控制整个场馆灯光，或绚烂旖旎，或光明亮丽，或柔和松弛。

第二节

让建筑彰显艺术、人文和运动精神

"化蝶"双馆、"玉琮"组成的"亚运三馆",以及分布在各个协办城市的5个亚运分村,每一处建筑、每一个细节、每一个转角,都凝聚了无数人的匠心。它们是美轮美奂的建筑臻品,是精雕细琢的指尖艺术,彰显着艺术、人文和运动精神,它们以最饱满澎湃的姿态,为杭州这座魅力之城的盛世亚运增添上属于自己的神来之笔。

"亚运三馆"的时间轴上,清晰着它们的从无到有,从一片废墟到拔地而起:2021年3月31日,杭州奥林匹克体育中心"亚运三馆"正式建成交付;2021年9月,时任杭州市政协主席潘家玮带队赴"亚运三馆"开展专项集体民主监督,查找短板弱项,收集意见建议,广泛凝心聚力;2022年7月1日,"亚运三馆"正式开馆,用高质量和现代化迎接市民的鲜花和掌声。

位于杭州奥林匹克体育中心（杭州奥体博览城核心区），与"大小莲花"比邻而建的，还有三座造型别致的体育运动场馆：与"大小莲花"隔七甲河相望，位于其北侧的杭州奥体中心体育馆/游泳馆（又称"杭州奥体中心体育游泳馆"），包含了体育馆和游泳馆的它如蝶展翅，乘风九天，雅名"化蝶"，是谓两馆；位于"小莲花"之东南的杭州奥体中心综合训练馆如古器玉琮横空，稳立天地，雅名"玉琮"，单独成馆。

杭州奥体中心体育馆/游泳馆的总用地面积为22.79公顷，总建筑面积近4万平方米，体育馆高45米，游泳馆高35米，10米的高度差让视觉更显灵动。双馆合一的设计理念、独特的流线造型、双层全覆盖银白色铝镁合金板屋面、两翼张开的平台形式……作为世界上最大的两馆连接体非线

杭州奥体中心体育馆/游泳馆

性造型场馆，无论白天夜晚，都似明月入怀，皎照杭城。覆盖体育馆、游泳馆、中厅三部分，呈自由双曲面造型的"化蝶"外壳仅钢材就用了2.5万吨，由2万多个钢构构成，每个钢构都用3D打印技术制作，独一无二，世属罕见。

双馆之一的杭州奥体中心体育馆，可进行篮球、羽毛球、排球、乒乓球、手球、竞技体操、拳击、武术、室内足球等比赛。值得一提的是它的冰篮转换场地，采用先进技术按照国际赛事级别打造，场地自带乙二醇为载冷剂的制冷系统，制冰后可根据不同赛事需求在6—8小时内迅速转换场地性质，可承接NHL、KHL、冰壶、花样滑冰、短道速滑等赛事。两种场地间的自由切换，两种赛事间的无缝对接，既节省场地空间，又提高场地利用率，是智慧亚运又一力作。

游泳馆的建筑面积仅次于北京"水立方"，包含游泳池和跳水池。游泳池共有8条泳道，跳水池有6米水深，是一个集游泳跳水比赛和训练为一体的专业运动场馆。遥想亚运赛起，水波轻荡，涟漪微漾，穿着泳衣、戴着泳帽的运动员们宛如游鱼飞起，奋力划水，拼尽全力地坚持着，永不放弃地拼搏着……

让人过目难忘的是双馆的夜景泛光照明，以"银河幻影"为主题的场馆在夜幕下如星光铺陈、银河溅落，静谧如诗、幻影如梦。其"平时、节庆、赛事、节能"等多种亮灯效果和智能灯光控制系统"一把闸刀"装置，均与"大小莲花"相同。

雅名"玉琮"的杭州奥体中心综合训练馆，其外观形似良渚文化的玉器代表玉琮：玉琮出土，立于天地；璧圆象天，琮方象地。主楼高度98.7米，总建筑面积约18.5万平方米的它巍巍矗立在这片体育运动场馆群中，如巨兽蛰伏、山岳耸峙。它高大而敦实，沉稳而大气，包括训练中心、五大中心（体育科技中心、运动员救护中心、国民体质检测中心、反兴奋剂科研中心、体能训练中心）、新闻中心、运动员宿舍及配套用房等设施，全球体积最大的"玉琮"形建筑实至名归。

外稳内巧、别致科学，"玉琮"的内外结构颇值得称道。精巧的长坡步行廊道盘旋而上，如腰带悬于琮身，直达训练馆屋顶；其内则采用流动性的线条、大跨度结构使支柱避开活动区域，形成开放灵活的空间。整个馆体采用双层呼吸式玻璃幕墙，隔热保温、降噪减震。阳光正好，微风不燥，站在馆外，遥望室内，无数的光影流转、身姿交错，各项体育活动场景一览无余，清晰可见。夜晚降临，繁星点点，月光遍洒如水，以"罅之光"为主题的夜景泛光照明，无数的光辉映其上，琮身上的刻痕如镌刻上

杭州奥体中心综合训练馆

了远古时光的印记，建筑步行廊道暖色光渐次亮起，与建筑外表皮整体的冷白光形成鲜明对比，灯光如梦如幻，琮身熠熠生辉，煞是好看。

与"大小莲花"一样，在杭州奥体中心，"化蝶"双馆和"玉琮"馆是本届亚运会工程建设的重中之重，技术难度大，质量要求高，建造过程备受瞩目。历经多场"鏖战"的中国建设集团第八工程局勇立潮头，再建新功，一肩挑起"亚运三馆"工程建设的重担。他们挑灯夜战，废寝忘食地讨论着、踏踏实实地建设着、争分夺秒地实干着。

"'亚运三馆'项目的体量太大了，时间紧、任务重。从2018年1月25日项目取得施工许可证正式施工，到2021年3月竣工交付并进入赛事压力测试，再到2022年3月试运行，留给我们施工团队的时间非常有限。我们只能在确保工程质量的前提下争分夺秒，一刻也不敢停下。"中建八局亚运三馆项目副经理王国君回忆这些年的工程建设，不由感慨万分。他介绍道，仅当时工程需要外运的土方量就达260万立方米，可见工程之浩大。开工的前6个月时间里，每天施工20个小时，平均每2分钟就有一辆车外运出土，即便如此，也远远无法满足全部土方外运的需求。

土方外运之难让团队如鲠在喉，项目经理柴干飞经过实地考察研究，灵机一动提出了"超远距离泵送土方"的技术建议，即使用高压水枪将现场的土冲成泥浆，再通过泥砂泵与管道，将冲成的泥浆远距离运输到可以处理的场地，这样不仅能大大提高出土效率，还能有效减少挖机、土方车运输造成的现场及沿途扬尘、噪音等污染。其创举果然奏效，高效高质解决了大批量土方外运的燃眉之急，还为行业解决同类难题提供了宝贵经验。

横亘在项目团队面前的另一只拦路虎是"亚运三馆"项目钢结构的总

用钢量问题。5万吨左右的总用钢量相当于半个"鸟巢"的用量。其中体育馆/游泳馆的总用钢量约为26000吨,屋盖用钢量达21000吨,占总量的八成以上。如此用量导致项目整体屋面呈复杂的网壳结构,吊装构件较多、结构拼接难度大,加之钢结构整体安装体量较大,对施工制作、安装定位、精度要求都是极大考验。

摩拳擦掌的柴干飞和项目团队为了能抬起1300吨的"庞然大物",让总面积约5700平方米的屋盖钢结构"飞"离地面,夜以继日地研发出液压整体提升新技术。"传统的钢结构安装是零散吊装,并在高空焊接,我们另辟蹊径,在地面上完成整体拼装,再通过计算机同步控制,采用液压整体性抬升吊装。"说起这一技术创新,柴干飞不由眉飞色舞起来。在游泳馆屋盖钢结构提升工程现场,项目团队一鼓作气前后实施了两次提升,共设置了12个提升点、12组提升架。整个提升过程蔚为壮观,仿佛有12只巨型手臂同时将重达1300吨的整片屋盖钢结构整体稳稳提起,豪迈地将高度提升至35米,一举刷新了杭州地区同类型结构提升施工新高度。

智慧亚运,创新先行。除了上述施工过程中的创新之举,中建八局亚运三馆项目团队还研发出了加力自攻式灌注桩技术、无线自动测温技术、温度梯度识别技术等10多项新技术,相继运用在实际施工中。"亚运三馆"建设质量过硬、安全可靠,其顺利完工和设计、承建单位精益求精的做法和勇于创新的作风息息相关。如今,"亚运三馆"正如航轮入海、蛟龙破水,以一种朝气蓬勃的姿态驶向杭州亚运盛会。

2021年10月17日至19日,杭州亚运会第一次世界媒体大会在杭州国际博览中心举行。大会正式对外宣布,杭州亚运会主媒体中心(MMC)

杭州国际博览中心

选址杭州国际博览中心。

忆往昔，峥嵘岁月稠。杭州国际博览中心曾是2016年9月G20杭州峰会的主会场，有着"亮相即惊艳"的世界级美誉。雍容娴雅的它坐落于钱塘江南岸、钱江三桥以东的萧山区钱江世纪城、杭州奥体博览城核心区，总建筑面积约85万平方米，主体建筑由地上5层和地下2层组成，是集会议、展览、餐饮、酒店、商业、写字楼等为一体的多元业态综合体。大气磅礴国际范兼具婉约儒雅江南韵的杭州国际博览中心巨型空中花园极具特色，离地面44米，面积达6万平方米的世界最大的屋顶花园花木簇簇，众芳艳艳，漫步其中，如坠花海树林，乐游其中，畅而忘忧。经过数年的精心描摹和快速发展，杭州国际博览中心接待了上万场会议，举办过数百场展览，其实战经验之丰富、会务功底之深厚，令人叹为观止。

"把杭州国际博览中心定为主媒体中心的场址是非常合适的,这幢功能齐全、面积宽敞的会展型建筑,原本就紧贴'大小莲花',来往交通十分方便,作为杭州亚运会注册新闻媒体和转播商的大本营,便利亚运会的采访报道和转播;这里的场地,本身就是现成的,无需太大的改造就可以使用,这也高度符合'绿色、智能、节俭、文明'的杭州亚运会办会理念中'节俭'这一条。"杭州亚组委宣传部媒体运行处副处长王小青如是说。把杭州国际博览中心定为亚运会主媒体中心驻扎地,大大提高了亚运场馆建设改造的效率,避免了场馆赛前赛后的利用难题,智慧亚运又添神来一笔。

作为唯一的亚运会主媒体中心,赛事期间,除了各个赛区的分媒体中心,这里将成为世界各地媒体记者和转播商的"大本营"。它是盛世亚运畅达世界的纽带,也是让世界看见杭州富强美好、繁荣昌盛的窗口。亚运故事,将从这里开始娓娓道来;精彩赛事,将在这里先睹为快。据了解,杭州国际博览中心一层 ABCD 展厅及其序厅,以及地下一层部分空间将作为赛事主媒体中心,主要包括亚运会主新闻中心(MPC)和国际广播中心(IBC),届时将有 1.2 万名来自世界各地的媒体在此开展工作、播报赛事。

2023 年 3 月 23 日,杭州亚运会主媒体中心(MMC)展陈搭建项目正式启动,标志着主媒体中心运行团队工作全面转段,主要工作进入场地改造、软硬件设施到位、与各媒体机构沟通对接、传媒技术管理等工作上来。

2023 年 9 月,杭州亚运会即将揭下神秘面纱,位于杭州国际博览中心的主媒体中心将在第一时间源源不断地输出精彩纷呈的亚运资讯,肩负传递信息、展示风采、弘扬精神的它，其重要性不言而喻。

"虽说杭州国际博览中心的建筑是现成的，看似只要入驻就行，其实不然。一是杭州国际博览中心并不是独属于主媒体中心的，它的一部分又被改建成了本届亚运会的壁球馆，在这里将举行壁球比赛，预计将产生5枚金牌，此外还留有商业、停车、会展等原有空间：不同空间，各司其职；各项设施，配套齐全。二是杭州国际博览中心是一个四层层高，囊括10个展厅的复杂体，每个展厅大小不一，各有裙楼，展厅与展厅互相交错、上下楼层回环相通。按照主媒体中心的需求，需要把错综复杂的综合体合理地分隔成各个区域，配备好完善的软硬件设施，并充分考虑各个区域的独立运转及合作交流，绝非易事。三是根据主媒体中心自身功能特点，还需把它合理地分隔出公共工作间、租用工作间、新闻发布厅、云采访间以及商业服务区。各级媒体、转播商、公共媒体及其他商业媒体；文字记者、电视记者、摄影记者及多媒体记者等，按其所需，妥善规划。外币兑换、快递超市、咖啡理发、相机租赁和维修、特许商品购买等，也需计划前面，安排缜密，尽心、用心、精心满足各类媒体记者在工作、生活上的需求。如果庞杂、烦琐、艰巨的任务，我们在上级领导和专家的指导下，理清思路、精心设计、步步推进、随时调整，力求精益求精，于细微处见品质。"沉浸在回忆中的王小青讲述着在亚运主媒体中心改造中那些脚不点地的忙碌、那些废寝忘食的筹划。

由台前到幕后，从场馆到村落，由乘风破浪到养精蓄锐，亚运会、亚残运会举办期间，提供给各国代表团运动员、技术官员和各国媒体记者居住的杭州第19届亚运会的亚运村既是公共生活区，也是能量补给站。

亚运村分布之广、规模之大、布置之巧，足见主办方的倾心而为，精心安排。杭州亚运会包括1个杭州亚运村和宁波、温州、金华、杭州桐庐、杭州淳安5个亚运分村，以及绍兴、杭州萧山、杭州临安3个运动员住宿点。

2021年12月29日，位于钱塘江南岸的钱江世纪城，处于沿江地区城市新中心的杭州亚运会主村竣工。这座总面积113公顷，共有108幢居住楼的杭州亚运第一村，可容纳1万余名运动员和随队官员、约5000名媒体人员、近4000名裁判员同时入住，并提供星级服务。无限风光好，尽在亚运村。无论是各国美食还是本帮菜肴，无论是休闲娱乐还是健身锻炼，无论是宗教习惯还是生活方式，亚运村都悉心考虑周到，力求尽善尽美。

杭州亚运村分为运动员村、技术官员村、媒体村三个部分。运动员村位于地块东北区域，设有旗帜广场、总餐位5500座的运动员餐厅、体能

杭州亚运村

恢复与力量训练中心、康乐休闲中心等。各项设施急运动员所急，供运动员所需，竭尽所能让运动员吃好、睡好、休息好，以最佳的状态在杭州亚运盛会上摘金夺银。

位于地块西南区域的技术官员村和位于地块西北区域的媒体村，将为裁判员、媒体记者提供住宿、餐饮、休闲、娱乐等设施和服务。三个村之间村村相连，中心 C 位还设立亚运村国际区，此处既是各国村民们最重要的公共活动区、交流区，也是魅力之城对外提升形象、展示风采的重要窗口。

赛时，亚运村是保障运动员、技术官员、媒体人员的吃住休闲之用；赛后，亚运村也是出售给当地居民的商品住宅。因此，它的整体布局、居室设计和综合配套，虽由亚组委的全程指导、审核、协调、管控，但也从没有忽略赛后居住的整体体验。

流年明媚，时光倒退回 2018 年 5 月 10 日，"2022 年第 19 届亚运会亚运村开发建设单位征集中选结果通报会"在杭州钱江新城华成大厦召开。绿城、万科、华润三家开发商以过硬的资质喜获杭州亚运村建设项目。

"绿色、智能、节俭、文明"，杭州亚运村的设计始终围绕此办赛理念，浓淡皆宜的杭州韵味若隐若现，传统中国文化和现代国际化水乳交融，以典雅秀美的姿态展现了杭州从"西湖时代"到"拥江揽湖"的发展步伐。

"溪水潺潺、翠竹隐隐、街巷贯通、庭院错落，将江南特色与现代元素巧妙融合，对开放空间和街道庭院等精细整合，创建多层级开放空间，营造宜居宜养的游步街区，实现人与自然、建筑与景观的紧密连接，这为在赛后，把杭州亚运村转换成集商业商务、文化博览、运动娱乐、生态居住为一体的未来人居环境样板城区打下了基础。以人为本、生命至上，重人文情怀和居住体验，探索城市生活新表达。在交通流线设计、道路建材选择、室内精装设计和软装配置等多方面满足残障人士需求；在建筑材料上采用预制建筑材料和环保材料，是浙江省少数通过绿色生态城区评价的示范项目。"杭州亚运村建设有限公司负责人如此介绍。

抬头望，高楼林立之间，方池、叠山、石舫一息入眼，几幢青绿建筑隐于其中，定睛看去，富春山居山水图案若隐若现，温润、淡雅而内敛，别具一格又绿色环保。亚运村的设计和建设过程中始终贯穿绿色亚运理念：全方位采用现代绿色技术和材料；全周期坚持融入"绿色规划""绿色设计""绿色施工"理念；全区域超过50%的建筑达到国家绿色健康建筑三星标准，成为浙江省首个获得国家二星级绿色生态城区设计标识的项目。

"绿色"亚运村

淳安界首体育中心铁人三项赛场

走进已经竣工的亚运村，每一幢建筑都簇拥在绿树浓荫之中，漫步街道庭院，绿茵入帘、繁花摇曳、和风扑面，令人神清气爽。《绿色健康建筑设计技术导则（亚运村部分）》早在亚运村规划设计之初，就已作为附件写入了亚运村土地出让招标以及规划、设计、建设、运营各个环节；"300米见绿，500米见园"，精心的规划布局，让绿地系统建设巧妙结合步行道路规划，通过环形绿道串联各功能区，确保真正实现"绿色亚运"。

不仅用心于草木葱茏，绿色交通和绿色生活也为助力绿色亚运谋篇布局。专门构建由轨道交通、骨干公交、支线公交等构成的一站式公交网络，推行"公交＋自行车＋步行"的便捷式城市交通模式。

更有人说，绿色亚运还体现在在杭州亚运村享受"空中跑步"的美妙感觉。晨鸟啁啾，第一缕曦光悄然洒落，迎风慢跑于国际公共区的空中慢行跑道，遥望天际，晴空如洗，山河如画，回环奔驰在空中和地面约6.7公里的慢行环线上，在飞一般的感觉中寻求多维度体验，在非比寻常的运动中感受城市美好，怎不令人心旷神怡、悠然自得？

　　青山点点，湖水泱泱，碧水青山环绕的千岛湖西南，作为本届亚运会5个亚运分村之一的淳安亚运分村，就坐落于湖区界首乡境内的界首列岛。从2022年4月25日起，淳安亚运分村进入了试运营阶段。

　　湖和岛相间，港与湾错落，抬眼是巍巍青山，入目是婀娜湖水，环境优美的界首列岛，既是全球候鸟最重要迁徙路线的核心位置，也是中国生物多样性保护优先区域。淳安亚运分村依托得天独厚的自然环境，通过精心规划设计和组织施工，努力使该项目彰显艺术、人文、运动精神，精心雕琢打造最美亚运分村。

　　淳安界首亚运中心场馆群（淳安亚运分村）总建筑面积约6.6万平方米，主要包括1个场地自行车馆、5项室外赛事场地和运动员村、技术官员村、媒体村等。亚运会期间，在此将举行自行车、铁人三项、公开水域

淳安体育中心自行车馆夜景

游泳三大项赛事，共将产生25块金牌。畅想亚运开赛之期，各国嘉宾纷至沓来，流连在清澈碧湖和葱郁山景的自然风光中参赛观赛，在享受运动澎湃激情的同时充分领略中国的生态之美，又是何等舒畅？

最值得称道的是几个比赛场地的精巧布局。沿湖而建的公路自行车赛道，蜿蜒在一路湖光山色之中，绿意盎然、美景无限，赛道的组成部分还被评为全国"十大最美农村路"；依据地形而建的铁人三项比赛场地，以赛区转换区为中心形成三叶草布局，叶片舒展，叶叶相连；水质常年保持一类的千岛湖，更是公开水域游泳的最佳场所。在这一片真正的绿水青山中的建设和施工，还毫不吝啬地大量采用了环保材料，以最大限度减少碳排放。2021年10月，淳安亚运分村项目成功入选联合国"生物多样性100＋全球典型案例"。

桐庐马术中心位于桐庐县瑶琳镇的林场地块，南面毗邻分水江，背靠天目山余脉，连绵的青山相拥而卧，一路蜿蜒进天的尽头里。山巅云遮雾绕，若隐若现，更恍如仙境一般。玉带一样剔透的分水江纤腰楚楚，将青山束紧，映得山更葱郁，水更灵秀，石更润泽，林更幽致。桐庐亚运分村就位于距离中国AAAA级景区瑶琳仙境只有3公里的桐庐马术中心内。

从高空俯瞰，整个桐庐马术中心的建筑外形呈现出一个大大的"马"字，颇有意趣。1.2万平方米、3104个观众席位的主赛场，将近4公里的越野赛道，5000平方米的室内训练场，240余间达18平方米的宽敞马厩，铺有纤维砂的赛场，种植了软草的越野赛道以及设备完备的马诊所、饲料仓库和蹄铁工厂等相关功能设施，让桐庐亚运分村焕然一新。

亚运马术比赛就聚焦于此。据预测，比赛期间将有200多匹赛马来到

桐庐马术中心

这里。马术比赛是所有亚运会比赛项目中最特殊、最复杂的项目，也是唯一一项人与动物共享亚运魅力的比赛项目。本届亚运会将有 23 个国家的 230 多名运动员和参赛马匹来到桐庐，参加"盛装舞步""障碍赛""三项赛"共 3 项比赛，产生个人、团体 6 枚金牌。参加马术比赛的除了马匹和运动员，还需要有专门照顾马匹的专业人员，即"马僮"，在马术中心，专门建有马僮宿舍，共设有 138 个房间，其中标间 130 个，单人间 8 个，可容纳 268 人。马僮负责 24 小时贴身照顾马匹，以保证马匹参赛时达到最佳竞技状态，与运动员一起冲锋陷阵，奋勇争荣。

三面环海，两港相拥，素有"东方不老岛，海山仙子国"美誉的"天然氧吧"象山，是宁波亚运分村的所在地。位于象山石浦镇东海半边山的宁波亚运分村包括运动员分村、技术官员和注册媒体官方接待酒店等。亚

宁波象山亚帆中心

运分村官方接待酒店宁波工人疗养院、象山海景皇冠假日酒店、松兰山海景大酒店、象山港国际大酒店等4家酒店均是原有建筑提升改造，充分贯彻了杭州亚运会"绿色、智能、节俭、文明"的办赛理念。

与宁波亚运分村比邻而居的，正是半边山沙排中心和松兰山亚帆中心。本届亚运会的沙滩排球和帆船比赛，都将在此火热开赛，亚运会期间，这里将产生14枚金牌。放眼此处："北纬30度最美海岸线"上点缀着亚帆中心、沙滩球场等磊磊明珠；遥望东海，水波粼粼的海面上一座2万平方米的竞赛操作平台巍然耸立，亚运会徽、口号、吉祥物处处可见，前来"打卡"的人们络绎不绝……

沿着海岸视线渐远，将眼角余光拉至温州瓯海。位于温州瓯海区南站站前的亚运分村和宁波亚运村如出一辙，也都利用了既有的接待场所负责

温州奥体中心体育场

接待运动员、技术官员和媒体记者。高达160米，共有42层，拥有客房总数779间，坐落于瓯海区高铁新城的温州君廷酒店是目前温州客房规模最大的五星酒店，与即将举办亚运会足球比赛的温州奥林匹克体育中心体育场和亚运会龙舟比赛场地及训练场馆——温州龙舟运动中心均近在咫尺，距离进行亚运会足球比赛的温州体育中心体育场，也不过10多公里的路程，因此成功入选温州亚运村官方接待酒店。

回眸低眉，视线由浙南转至浙中，位于金华金东区赤山公园的金华亚运分村，坐落在一片起伏的山丘之上。亚运分村建筑融合原始地貌，别出心裁地把屋顶设计成连绵起伏的曲折形态，巧妙化解了较大体量建筑可能给人带来的"压迫感"。群山连绵之下隐隐露出亚运分村建筑一角，满目苍翠未饮已是醉人。前庭后园的布局构思巧妙地将金华亚运分村分为宴会区和生活区两大板块，礼仪化的宴会空间与园林化的生活空间水乳交融，相辅相成。生活区的金华东阳竹编特色、坡屋顶、四水归堂、游廊、格栅、灰瓦白墙等，尽显婺派韵味，令人流连忘返。

视线由远及近，眸光落于距杭州不远的水乡绍兴，这座文脉悠长的古城，千百年来先后走出虞世南、王冕、徐渭、鲁迅等一大批大名鼎鼎的人物。此处虽未单设亚运分村，却因是本届亚运会除杭州之外承办赛事最多的城市，专设了分赛区。

坐落于镜湖新区的绍兴市奥林匹克体育中心是亚运主要要场馆之一，该中心包括可容纳9880名观众的（其中活动席位数为1700个）体育馆、体育会展馆、游泳馆和射击射箭馆等，本届亚运会篮球项目预选赛（小组赛）将在该奥体中心体育馆举行。

绍兴棒（垒）球体育文化中心位于柯桥区和越城区（镜湖新区）交界处，该中心主要包括一个观众席位数为2000的垒球主场和一个观众席位数为500的垒球副场。它像是一条舞动的纽带，把两区的亚运场馆紧

绍兴奥体中心体育馆　　　　　绍兴棒（垒）球体育文化中心

紧串联在一起。本届亚运会期间，棒垒球比赛将在这里产生两枚亚运金牌。

绍兴柯桥羊山攀岩中心位于羊山石佛风景名胜区内，其建筑外形酷似一个即将破茧而出的巨型蚕茧，融合纺织物特有的飘逸质感，并提取攀岩等极限运动中力量与动感的美学线条，极富柯桥中国轻纺城的特色。该攀岩中心由南北两个单体组成，观众看台在北，攀岩比赛场地在南，遥相呼应，共为一体。北侧观众席位数共2100个，其中固定席位950个，临时席位1150个，极大限度地满足亚运观赛需求。本届亚运会的攀岩比赛分为男女个人速度赛、男女速度接力赛、男女两项全能赛，共产生6枚金牌。

绍兴柯桥羊山攀岩中心

如一朵含羞绽放的莲花亭亭玉立在柯北新城的中国轻纺城体育中心是绍兴目前最大的体育中心，以"珠莲（联）璧盒（合）"为设计理念的主场馆，采用先进的开闭式屋盖，是国内第三个开闭式体育场；体育馆则如一颗熠熠生辉的明珠镶嵌在莲花之上，本届亚运会期间，精彩纷呈的排球小组赛将在该中心体育馆举行。

如火如荼，气象万千；风靡云蒸，方兴未艾。每一处建筑都蕴藏有其独特韵味，每一个设计都彰显其大国风范。亚运之旅，在此启航；亚运之年，四方来贺。

第 3 章
场馆建筑：每一个都会是最好的

第三节

物尽其用，每个场馆背后的精打细算

星罗棋布于钱塘江两岸、杭州各区（县、市）、部分高校及各协办城市的各个场馆，在设计建设全过程中，始终秉承"绿色、智能、节俭、文明"办赛理念，在确保满足赛事要求前提下，力求开源节流、俭以养赛，反对铺张，杜绝浪费，并充分考虑赛后场馆利用，助推城市建设。

如星辰散落、黑白落子，分布在杭州市各区（县、市）（包括各个高校）其他各个竞赛场馆和各协办城市的竞赛场馆如雨后春笋，遍地开花。

众所周知，本届杭州亚运会共有56个竞赛场馆（含2个亚残运会独立竞赛场馆），另有31个训练场馆。其中杭州市范围内设42个竞赛场馆（40个亚运会竞赛场馆及2个亚残运会竞赛场馆），共承办35个亚运比赛项目和22个亚残比赛项目。

"'绿色、智能、节俭、文明'是场馆建设中贯彻始终的理念。在确保满足赛事要求的前提下,我们始终注重整合现有场馆资源,做好能改不建、能修不换、能租不买、能借不租,力求节俭、反对铺张,同时还充分考虑到赛后的场馆利用,助推城市建设,展现城市形象,服务市民群众。"杭州亚组委场馆建设部综合处处长徐斌如此介绍。

独特的建筑形态、完备的场馆设施、便捷的交通环境,众所周知的浙江省黄龙体育中心曾是浙江省规模最大、功能最全的现代化体育设施。毗邻四季风景俱美的西子湖,与群峰掩映的黄龙洞脉脉相望,北邻天目山路,南至曙光路,西起玉古路,东至黄龙路,占地面积800余亩,地处闹市而不喧嚣,近在市集却显静谧,距西溪景区也不远。站在亚运时代新的历史起点上,以办好亚运赛事为基础,在奋楫笃行中改建后的主体育场总建筑面积103338平方米,观众席位数达51971个,将是本届亚运会足球项

黄龙体育中心体育场

目的决赛场馆。而观众席位数为8000座的黄龙体育中心体育馆又将是亚运会体操项目比赛场馆，腾挪跳跃、飞旋起落，期待着

滨江体育馆

这一观赏性极强的比赛在黄龙再现精彩。

被亲昵地称呼为"小白碗"的滨江体育馆，位于滨江区江虹路996号，投用于2017年10月。其设计理念以花朵为原型，经过切割处理后形成富有韵律感的花瓣造型，外观造型与"小白碗"酷似。作为综合性体育场馆的"小白碗"，改造后将成为本届亚运会和亚残运会羽毛球比赛场地。此次改造按照NBA场地标准建设，采用悬浮式拼装地板，观众座椅的下方或背后安装冷气。除了比赛场馆，二楼还建有两个训练场地可供运动员近距离热身，让身体松弛以达比赛最佳状态。

位于奥体博览城核心区域的中国棋院杭州分院国际交流中心（杭州棋院）棋类馆，是本届亚运会棋类项目比赛场馆。这幢又名"智力大厦"的高楼，紧邻"大莲花"，净高199.8米，地上47层，地下2层，其中1层至14层为赛时用房，如一巨人擎天，直入云霄。智力大厦既能承办国内外"五棋一牌"传统项目，承接电子竞技等新兴智力运动项目比赛，又能在完成亚运会赛事后，快速转换成赛事、餐饮、商业配套的一体化智力运

123

中国杭州电竞中心

动大楼，进一步拓展"智力运动"外延，推动相关产业发展。

在杭州亚运会上，电子竞技项目将首次作为亚运会正式比赛项目亮相。位于拱墅区石祥路102号北景园生态公园内的中国杭州电竞中心，与城市次中心"杭州新天地"相邻而望，是本届亚运会电子竞技项目比赛场地。整个场馆建筑面积8万平方米，位于场馆中心的竞赛大厅，拥有约5000个座位，地下层设置了裁判、教练、运动员、新闻媒体以及设备功能区，与下沉庭院和广场无缝相接。电竞中心为续建场馆项目，以"星际漩涡"为设计理念，三条主步道作"骨架"，环绕核心旋转上升，形成双曲面异形结构，宛如星云中的恒星，从空中俯瞰，整个场馆犹如一艘"星际战舰"虎踞龙盘于拱墅数字经济产业园区内，科技感十足，未来感满分。白天，它静静悬浮于此；暮色四合，它又在星光与灯光辉映中化为巨大的星际涡旋，高科技彰显新时代运动的独特魅力。它是本届亚运会11个一级用电保障场馆之一。赛时为亚运，赛后为城市，得益于得天独厚的硬件设施，电竞中心未来可满足多种赛事、文艺演出、博览会等综合场馆需求。

运河体育公园坐落于拱墅区申花单元的学院北路、丰潭路、申花路和留祥路的围合处,是杭州历史上著名的官办花木基地,也是浙江省非物质文化遗产"花朝节"的授牌地。作为主城区唯一新建的亚运场馆群,它的主要建筑包括体育馆、体育场、全民健身中心、全媒体中心和花令十二坊·时尚街区及花神跑道、申花广场、三叶湖、主题营地、儿童乐园等运动休闲设施。休闲绿地、运动场馆、商业街区汇于一体,游览休憩、购物休闲、运动健身集于一身,这座城北大型综合性城市公园,无论赛前赛后,都是杭州市民乐于流连的好去处。在本届亚运会期间,万众期待的乒乓球比赛将在运河体育公园体育馆举行。届时,乒乓球迷从五湖四海相聚于此,其呐喊声必将响彻场馆内外,国球魅力,尽在此处。体育馆建筑造型亦颇具特色,场馆是不规则椭圆造型,设计灵感源于良渚玉琮,同时结合丝绸的光泽平滑,创造出一个轻盈、经典而又具有标志性的建筑形态。

拱墅运河体育公园体育馆

主城区外，各大亚运体育场馆也已蓄势待发，将与主城区体育场馆共绘亚运精彩。

萧山临浦体育馆

萧山区临浦体育馆位于临浦镇核心区域，是萧山南部最大的体育场馆，观众席位数2740座。其外形端庄大气，沉如岳、稳如山，是本届亚运会柔道、武道（柔术、克柔术）项目比赛场馆及训练场馆，因此被人们趣称为"柔立方"。同处萧山的瓜沥文体中心体育馆位于瓜沥镇新区核心区域，含主比赛馆及热身馆，观众席位数4251座，为本届亚运会卡巴迪、武术项目比赛场馆及训练场馆。刀枪剑戟眼花缭乱，南拳北腿轮番上台，中国传统武术伴随着中国历史与文明发展，风雨兼程数千年，成为维系炎黄子孙生存和发展的魂魄。亚运赛场上，中国武术亦将在此一骑绝尘，扬名海内外。

位于临平区南苑街道的临平区体育中心前身是余杭区体育中心，由体育馆、游泳馆和体育场组成。其中体育馆于1997年建成，承办多次重要赛事的它历久弥新，按照本届亚运会赛事要求，临平区体育中心亦进行了改扩建，并新建综合训练馆、地下停车场、智能场景应用工程等。临平体育中心体育场、体育馆因此也焕然一新，以全新的面貌静待亚运盛会的到来。改扩建过程中，浙江省建筑设计研究院的"丝绸之路"设计方案在数以百计的方案中脱颖而出，它以灵动的曲线穿针引线般串联起各场馆，独

第 3 章
场馆建筑：每一个都会是最好的

临平体育中心体育场

特的连廊平台又将馆馆相连，融为一体，既快捷又便利，既高效又实用。如今，颇具艺术感的体育中心已经成为临平独具辨识度的新地标，亚运会排球项目预赛、空手道项目预决赛和杭州亚残运会坐式排球项目预决赛都将在此精彩亮相。

富阳银湖体育中心是本届亚运会12个新建场馆之一，位于富阳区银湖街道九龙大道与320国道北侧，主要建筑及设施包括射击综合馆（用于射击比赛、现代五项的游泳和击剑比赛）、新闻媒体与安保中心、4片室外飞碟靶场、射箭场、现代五项激光跑场地和马术场地等，观众席位数约13000个，是本届亚运会射击、射箭、现代五项三大赛事比赛场地，也是本届亚残运会射击、射箭赛事比赛场地。长达14天的赛程，将有47块金牌在此角逐，足见此馆之重要。为更好地举办比赛，富阳银湖体育中心场馆内部应用了诸多最新"黑科技"，尤其是它的50米射击馆，建有一堵会

富阳银湖体育中心

吃子弹的墙：子弹打到墙上不反弹，而是将其快准稳地嵌入防弹软木墙体之中，既防流弹弹射伤害，又护运动员静心比赛。该馆使用的电子靶系统是历届奥运会、世界杯、世界锦标赛均使用的电子靶系统，小小系统，大大智慧，还曾获得过国际射联的最高认证。飞碟场地更是采用了目前世界上最先进的声控飞碟靶，使原先抛靶环节必须有裁判、控制员等三人，压缩到需仅一人，用科技节省人力，用智慧精简成本。

戏浪鱼穿萍水闹，追风鸟逐絮花飞。富春山水，如诗如画，一踏进富阳水上运动中心，青山隐隐，绿水迢迢，黄公望名画《富春山居图》的韵味倏然映入眼帘。这座位于富阳区北支江南岸的富阳水上运动中心，将富春江一江美景尽收眼底。江面宽阔，江水滔滔，两岸碧绿田畴和远处的如黛青山相映成趣，抬头水上运动中心那流畅的建筑线条、精致的景观特色，黄公望画卷中的"山"元素、"水"文化一览无余。"最美水上亚运场

钱塘轮滑中心

馆"绝非浪得虚名，此为新建场馆，含赛事管理、场馆管理、观众服务和新闻媒体等功能，观众席位数3000个。本届亚运会期间，将在此举行赛艇、皮划艇（含静水、激流回旋）项目的竞赛，共产生30块金牌，期待在如画美景之中，亚运健儿蓄能山水之间，迸发赛场动力。

钱塘轮滑中心为亚运会轮滑、滑板项目比赛场馆及训练场馆，位于杭州市钱塘区杭州东部湾体育公园内，距离亚运村17公里。总建筑面积36395平方米，观众席位数1616座。从高空俯瞰，场馆就像两个"6"融合叠加，也像一个"旋风陀螺"，融合了西湖美景、亚运气质。

在亚运村西北方向约48公里处的湖州市德清县，坐落着一座设施齐全、环境舒适的体育馆，这就是将承办本届亚运会排球小组赛部分赛事的德清体育中心体育馆。该馆曾承办2015—2019赛季中国职业排球联赛、2017年全运会男子排球预赛等赛事，具有丰富的大赛承办经验。根据本届

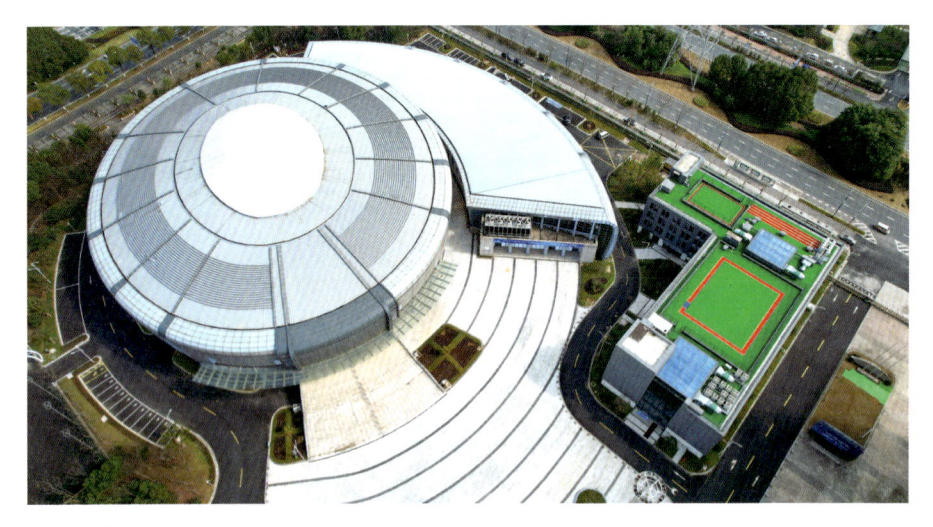

德清体育中心体育馆

亚运会排球赛场馆的功能要求，该馆于2019年12月开始实施改造提升，精心采用国际赛事专用品牌运动地板、专用的固定悬浮式结构、倒刺钢钉和固定地锚，以保证场地品质；反复对比遴选出摩擦系数在0.4到0.6的油漆，兼顾耐用和环保，于细微处见用心，竭尽所能让运动健儿赛出成绩，赛出风格，赛出精彩。

高校是杭州亚运承办的生力军，承亚运之重，挑亚运之担，是高校义不容辞之责任。杭州部分高校的校园内零星分布着几个竞赛场馆和训练场馆。它们大多是既有场馆，赛前按照亚运会和亚残运会要求改造升级，赛后即可转为高校师生进行日常体育竞赛和锻炼之所，赛前赛后最适相宜，高效利用无缝衔接。

作为省内最强学府，浙江大学勇挑重担，率先将场馆提升改建。位于

第 3 章
场馆建筑：每一个都会是最好的

浙江大学（紫金港校区）体育馆

西湖区浙江大学紫金港校区内的紫金港体育馆，东侧为风雨操场，北侧是在建的游泳馆，改建后的体育馆空间高度整合，场馆和场馆紧密相连，形成一个拥有观众席位数4821座的大型综合性体育场所。深受万千球迷关注的篮球比赛将在此开赛，亚洲雄风将在此向外蔓延，席卷全球。

浙江师范大学萧山校区体育馆地处萧山区宁围街道耕文路1108号的浙师大校园内，为本届亚运会新建场馆，由主场馆和热身馆组成。令人过目不忘的是矩形外立面上313条丝绸飘带状的"水缦"装饰，洁白如雪的飘带从场馆顶部如水垂落，延伸地面，仿佛有一江春水倾泻而下，如丝顺滑，如绸轻软。步入场馆，清凉的感觉就从每一个毛孔钻入，瞬间蔓延心田，原来这"水缦"兼有隔热、减少室内眩光、提高室内视觉舒适性等作用。这座观众席位数2302座的体育馆，将作为亚运会手球项目比赛场馆，将亚运手球比赛风采传递世界。

浙江师范大学（萧山校区）体育馆

　　毗邻西溪湿地，将水道如巷、河汊如网的城市湿地美景揽于眼底的杭州师范大学仓前校区体育馆和体育场地处余杭区仓前街道余杭塘路2318号，含主比赛馆及热身馆，观众席位数7105个，本届亚运会期间，将在此分别举行排球项目比赛和橄榄球项目比赛。虽为既有场馆改造提升而来，但水榭亭台遍布、草木葱茏四季，这座把"水乡学埠"和"湿地书院"作为校园的主基调的高等学府，体育馆的设计同样遵从了这一风格。该馆由同济大学建筑设计院郑时龄院士领衔设计，既借鉴了江南民居院落建筑群白墙黑瓦、屋顶层叠的建筑风格，又兼有灵动自由和杭州风韵。不仅江南韵味十足，它的建造规格亦是高校领先。曾作为2017年第十三届全国学生运动会田径比赛场地的它，按照国际田联的标准建造，并已通过中国田径场协会一类验收，具备承办国际水平和国内各种级别的田径赛事，现有观众席位数12000个。改建后的它，不仅可用作橄榄球项目比赛场地，还将在功能用房、比赛草坪、比赛灯光、LED显示屏、音响系统、

杭州师范大学（仓前校区）体育场

场内设施、媒体转播设施、水电消防安装、强弱电系统等方面焕然一新。它的灯光，拥有平日模式、节日模式、亚运模式等多种场景。期待亚运亮灯之时，它可与"大、小莲花"遥相辉映，为亚运灯光景观绘上五彩斑斓的一笔。

改造提升后的杭州电子科技大学体育馆，其外形酷似一个巨大的飞碟，充满时尚感与科技感。体育馆位于钱塘区下沙高教园区内，拥有观众席位数4599座，亚运期间将被改建成击剑项目的专业比赛场馆，含主比赛馆、预赛馆和热身馆，这一智慧与激情兼顾、优雅与灵活并蓄的劈刺格斗，将在此精彩开赛。与游泳、体操、篮球等其他运动大相径庭的是，击剑比赛时运动员们都需穿着厚厚的击剑服，因此击剑场馆对室内温度控制的要求更高、更精准。场馆改造的重点也落在对场馆内部和屋顶的翻新并安装多渠道出风孔、变频模式温度调节设备，可根据回风和出风的风速、风量和温度，及时调节场馆。

杭州电子科技大学体育馆

　　时光荏苒，如水流逝，各亚运体育场馆在四季更迭中热火朝天地建设和改造着。截至2022年5月，杭州亚运会的56个竞赛场馆、31个训练场馆全部竣工并完成赛事功能验收。各亚运场馆整装已毕，静待在杭州亚运惊艳亮相，向世界发出魅力杭州最强之声。

第四节

宣传推广马不停蹄，尽展亚运形象

"亚运走十城"、"迎杭州亚运会趣味跑"、聘请亚运会宣传形象大使、征集评选亚运宣传歌曲、拍摄亚运题材影视作品、举办国际文明礼仪大赛……为亚运热身的每一次文化推广、每一场精彩活动都如水波淡荡，粼粼而进，将亚运文化之美铺陈杭城，绚烂世界。

"请你来到我身边，齐聚世界的盛典，我们已准备了千年……"嘹亮的歌声恍如天籁，在北京体育大学悠然响起，一场"亚运TALK"（亚运主题宣讲）在被誉为"冠军的摇篮"的大学校园举行，其意义之深远，足以振奋人心。伦敦奥运会蹦床男子冠军董栋作为学校代表，在现场铿锵发出倡议："让我们每个人从我做起，以最大的热情推荐杭州亚运会、传递奥林匹克精神、传播杭州亚运文化，让更多人支持亚运、关心亚运、参与亚运。"

铿锵的步伐踏上过上海、西安、天津、武汉、成都、厦门、南京、广州、珠海九城热土，将亚运的声音传递到九州华夏之后，2023年4月27日，杭州亚运会面向全国开展的"亚运走十城　吉利伴你行"全媒体文化推广活动迈着矫健的步伐走进北京。"双奥之城"世上唯一，亚运之风吹向寰宇，亚运文化宣传推广活动收官之站用澎湃激情点燃了全民参与亚运的热情之火。

当天上午在北京体育大学的"亚运TALK"只是"亚运走十城　吉利伴你行"收官之站的首场活动，它用激昂的声音向世界宣告盛世华章即将奏响。傍晚时分，第二场活动"亚运UP"（亚运趣味跑）在国家游泳中心"水立方"前的跑道上拉开帷幕。"砰——"随着发令枪响，跑友们如潮欢涌，快乐向前，在和春风一起奔跑中享受运动的乐趣。曲线跑、平衡木、

"亚运走十城"北京站

障碍轮胎等趣味非凡的运动交互环节，在环"水立方"约 2 公里特色景观漫步道上一一呈现，"亚运 UP"的乐趣深入人心，欢笑与喝彩持续不断，快乐与舒畅成倍而来。

永夜未央，月影婆娑，繁星如点，耀动京城。"亚运 MUSIC"（亚运好声音）在北京奥林匹克公园庆典广场燃情开唱。知名音乐人、歌唱家轮番上台；《最美的风景》《从现在到未来》

亚运好声音

《潮涌未来》《有朋自远方来》声动夜空；健身操、拉丁舞点燃整个广场热烈氛围。活动现场，张韶涵、王嘉尔、杨芸晴、檀健次四位明星演唱的杭州亚运会官方主题推广曲《有你有我》MV 强势发布，让亚运之火熊熊而起，燃烧四海。

"作为土生土长的杭州人，参加'亚运走十城 吉利伴你行'活动宣传亚运，宣传家门口的盛会，我感到无比自豪。"参与演出的歌唱家吕薇动情地说。杭州亚运会的主题歌曲不仅向亚洲和世界展现浙江儿女勇立潮头的豪情万丈，更展现了中国新时代，杭州新亚运的浙江风采和国际友谊。越剧、弹唱等鲜明浙江地域特色元素的融合创新，让时代潮流更添江南韵味，让国际范儿捎带妩媚流风。激情之夜，吕薇还与浙江籍运动员、演员共同发出倡议：从我做起，关心亚运、参与亚运、宣传亚运。

活动当日，杭州亚运会媒体吹风会也同步在北京举行。浙江省委宣传部、杭州市政府领导就浙江举全省之力，众志成城办好"国之大事""省之要事"，确保亚运盛会成功圆满和以亚运筹办为契机，全面展示杭州独特韵味、别样精彩形象，以及杭州亚运会整体赛事筹办等有关情况进行了介绍。

说起"亚运走十城"活动的来由，杭州市委宣传部副部长，杭州亚组委宣传部部长许德清这样说道："杭州是中国第三座举办亚运会的城市，迎合城市交流的步伐，抢抓亚运机遇，唤起社会各界对杭州亚运会的关注与支持，携手各界让杭州亚运走出浙江，拥抱全国，辐射亚洲，影响世界。有效的宣传载体，精彩的活动方式必不可少，'亚运走十城''迎杭州亚运会趣味跑'就此应运而生。"

2021年5月30日，"亚运走十城"活动在杭州奥体中心体育场正式启动。活动以"亚运UP"（亚运趣味跑）、"亚运MUSIC"（亚运好声音）、"亚运TALK"（亚运主题宣讲）三大文化IP为载体，以北京、上海、南京等十大城市为落地点，策划符合不同城市体育文化的当地特色活动。"较高的国际化程度，大型赛事和活动的承办能力，是这10个城市能够入选的标准。"许德清介绍起来如数家珍。

据悉，"亚运走十城"全媒体文化推广活动得到了杭州本土汽车品牌吉利集团的大力支持。地方大品牌助力家门口亚运，吉利义不容辞，活动更显活力。

"亚运走十城，吉利伴你行"活动首站放在上海。国际化大都市上海既有十里洋场的繁华三千，又有独特海派文化深厚底蕴，在上海外国语大学松江校区内，通过掷地有声的宣讲，师生们进一步了解了杭州亚运的丰富内涵与划时代意义；五星红旗迎风飘扬，嘹亮歌声在耳边萦绕，歌唱家与上海市民共同唱响的《心心相融》《相约杭州》《等你来》激情无限；集结了近百名专业"跑迷"和市民的"亚运趣味跑"动感十足。

一路高歌而至南京，挟着烽火狼烟里锻炼而出的金陵王者霸气，"亚运TALK"在南京图书馆荣耀开讲。杭州亚组委相关负责人用最热烈的声音向南京市民全方位多角度介绍了杭州亚运会的筹办理念与办赛进程，市民反响强烈，热情高涨。南京奥林匹克博物馆前广场上举办的"亚运MUSIC"表演，与南京双子塔播放的杭州亚运会主题灯光秀遥相呼应，劲歌热舞席卷着璀璨灯光，照亮了南京的星夜。

在天府之国四川成都，"杭州亚运会 VS 成都大运会"成为活动的热门话题，荣登热搜。成都博物馆新馆举办的"亚运TALK"还开启了一场东西双城之间的神秘对话。成都大运会形象大使、2012年伦敦奥运会男子双杠冠军冯喆还亮相活动助阵亚运，与亚组委、大运会嘉宾共话亚运前沿资讯。

"打开每一座城市的门，迸发每一个市民的爱，是我们的活动宗旨。连轴而转的'亚运走十城'活动让工作人员在马不停蹄中奔波忙碌，有时甚至忘记吃饭。记得在大湾区，恰逢两座亚运城市在此'相遇'，广州会场、珠海分会场与南沙分会场三地联动，我们废寝忘食，倾力打造出'一场演出、两场宣讲、三场跑步'，让两座亚运主办城市深度对话，三场精彩活动点燃亚运激情，四支亚（残）运火炬首次同台亮相，五位特殊嘉宾分享亚运情怀和体育故事，参与者和当地市民热情高涨，远超预期。"杭州亚组委宣传部徐小川描述起每一场"亚运走十城"活动的经过和特色，至今仍是热血沸腾。

在国内城市宣讲的同时，杭州亚组委也不忘持续跟亚洲各国奥委会合作，开展"迎杭州亚运会趣味跑"活动，将杭州亚运的火种播撒到整个亚细亚的热土，让杭州亚运之花开遍整个东半球。

2022年10月2日，柬埔寨王国首都金边市当地时间早上6点，由亚奥理事会主办、柬埔寨奥委会承办的"迎杭州亚运会趣味跑"在金边市洞里萨河沿岸鸣枪起跑。亚奥理事会官员、柬埔寨奥委会秘书长、中国驻柬埔寨大使馆文化参赞和杭州亚组委同志一起参加开跑仪式。

无论是3公里组，还是5公里组，数以千计的参与者洋溢着兴奋的笑容，迫不及待地从四面八方赶来，聚集于金边市洞里萨河沿岸起跑点。他们踩着第一缕晨光，迎着清晨徐徐的微风，奔跑在河畔周边环线上，乐此不疲。杭州亚运会的各式宣传标语和宣传牌挂满沿途，印有杭州亚运会会标和会徽的统一服装异常醒目，不时有参与者和路人互相挥手致意，共享奥林匹克运动的欢乐。

柬埔寨金边市首站活动胜利结束后，"趣味跑"活动继续奔跑不息，相继在乌兹别克斯坦塔什干、泰国曼谷、科威特艾哈迈德新城、沙特阿拉伯利雅得、马尔代夫马累、斯里兰卡科伦坡、卡塔尔多哈、巴基斯坦拉合尔、新加坡、越南北宁、老挝琅勃拉邦、缅甸仰光、尼泊尔加德满都、文莱斯里巴加湾等16个国家的多个城市举办，各个国家和地区的奥委会纷纷报名参与，誓用奔跑的姿态宣传亚运、享受亚运、助力亚运。

2022年秋至2023年春，短短数月，"趣味跑"活动就已花开遍地，在国与国之间生根，在城与城之间落籽。

2022年11月5日，"趣味跑"在乌兹别克斯坦首都塔什干开跑。素有"中亚体育强国"之称的乌兹别克斯坦，至今依旧令人难以忘怀的是1994年挪威利勒哈默尔冬奥会上，切尔贾卓娃以精湛的技术、高超的技巧、优美的姿态获得女子自由式滑雪空中技巧的金牌，实现了独立后的乌兹别克斯坦奥运会首金，传奇之旅，举国沸腾。

一周之后的2022年11月13日，"趣味跑"又在"天使之城"泰国曼谷开跑。曼谷前后共承办过四届亚运会，是历史上承办亚运会次数最多的城市。本场"趣味跑"的举办场所拉加曼加拉国家体育场正是1998年曼谷亚运会主体育场，亚运之风遍吹曼谷，运动之美深入人心，拳击、跆拳道和举重等均是泰国体育强项，均有夺牌实力。曾在东京奥运会上为泰国夺得跆拳道女子49公斤级金牌的班妮巴·翁巴达那吉就自信满满表示，自己的杭州亚运之旅目标就是捧起那一枚沉甸甸的金牌。

经过半个月的休整，2022年11月28日10时，"趣味跑"转至科威特艾哈迈德新城科威特奥委会总部。被誉为"海湾明珠"的科威特，是亚奥理事会总部所在地，国土面积虽小却体育氛围浓郁，在马术、足球、乒乓球、田径、高尔夫、网球等项目上均有夺牌实力，期待实力迸发的该国运动员，将在亚运赛场上奋勇争先。

2022年12月5日下午，"趣味跑"来到沙特阿拉伯首都利雅得，在费萨尔·法赫德王子奥林匹克体育中心开跑。足球是沙特的体育强项，沙特队曾在2022年卡塔尔世界杯小组赛首轮以2∶1爆冷战胜阿根廷队，实力不容小觑。目前，沙特利雅得已获得2034年亚运会举办权。

奔跑过冬的严寒，又奔跑进春的和煦，2023年2月4日，"趣味跑"活动在马尔代夫首都马累启动。来自22所学校、8个马尔代夫体育协会、当地中资企业的共700名选手齐聚马尔代夫国家田径队训练场，以运动之名，以亚运之荣共同开跑，奔向未来。马尔代夫的传统强项也是足球，他们曾在2008年举办的南亚足球锦标赛上斩获冠军。

接踵而来的是2023年2月7日，斯里兰卡港口城市科伦坡举行的"趣味跑"。板球和篮球是斯里兰卡的传统优势项目，曾在历届亚运会中取得好成绩。2014年仁川亚运会上，斯里兰卡队曾夺得板球男子项目的金牌。

2023年2月14日，在这个爱意满满的日子里，"趣味跑"在卡塔尔多哈教育城的氧气公园为亚运为爱开跑。热情洋溢的卡塔尔把"迎杭州亚运会趣味跑"作为该国体育日庆祝活动之一，《海湾时报（Gulf-Times）》、专业体育网站 Alkass Digital 等当地媒体都给予重点关注和报道。Alkass Digital 网站在报道中表示："趣味跑"是迎接亚运盛会的重要活动，也是国家与国家之间的友好纽带，助力于传播欢乐和希望，增进两国人民的友谊。

杭州第19届亚运会趣味跑卡塔尔站

2023年2月20日，"趣味跑"跑进巴基斯坦第二大城市拉合尔。在这个与中国毗邻的南亚国家，武术和曲棍球等项目都是其传统优势体育项目，杭州亚运势必将给这座爱武尚武之城注入新的活力，再次掀起全民运动的热潮。值得铭记的是，2022年8月英联邦运动会男子标枪比赛中，巴基斯坦运动员阿尔沙德·纳迪姆以90.18米的成绩实力夺冠，耀荣世界。

2023年2月25日上午，"趣味跑"在新加坡国家体育场开跑。现场还举行了手球投篮、曲棍球打靶、巨型中国象棋等趣味运动游戏，将现场活动氛围拉满。热爱乒乓球、羽毛球、足球的新加坡人从不吝啬自己对运动

第 3 章
场馆建筑：每一个都会是最好的

的热爱，他们用青春的足迹传递亚运的欢乐、激情与梦想，用自由奔跑的身姿生动诠释着"更快、更高、更强——更团结"的奥林匹克精神。

2023年3月4日清晨，"趣味跑"老挝站在琅勃拉邦王宫博物馆前举行。晨风与初阳相伴，花香与草木为朋，古典韵味与法国情调于一身的建筑风格让本次"趣味跑"充盈着异域风情。在本届亚运会上，老挝奥委会将派出100多名运动员，参加包括足球、藤球、田径、武术、游泳等在内的十余个大项，他们信心满满，激情无限，誓用实力与奋斗为亚运金牌拼搏。

2023年3月8日，"趣味跑"迈着轻盈的步伐跑进越南广宁省体育大学，各家媒体竞相报道、现场采访争先恐后。越南共产党中央委员会机关报《人民报》和祖国报、文化报、体育网等纷纷为亚运发声。越南体育局局长热情表示，两次举办"趣味跑"是越南的荣幸，更是越南宣传亚运义不容辞的责任。人人参与活动，理解杭州亚运会"心心相融，@未来"口号，以实际行动迎接本届亚运会的召开，传播奥林匹克文化和精神。

奔跑着，快乐着；运动着，享受着。以奔跑之名，宣杭州亚运；以运动之趣，燃亚洲热情。以"趣味跑"串起亚洲国家的友谊，让友谊之花盛开在奔跑之路上，常开不败，运动不止。

"今天的世界 / 更需要相亲相爱 / 把心都打开 / 就是最好的存在 / 今天的世界 / 更需要多姿多彩 / 让我们手相牵 / 爱达未来 / 噢东方的色彩 / 从四面八方走来 / 踩着滚烫的节拍 / 激情燃烧的青春 / 在同片大地挥洒 / 亚洲亚洲亚洲一起来从陌生变成信赖 / 心动瞬间镌脑海 / 每一个传奇故事 / 都闪烁东方色彩……"

以燃情的歌词抒尽亚运魅力，用铿锵的节奏卷起潮涌激情，这首王水法作词、周澎作曲的杭州亚运会官方主题推广曲《东方色彩》以富有传统韵味的优美旋律，再现了杭州亚运的时尚、活力及民族文化自信，歌颂了东方大地上蕴藏着数之不尽的传奇故事，热情邀请全亚洲心手相牵，爱达未来。经过几轮筛选，它与《同爱同在》《亚洲心跳》《爱达未来》《亚洲之光》《To Win》《美丽亚细亚好大一个家》一起，荣登七首杭州亚运会推广歌曲宝座。初夏的阳光如碎金涤荡，满城的花香似醇酒袭人，嘹亮的歌声响彻大地，这七首亚运会推广歌曲在"等你来，享精彩"杭州亚运会倒计时100天主题活动上正式发布，不由让人心澎湃，情激荡。

遥想三年之前的2020年6月23日，杭州亚运会音乐作品征集面向全球正式启动。征集一经发布，就受到社会各界热情关注、广泛参与。根据工作安排，音乐作品征集活动计划在2020年至2022年分三个阶段开展。

第一阶段，以面向社会公众为主，通过设立总部赛区、抖音分赛区、网易云音乐分赛区、高校分赛区，线上线下同步征集、同步传唱，产生入

杭州亚运会倒计时100天主题活动

选歌曲、歌词和乐曲各十首；第二阶段，主要面向国内外知名的词曲作家和有代表性的音乐人，定向邀约征集会歌和功能性歌曲作品，通过策划举办亚运歌曲大赛，逐轮产生一定数量的入选歌曲；第三阶段，延续前两轮征集评选活动热度，重点从前两轮征集的优秀音乐作品中优中选优，最终遴选出会歌，强势发布。

截至2021年3月，海内外专业音乐人、全国11所专业音乐院校师生、广大音乐爱好者踊跃参与，2102件作品带着对亚运发自肺腑的热爱如雪片飞来。经赛区初选、评委打分、专家评议、亚组委研究等环节，最终确定了首批优秀音乐作品。值得一提的是，此次征集专门贴心设立了以浙江音乐学院为主阵地的高校分赛区，旨在动员广大高校师生，整合优质创作力量，辐射全国音乐院校，为征集工作提供强有力的专业支持。

2021年3月12日，超越梦想，跨越山海，"亚运好声音 '西子'来传韵"杭州亚运会首批优秀音乐作品发布活动在杭州奥体中心网球中心（即"小莲花"）千呼万唤而来。时任亚组委副主席、亚残组委副主席、杭州市委副书记、市长刘忻现场揭晓10首优秀歌曲作品，10首优秀乐曲作品和10首优秀歌词作品。空灵绝美的钢琴声破空而来，杭州亚运会宣传形象大使、著名钢琴家郎朗指尖在黑白琴键上如水划过，说唱歌手TangoZ钟祺与其"隔空互动"，梦幻开场。亚运之夜，星光璀璨，为同一个梦想而歌，阿兰、AKB48TeamSH、单依纯、张远、高嘉朗、蔡程昱，中国好声音优秀学员等实力唱将用不同的音乐风格演绎着亚运歌曲。特殊儿童艺术团、少年棒球队也在现场进行了温暖、真挚的特别演出。

继杭州亚运音乐作品征集的第二阶段定向邀约之后，2022年10月8日，杭州亚组委启动了杭州亚运会第三轮音乐作品征集活动，短短半年，就征集到了1106件音乐作品。

汇四方音乐人才，聚全球亚运热情，一批广为传唱、激励人心，具有国际化风格、多元音乐特色和高艺术水准的音乐作品如潮涌而出。2022年11月22日，杭州亚组委会同中央广播电视总台，再次向海内外广大音乐爱好者和社会热心人士抛出亚运会主题歌征集的橄榄枝。脱颖而出的优秀歌曲，陆续在CCTV-1、CCTV-13两个频道联合播出。用青春逐梦亚运，用活力唱响亚运，不少海内外年轻人也积极通过音乐作品，展现当代亚洲青年之责任、勇气和担当。最终登顶的10首优秀歌曲中，这首由19岁海外华侨（中国籍）韩蕴美创作并演唱的节奏明快、清新活力的歌曲《未来华章》更让人过目难忘。

"夕阳照在梦的故乡／晚钟把传说轻轻敲响／秋月陪伴千年时光／等待春晓中再次绽放／莺歌继续把爱传唱／荷风把请柬洒向远方……"2023年1月15日，著名演员周迅受聘成为杭州2022年亚运会宣传形象大使。同日，由她参与演出的杭州亚运会主办城市推广曲《最美的风景》演唱版MV正式发布，一水如画，杏雨烟波轻轻荡，潋滟湖山如梦绕，最美的风景飘散在空中，也镌刻在我们的心上。

"我十几岁的时候就来到杭州求学，杭州就是我的第二故乡。"对于杭州这座美丽温婉而物产丰饶、幸福温暖又智慧进取的城市，周迅显然有着很多美好的记忆："我很喜欢在杭州沿着西湖散步，住在杭州的时候，每天吃完晚饭都会出门走走。"她还回忆起1990年北京亚运会期间的种种珍贵细节，观看北京亚运盛会，也是她演员梦起之时。北京亚运让她开拓视野也爱上运动，热爱生活也勇敢追梦。这一回，当她得知杭州亚运会主办城市推广曲《最美的风景》MV正在筹备拍摄，更是积极地投身其中。这次担任杭州亚运会的宣传形象大使，她激动之情溢于言表，希望与杭州亚组委携手，把浙江和杭州的城市新貌和美好生活更好传播出去。

亚运会主办城市推广曲是杭州亚运绕不开的点睛之笔。它是在亚运会举办前后，向全世界推介举办地所在城市的人文、历史、社会、风景等内容的艺术形式。烟柳画桥，东南形胜，三吴都会，钱塘自古繁华。唐诗宋词的余韵中滋养出时代新歌里的锦绣杭州、盛世钱塘。步履铿锵的它，正全面建设着独具韵味的国际化现代共同富裕典范城市。由水木年华成员

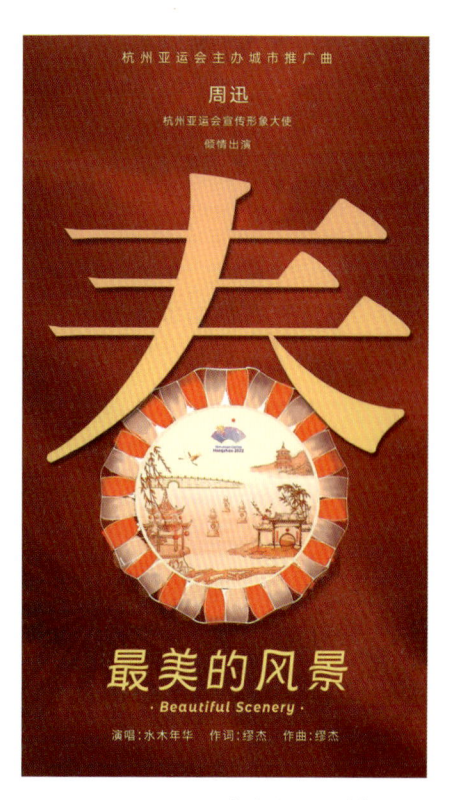

《最美的风景》海报

缪杰创作、水木年华演唱、周迅等出演的《最美的风景》，就是对杭州这座精致和谐、大气开放、热情文明、底蕴深厚的休闲之都、魅力之城最好的诠释。

2023年4月14日，经过多轮角逐，杭州亚运会第三轮主题歌曲征集评选活动迎来收官之战，《这一刻》《踏浪高歌》《青绿缤纷》《TO WIN》《离别时分》《玉鸟飞飞欢迎你》《东方色彩》《未来华章》《点亮》《神奇的亚洲》等10首优秀歌曲从50首候选歌曲中脱颖而出，受到评委们一致好评。这些优秀的亚运歌曲或突出体育运动主题、歌词简洁、节奏明快，富有感染力；或突出亚洲文化交流互鉴主题，适应国际语境，易于不同语种

传播，显现人类共同价值追求和情感表达。这些歌曲都将陆续成为官方推广歌曲，并有机会登上"亚运演唱会"，以歌为纽，爱达亚运。

穿越时光的隧道，2023年3月7日，延期举行的杭州亚运会迎来了倒计时200天，从音乐作品中征集而来的杭州亚运会官方主题推广曲《从现在到未来》正式官宣上线；4月27日晚，同样来自音乐作品征集的另一首官方主题推广曲《有你有我》上线北京。期待杭州亚运会开幕前夕，本届亚运会会歌正式公布，声撼亚运，声动亚洲。

且须一记的是，2021年10月，杭州亚残组委发布了亚残运会宣传歌曲《共同的荣耀》。2022年12月，由阿云嘎、曹芙嘉演唱的杭州亚残运会宣传推广歌曲《我们都一样》正式上线。身残而志坚，命舛而不颓，奋发的他们以自信的姿态向全世界发出热情邀约，用拼搏进取、永不言弃书写属于他们的亚运精彩。

2020年9月22日，亚运题材系列纪录片《嗨，亚运》筹备已毕，正式开机。纪录片共分5集，缘起《流金》，往事如风，记忆弥新，亚运起源和载入史册的大事在这里娓娓道来；相知《相遇》，独具代表性的亚运会主办城市在时空的流转中遥相辉映；回眸《风情》，顾盼之间，独树一帜的亚运会开、闭幕式，会徽、吉祥物、会歌琳琅罗列；逐梦《追光》，那些踏浪而来的运动员、教练员、志愿者、建设者们每一个都值得被铭记、被歌颂，被致敬；今宵《重逢》，杭州已整装待发，盛会已蓄势在行……这部讲述亚运历史、人物、城市和文化的纪录片，是亚运70年历史上第一次全景式展示亚运会历史和文化的动人之作。为此，杭州亚组委郑而重之组建工作专班，完成近10万字亚运史研究成果，形成五集策划案，跟拍杭

亚运题材系列纪录片《嗨，亚运》

州亚运会筹办过程中的重要情节、感人细节，记录奋斗在亚运一线的动人故事，把值得铭记的历史永远镌刻，值得记忆的风景永远定格。

磨砺出精品，实力强劲的团队是一部优质纪录片的强有力保障。《嗨，亚运》由中央新闻纪录电影制片厂（集团）女导演陈子隽担纲导演一职。这个极擅长纪录片拍摄的女导演，所创作的大型纪录片《瓷路》《手术200年》《缅怀英烈忆长征》等无一不是精品，部部都是佳作。"金熊猫"国际纪录片奖人文类纪录片大奖、中国龙奖金奖、中国十佳电视纪录片奖、CCTV纪录频道年度制作大奖、中国广播电视协会第八届"纪录·中国"人文自然类纪录片一等奖……荣誉既是对她作品的肯定，也是她口碑的积攒。

2023年2月2日，纪录片《嗨，亚运》入选中央新闻纪录电影制片厂（集团）2023年重点影视节目片单，重细节创口碑，精品化高品质，追寻信仰，献礼亚运。

与《嗨，亚运》有异曲同工之妙的是在 2023 年 6 月 15 日亚运会倒计时 100 天的活动现场发布的亚运形象宣传片《弄潮》。潮起钱塘，纷涌杭城，《弄潮》以"弄潮文化"为主题，通过优美的运镜，将亚运会举办城市杭州以及五大协办城市的自然之美、文化之美、运动之美与数字之美展现得淋漓尽致。朝气蓬勃的弄潮少年从中华五千年文明史的圣地良渚踏浪而来，开启了一场古今穿梭的自然人文之旅。良渚、西湖、大运河三大世界文化遗产交错在高楼林立的城市风光，亚运场馆群、各大城市地标和亚运竞赛项目如同画卷徐徐展开。蹴鞠、射箭等传统体育项目争相亮相，协办城市风采接踵而来。片中，西泠印社理事、西湖龙井炒茶师，空竹、乒乓、飞盘等等各行各业的体育运动爱好者微笑出镜，讲述亚运与城市的故事，彰显全民参与亚运、奉献亚运的东道主热情。

"在亚运会赛前阶段，宣传部重点抓好宣传推广、信息发布、国际传播、官方宣传平台建设、视觉形象建设以及文字、图片、视频等传播资源的管理维护和投放对接等工作，赛时则开展集中性、专题性媒体采访活动，确保媒体运行，提供主播机构服务，做好赛时新闻发布，加强融媒推广等。宣传文化传播推广工作范围广，任务多，时间紧，要求高，各项活动安排得满满当当。但赛前的宣传推广、国际传播和赛时的信息发布和媒体运行，无疑是最重要的。"杭州亚组委宣传部融媒推广处俞亮认为，要为亚运会的举办营造浓郁氛围，提升亚运品牌价值，选择和策划好活动的内容和形式是重中之重。

从 2015 年 9 月花落杭州，到 2023 年 9 月正式举办，其间各种困难，无数曲折，时间跨越漫长 8 年。"安排持续不断、紧扣主题、丰富多彩的活动展示自身城市形象、传播亚运文化和体育文化、营造亚运氛围，发动更多的人共同参与并及时通报筹办进展，既是考验，也是挑战。"俞亮如是说。

就此，亚运组精心策划了一系列宣传活动，展示风采，助力亚运。

2020年9月，"文明你我亚运有礼"的杭州亚运会国际文明礼仪大赛正式启动。来自海内外30余个国家和地区的2万余名选手报名参加了城市文明礼仪序列和赛事服务礼仪序列两个类别的比赛。

2021年9月4日，完美收官之后的颁奖仪式在杭州文广集团演播厅隆重举行。获得"十大城市文明礼仪之星奖""十大赛事服务礼仪之星奖""城市文明礼仪优秀奖""赛事服务礼仪优秀奖"等奖项的参赛选手们一一亮相，用饱满的自信、优雅的仪态、挺拔的身姿，让文明之花处处绽

杭州第19届亚运会国际文明礼仪大赛

放，让礼仪之美闪耀杭城。

颁奖仪式当天，全省"迎亚运讲文明树新风"主题活动同步启动。活动通过开展志愿服务和"文明出行""文明就餐""文明观赛""文明待客"等杭州亚运会国际文明礼仪大赛、杭州亚运会第一次世界媒体大会开幕系列活动，明大德、守公德、严私德，牢筑新时代公民道德基石，以高度的城市文明风尚迎接中国新时代，杭州新亚运。

许德清这样总结道："优美动听的歌曲、感人至深的影视作品、多彩多姿的宣传推广活动，五彩缤纷的亚运标识、吉祥物、色彩、图形、火炬、服饰，以及不断升温的气氛营造……归根结底都是在宣传推广杭州亚运美学文化的共同价值、历史传承、创新精神、绿色特质、生活品质。"目光所及，一站又一站"亚运趣味跑"、一城又一城"亚运走十城"、一曲接一曲"亚运新歌曲"；亚洲风土人情、浙江诗画活力、杭州东方韵味、体育文化魅力一一铺陈，亚运美学文化随处可见，其内涵得以深化，其体系得以建立，为本届亚运会留下包罗万象的文化财富。

推进"体育亚运"，激发"城市亚运"，构筑"品牌亚运"是与竞赛运动相伴而行的亚运文化导向。时间和空间交错，体育和亚运碰撞，文化和品牌相连，将亚运文化赋予更旺盛的生命力，渗透到杭州这座城市的每一个角落。立足浙江，表达中国，胸怀亚洲，放眼世界，弘扬中国文化、提振民族精神、展现时代风采、彰显浙江气质、呈现杭州韵味，不止于赛前、赛时，更将长久地涌动于赛后。

杭州亚运，阅遍风景精彩是你，千呼万唤期待是你。

第 **4** 章

亚运赋能城市基础设施大提升

杭州快速路网建设中的"十一延",包括加快与临平组团联系的秋石快速路北延、留祥快速路北延、东湖快速路北延等北延工程,加快与大江东产业集聚区联系的艮山东路东延、机场快速路东延等东延工程,以及加快与富阳、城西科创城联系的彩虹快速路西延(杭富城际线配套道路工程)、文一西路和留祥路西延等西延工程。目前,"十一延"建设已全面竣工。

6月,夏日的夜晚十分酷热,但在天目山路(中河立交—古翠路)提升改造工程现场,摊铺沥青的摊铺机、压路机正忙得热火朝天,巨大的钢轮在滚烫的沥青上来回往复,让黑色的沥青均匀地铺开,成为新的路面。时间到了深夜,最后一段地面道路终于完成沥青面层摊铺。环城北路—天目山路(中河立交—古翠路)提升改造工程进入通车倒计时阶段。

环北天目工程是杭州市规划"四纵五横"城市快速路路网骨架系统的重要"一横",是疏解城市中心区域通行压力的交通大动脉,也是本届亚运会的重要交通保障工程。环北天目工程建成后将与中河高架、秋石高架、沪杭甬高速等南北向快速通道互联互通,大幅提高杭州市远距离快捷通达能力。

环北天目工程顺利推进,只是"迎亚运"道路建设众多最新成果之一。在此之前,为了迎接亚运,杭州已经在大力推进城市交通基础设施建设,杭州市快速路建设方面捷报频传。

2022年6月12日,经过700多个日夜的艰苦奋斗,亚运会配套工程杭州市莫干山快速路顺利建成通车。该项目南起留石快速路北侧落地匝道,北至绕城北线104国道收费站南侧。该快速路将作为杭州中环与留石快速路的联络线、杭州城市西北区域快速路网体系的骨架线及进出城的快速通

文一路提升改造工程

道，有力改善区域的交通服务水平，提高杭州市南北向通行能力。

2023年5月19日，良祥路互通工程的正式通车，让未来科技城到良渚古城遗址公园的通行时间缩短至15分钟。

5月30日，历经14个月的紧张建设，文一西路互通全线通车。文一西路互通东西南北4个方向都可以接入不同的快速路，市民从余杭区出发，到杭州主城区、萧山机场、火车东站、杭州亚运会主会场等地方，都将实现"快速直达"。

运溪高架瓶仓互通也在6月5日迎来了正式通车，标志着余杭境内运溪高架所有互通全部建成通车。该互通枢纽的建成通车，可以有效衔接高架、高速及地面道路，实现与运溪高架、杭长高速、G104（规划）、瓶仓大道等各交通体系的快速转换。这一系列道路和交通枢纽顺利通车不仅仅为亚运顺利举办提供保障，也优化了杭州的城市交通格局，为杭州市民今后的出行带来了极大的便利。

"'迎亚运'道路是杭州展示对外形象的重要窗口，把道路建好就是把窗口擦亮。480公里快速路以及185条地铁重建道路，将为亚运会创造良好的道路交通环境，也让亚运城市建设成果实实在在惠及市民群众。"市建委相关负责人说。

从2016年，也就是在本届亚运会正式落户杭州的第二年开始，杭州的城市交通基础建设速度大大加快，以绕城范围内"四纵五横"为重点的"四纵五横三连十一延"杭州快速路网逐渐成型，城区"45分钟时空圈"已经化梦为实。至2022年底，快速路通车总里程达480公里，网络覆盖率和通达效率明显提升，主副城之间连通更加紧密，快速路网早、晚高峰小时拥堵指数分别下降11.3%、10.8%，日均严重拥堵持续时间同比减少20分钟。到2023年底，杭州市快速路总里程数还将突破500公里。

如今，站在中心城区最高点放眼望去，东面的彭埠互通、艮山东路高架、下沙路与12号路提升改造等项目均已完成，市中心城区与下沙副城的联系更加紧密，"从城里半小时到下沙"并非虚夸；西面天目山路—环城北路隧道、文一西路、留石快速路西延3条城西区域东西向快速路都已畅行无阻，"城西路难行"已成为历史，余杭、临安两区与杭州中心城区有了多条便利通畅的交通纽带；南边，江南大道、风情大道（机场高速—金城路）高架、时代大道萧山段、03省道东复线高架南延雄姿呈现，去绍兴也一下子变得方便快捷了；北边的莫干山路（留石高架—绕城北线）提升改

第 4 章
亚运赋能城市基础设施大提升

彭埠互通改建工程

造完善大城北骨架路网，东湖高架、秋石高架、望梅高架北延，打造了临平"三路一环"快速路网升级版。

"神霄有路平如掌，青云可梯星可摘。"（宋·白玉蟾）这张以绕城内"四纵五横"为骨架，通达"东西南北中"十城区的快速路网的形成，对于缓解交通拥堵、释放城市活力、拉开城市框架、提升城市能级、改善城市形象，具有十分重要的意义。

迎亚运道路攻坚各个项目的建设，时间紧、任务重、要求高。为保证施工顺利进行，确保完成节点目标，建设者充分发扬"能吃苦、能战斗"的铁军精神，开展劳动竞赛，以分秒必争的决心、一丝不苟的态度和无缝对接的效率，采取多种措施加大人员力量、机械设备投入，强化现场协调指挥，不断解决施工过程中存在的问题，确保各个项目的建设高效有序地推进。

为了保质保量如期完成道路建设计划，施工人员倒排时间节点，抢抓工程建设进度。2022年初，杭州市启动"接棒冬奥，冲刺亚运——'迎亚运'城市基础设施建设百日攻坚行动"，全力用好亚运延期带来的时间窗口。市建委牵头建立"迎亚运"道路建设行动专班机制，推出"赛马比拼、路长包干"工作机制，成立由每组3名"干将"、3名专家所组成的7个路长服务指导组，按照"责任到人、时间到天"，编制"'迎亚运'道路建设百日攻坚活页册"……在实施这一系列举措之外，还主动接受市民、媒体和社会各方的监督和建议。

一系列创新举措在推进杭州城市道路建设的过程中起到了重要的作用。特别是7个路长服务指导组，在"迎亚运"道路建设过程中发挥了至关重要的作用。"迎亚运"道路建设行动专班相关负责人介绍，他们奋战一线，积极指导各类建设主体采取"管家"协调服务、"赛马"竞先赶超、"三色"预警督办、"一站式"绿色审验等新机制新举措，全方位、全过程介入项目建设、施工、验收、移交等建设环节，聚焦防沉降井、桥台伸缩缝、雨水口、人行道铺装、绿化景观等关键节点的施工质量检查，确保高标准、高质量、高效能地建成每一条"迎亚运"道路。

除了关注道路建设工程的速度，施工过程中还格外关注工程质量的把控。拉高质量标杆，着力提升市民对道路品质的满意度，聚焦解决杭城市民普遍关注的"路不平、桥头跳"等质量问题。在施工过程中，以"绣花功夫、最高质量、最严标准"，打造"杯水不溢"的出行环境。

在施工过程中，各建设单位紧盯道路结构的路基层、水稳层、沥青面层施工，严控关键指标，采用泡沫混凝土回填、设置桥头搭板等成熟技术，提升软土地基承载力，减少桥头坡差。同时，建设单位还采取各种方式提升施工质量，比如狠抓材料质量，实施原材料（半成品）驻厂监理；推动新技术利用，推广应用超薄耐磨沥青面层，使用"半刚半柔"路面抗车辙，应用超薄耐磨沥青层修复坑洼路面，采用热再生技术修复防沉降井等先进技术；在非机动车道安装立篦式雨水口，加快积水排出速度，开展在建道路低洼易涝积水点"一点一策"整治，对积水点进行跟踪处置。这种种措施对保障施工质量，防止路面积水，提升建成路面的耐久度起到了重要作用。

与此同时，各施工单位还随时发现施工过程中可能出现的质量问题，及时处置。如地处市中心区域的环北天目工程，施工面临区域周边环境复杂、地面建筑物多、工程隧道断面大、水文地质复杂等诸多挑战，施工风险极高。为确保盾构施工安全，建设单位杭州市城建发展集团多次组织召开方案研讨会，优化施工方案和各项应急预案，实时监控现场安全、质量、进度情况，不断细化盾构掘进参数，严控盾构掘进姿态，及时掌握地表沉降变化参数，确保了隧道的高质量建设。

2022年9月底，"迎亚运"城市基础设施建设百日攻坚行动告一段落，百日内新建成快速路83.4公里。平整度实测全部实现了"杯水不溢"通行要求。

道路施工免不了要改变原有的交通秩序，有时还需临时关闭道路，施工噪音往往也在所难免。对此，有关部门推出"匠心共筑民心路"全过程宣传体验活动，通过传递感谢、成果展示、深度解读、历程再现、直播体验、倾听意见等多种方式，不断提升市民知晓度、参与度、体验感、获得感。如开展"匠心筑路"城市道路建设成果市民体验日活动，邀请热心市民代表、"两代表一委员"、民情观察员、媒体记者等参与，多方协同争取市民群众最大限度理解支持。

在做好宣传互动的同时，各建设单位想方设法精心调度，重点解决施工路段交通流量大、中高考期间无法施工等诸多困难，充分利用深夜12点后车辆较少的时间段进行施工，同时还克服雨季等不利条件，抢抓晴好天气，尽可能缩短施工周期。

为了进一步巩固"迎亚运"道路建设成果，亚运市运保指挥部还组织了相关部门和专家对杭州市"'迎亚运'城市基础设施建设百日攻坚行动样板示范道路"进行评比。

面对市民对"畅行杭州"的迫切需求，杭州结合亚运配套道路建设工程规划，全力推进城市快速路建设、地铁重建道路、城市主次干道交通能级提升等重要工程。

打通"断头路"，疏通"毛细血管"，实现畅行"最后一公里"，是一项惠及群众出行的重要民生工程，它不仅避免群众绕路兜圈，还能有效完善路网体系，促进城市板块之间协同发展。2021年2月，打通"断头路"被列入"2021年杭州市政府十件民生实事"。在随后的几年里，这项工程始终在进行。

曾经的奥体中心区块，东西走向脉络非常清晰，但若要从滨盛路横穿奥体，连那些"老司机"都会"晕头转向"，因为滨盛路在奥体中心附近成了"断头路"，要想穿过，只能绕远走奔竞大道和闻涛路。2021年12月

28日，新建的滨盛路下穿隧道通车，这一现象已彻底改变。

新建的滨盛路下穿隧道西起扬帆路，东至金鸡路，横跨滨江、萧山两区，是联系滨江区、萧山钱江世纪城的重要城市次干道，也是杭州奥体博览城核心区主要配套道路之一。隧道依次下穿飞虹路、杭州奥体博览城核心区、博奥路。通过这条隧道，可以直接进入奥体核心区域的亚运场馆以及地下商城，还可以直接连通地铁6、7号线换乘站奥体中心站，以及6号线的博览中心站，把整个奥体博览城近100万平方米的地下空间连成一体，让各大场馆"串珠成链"。

上城区东宁路位于火车东站的东侧，呈东南—西北走向，是城东新城的一条重要干道。东宁路的东南边，可直达昙花庵路，西侧则直达德胜高架，中间还依次连通了机场路、环站北路、天城路、鸿泰路、新塘路、艮山西路等城东新城区域的重要道路。本来东宁路可以成为城东新城向北通行的出口，却因高架下方的绿化带阻拦，东宁路直接"断头"。

根据群众要求，上城城发集团与多部门积极沟通，决定在符合相关法规的前提下，拆除高架下方的绿化带。考虑到德胜东路是城市主干道，交通压力比较大，上城城发集团实施错峰施工。2023年2月，这个"断点"被打通，市民们可以沿着东宁路，经火车东站一路进入笕桥，出行更加便捷。

在大城北，华丰路（绕城高速公路—华丰支路）、丽水北路（石祥路—谢村路）等主次干道都在2023年6月前相继开通，消除了"断点"，杭州中心城区通往大城北地区更加畅通无阻。

钱塘区继续将道路畅通项目列入2023年区政府十大民生实事。实施"断头路"打通工程，新开工秀水街（江涛路以东）道路、宝龙南侧道路南延伸（青龙路—塘新线）等5项道路工程，现已完工3项。

2022年以来，杭州地铁新线路密集"亮相"，各条新建地铁相继开通运营，"迎亚运"地铁建设重建道路也备受关注。

2022年4月，地铁3号线一期工程道路恢复工程同协路段，正在紧张地进行水稳层铺筑作业。"我们要在4月底前完成同协路和杭玻街的建设，完工后，周边居民出入3号线同协路站就更方便了。"该工程Ⅰ标段施工单位萧宏集团相关负责人介绍，萧宏集团所承担的地铁道路恢复工程，涉及同协路站、华丰路站、新天地街站、大关站等11个地铁站点周边的17条道路。晴川街、长乐路、竹清街、永潮街等4条道路已完工，剩余道路施工也在如火如荼地推进中。

"'迎亚运'道路建设周期短、任务重，全体城建人都扎入工地、守在一线，努力将施工的影响降到最低。根据《'迎亚运'城市基础设施建设百日攻坚行动工作任务清单》，全力争取在2022年5月底前完成97个地铁建设重建道路项目，为亚运会创造平安、畅通、文明的交通环境。""迎亚运"道路建设行动专班相关负责人说，"道路畅通、迎接亚运，是市民的美好期待。我们将持续高质量推进地铁重建道路建设，让亚运城市建设成果

文一路　　　　　　通城大道德胜快速路空港大道口　　　　　　风情大道

实实在在惠及百姓。"

2022年7月，拱墅区实施的地铁3号线、4号线、5号线、10号线沿线14条恢复道路顺利完工亮相，不少道路还利用这一时机，在原有基础上大大提升了道路品质。"如东新路工程（环城北路—同协路），包含了过街通道（文晖路、新天地街、石祥路共3处）、桥梁拆复建、管线改迁、新建管道、道路整治、景观绿化等不同项目，涉及工程技术及施工领域多，综合性强。"杭州市建委相关负责人介绍。项目建设过程中，相关建设单位协调各个部门，合理统筹工程进度，充分利用地铁、管线施工的间隙穿插施工，大大节省了施工工期。

地铁19号线是亚运前开通运行的最后一条地铁线。地铁开通后，地面道路重建工程随即开始进行。2022年10月，随着最后一车沥青在摊铺机的推动下缓缓铺设，文三路站道路重建工程完成了最后一段中面层沥青施工。至此，文三路站区域内的文三路和学院路两条城市主干道中面层沥青全部摊铺完成。

文三路站道路重建作为迎亚运重点工程，首次将杭州数字化发展成果深度融入项目建设中，与文三数字生活街区的改造相结合，形成一条亮丽与智慧并存的交通要道。

杭州市道路建设的非凡成果已成为亚运筹办的一大亮点。根据2022年度《中国主要城市道路网密度与运行状态监测报告》统计，杭州市中心城区路网密度为7.3公里/平方公里，跻身全国第7位，在长三角城市群中与上海并列第一。

城市道路空间是城市面积最广、最为重要的公共空间，不仅具有交通功能，还承担着市政管廊、绿化景观、防灾减灾等多种功能，也是市民的休闲和交往空间。建设道路精品工程，不仅要求路面宽阔，畅行无阻，还要求形象美观，具有一定的文化品位。在"迎亚运"道路建设过程中，体现人文、绿色与科技，建设有温度的城市道路，已成为建设中的一大特色。

本届亚运会筹办工作全面铺开以来，杭州市建委组织各道路项目的设计和施工单位，在实施"迎亚运"道路建设各个项目时，除了高质量完成道路路面建设任务之外，在铺装的安全舒适性、设置街道家具和凸显人文景观特色等方面下深功夫，努力打造让市民舒心的高品质街道空间。

结合亚运会"绿色""智能"的办会理念，市建委要求相关项目设计和

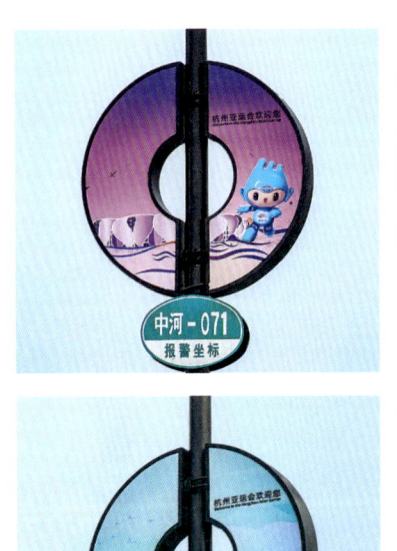

中河高架上的亚运元素路灯

施工单位，广泛应用科技力量提升安全舒适性，通过采用耐磨防滑、密实耐久的 SMA 沥青；在沿线的智慧路灯上搭载 LED 显示屏、无线 Wi-Fi、环境监测等设备；增加电动自行车物联网感知系统，保障骑车过程安全；科学合理设置街道家具，用好道路空闲空间；增设特色雕像、休闲座椅、街社宣传栏等城市家具小品等方式，提升市民通行的体验感。

在道路环境整治时融入城市文化元素，充分利用道路周边的景观特色和人文资源，是道路建设增添文化魅力的有效一招。建国路绿化带路缘石增加南宋文化元素，展现杭城宋韵人文气息；杭行路的施工单位在设计智慧路灯时结合了良渚玉琮和兽面纹的造型；科海路路段在施工时融入云数据形态，与三号浦河道及狮子山构成蓝绿交织的城市新景。在道路建设时，施工单位还精心选择优良树种草种，如杭行路栽种四季花卉，5月变身樱花大道；星光街串联多个节点公园，展现"星光漫城，风景绿廊"的独有魅力；金城路种植早樱、银杏、香樟等多种树木，并在周边种植红叶石楠、毛鹃加以点缀，这些别出心裁的植被装饰形成层次分明的绿化景观，有效推动道路绿地与城市人文、景观相互融合。

伴随亚运会筹办，高架一个接一个，道路一条又一条，改变了杭州百姓的日常通行，改变了我们这座城市。这些"高品质""高颜值"的道路，即将载着亚洲各国的与会嘉宾和运动员，通向亚运赛场，这一条条道路也成为杭州人看得见、摸得着、真实可感的幸福。

第二节

地铁运营里程跃居全国第五是怎样实现的

在亚运会举办前形成12条线路、运营总里程达516公里的城市轨道交通线网,实现十城区全覆盖的杭州地铁建设目标已经实现。地铁连线成网,不仅成为杭州亚运的重要交通保障,还极大地提升了城市竞争力和生活品质,城市格局也逐渐开阔。

2022年9月22日下午2时,杭州地铁19号线正式"上线"。

下午2时整,从萧山机场站出发的首列运营地铁,只花了23分钟就抵达了火车东站,下午2时50分,这趟地铁已顺利地抵达新建的杭州西站,这个速度着实让人惊喜。为了在第一时间体验这条贯穿杭州多个交通枢纽的地铁线,开通前半小时,西湖文化广场站等多个地铁站点,已聚集了不少前来体验的市民。

"我家住文三新村,一早就与老同学约好,等到19号线开通就立刻来体验。"退休20多年的刘阿姨高兴地说,"杭州要开亚运会了,这几年发展太快了,建设得也越来越好了,我们的生活得到了很大的改善。作为老杭州人,真的很自豪!"

"这是一条杭州市民期待已久的'明星'线路,也是真正意义上的快线,最高运行速度可达120公里/小时。"杭州市地铁集团运管中心副主任朱杰介绍,19号线的车厢内部还做了很多人性化设计,如车内设置了行李架,座位下方配备了USB充电座,在每两节车厢的连接处还设置了无线充电座,音频环路助听装置的配置还可以为特殊人群助听,这些措施都大大便利了乘客的出行。

与19号线同步开通的还有3号线北延段(吴山前村站—龙舟北路站),全长约5公里,共设4座车站,全部为地下车站,分别为吴山前村站、汤家村站、火车西站站、龙舟北路站,其中火车西站站为换乘站,可与19号线实现同台换乘。3号线北延段开通后,从吴山前村站至星桥站,全程大约需要85分钟。同时开通的还有10号线后通段,市民可搭乘这条线路从逸盛路站直达黄龙体育中心,可换乘3号线,城北与中心城区的联系变得更为紧密。

随着9月22日这三段线路的开通,杭州在建的地铁三期规划线路全部建成通车,在亚运会举办前形成12条线路、总运营里程达516公里,十城区全覆盖的杭州地铁建设目标已经实现,成为继上海、北京、广州、成都之后,全国第五个运营线路突破500公里的城市。

杭州地铁19号线开通的几天后,9月28日,集城市快速路、轨道快线、慢行系统为一体的"综合立体交通大走廊"——杭州新彭埠大桥建成通车。该大桥为双层钢桁梁桥,采用主跨4×240米连续钢桁梁方案,是国内首座多跨长联公轨两用悬链形上加劲连续钢桁梁桥，全长1350.8米。上层为双向8车道一级公路，桥面宽度34.5米，下层为双线轻轨，时速可达120公里。

"亚运会和亚残运会在杭州举办，这极大地推进了杭州的城市基础设施建设，地铁建设就是其中最明显、最巨大的成就之一。近几年来，我们采取了多条地铁同时开工的办法，加快地铁建设速度，最高峰时在建线路达到400公里、地下同时有150台盾构机穿越，这样的速度和规模，在全

国也是罕见的。"杭州地铁集团相关负责人介绍,由于杭州地铁的规划和建设,始终考虑到亚运会和亚残运会的举办,考虑到杭州城市整体规划和国际化发展需求,它不仅成为杭州亚运的重要交通保障,极大地提升了杭州城市的竞争力和市民的生活品质,也已成为浙江省高质量发展建设共同富裕示范区的标志性成果,为杭州和浙江融合长三角一体化发展奠定了坚实的基础。

杭州地铁最早的规划始于1984年。2002年6月6日,杭州市地铁集

机场轨道快线列车"踏浪飞渡"

团有限责任公司挂牌成立。2003年12月26日，杭州地铁1号线试验段秋涛路站（今婺江路站）工程正式开工建设。2012年11月24日，杭州地铁1号线一期工程（湘湖站至文泽路站／临平站）开通试运营。然而，以杭州地铁建设三期规划为标志的大规模建设，是在2016年，即亚运正式落户杭州的次年开始。

2016年12月23日，国家发改委批复同意《杭州地铁建设三期规划》。此后，包括地铁建设二期在内的各条线路相继开工、相继建成通车。至2022年9月22日，已开通运营线路1号线、2号线、3号线、4号线、5号线、6号线（含杭富段）、7号线、8号线、9号线、10号线、16号线、19号线等12条线路，线网投入运营车站262座，形成网络化运行模式。目前1、2、5号线等客流密集线路高峰时段列车进站间隔已缩短至2分15秒。线网客流不断攀升，近期线网工作日均客流近330万人次，日最高客流为371.99万人次，公共交通分担率达到67%，地铁已成为杭州市民出行的重要方式。

此外，2021年6月28日，杭海城际铁路、杭绍城际铁路（绍兴为本届亚运会除杭州之外承办赛事最多的城市，专设有绍兴分赛区）可以分别在杭州地铁1号线余杭高铁站、地铁5号线姑娘桥站无缝换乘。这两条线接入杭州地铁线网，实现了杭州城市轨道交通线网"三地、一网、一票"互联互通。

地铁建设并非易事。杭州是历史文化名城，地下文物众多，又地处山地、丘陵和平原的交接处，属江南软土层，地质状况复杂。杭州地铁在紧张的施工过程中，也遇到了诸多难以想象的困难，甚至造成工程一时停滞。对此，杭州地铁集团和各施工单位群策群力，运用最新的科技和施工手段，选择合适的基础工程方案，及时调整和改进工艺，逐个攻下一块块难啃的"骨头"。

地铁吴山广场站第一次采用"微差爆破法"，就是技术攻坚成功的典型案例。

在老杭州人眼里，河坊街、城隍山、吴山广场三者构筑起了杭州最有人气和烟火气的地方。吴山广场那块写有"吴山天风"的碑石，表明这里是杭州"新西湖十景"之一，吴山广场还是杭州城南的标志性广场，人文底蕴十分厚重。

从2017年8月7日起，由于涉及地铁7号线的建设，吴山广场就被围挡围了起来。正因为承载着老杭州人的情结和期许，这个站点从一开始就备受关注。也许是"欲戴其冠，必承其重"，吴山广场站下方的管道复杂，地质坚硬，前期准备工作远超预期，也让施工颇具挑战性。

在进行地铁站点选址的时候，地质勘探人员会对吴山广场站周边区域可能涉及的地质类型进行预判，针对不同的地质需要用什么样的施工方法，出具一份初步的地质报告。这就像是去医院看病，在做完B超后，生成一份初步的诊断报告，如果要精准去除"病灶"，就需要外科医生进行"手术操作"了。

在进行围护结构施工时，吴山广场的第一个"疑难杂症"来了。由于吴山广场地质多为崩塌块石层，该地层多含高强度硬岩，块石多，导致地连墙施工时，成槽机使不上力。这时候就必须把石头凿碎后再挖，但若是这样，整个建设的工期就会被拉长。杭州地铁集团技术专家楼顺峰记得，吴山广场站最艰难的一幅地连墙做了98天，而在一般车站，2天就可以做3幅地连墙。

吴山广场这场"外科手术"的第二个难点，就是盾构掘进了。由于背靠吴山，这个地块有很多硬岩，而盾构施工最怕的就是硬岩。盾构机的掘进好比是剃须刀，在遇到坚硬的物体时，刀片就会立马断裂。一般情况下混凝土的硬度是25兆帕，而块石是160兆帕，盾构掘进的难度可想而知。

吴山广场站的盾构机下井之后，往前100米范围，即从河坊街到华光路这一段，全是硬度160兆帕以上的块石。为了在不对吴山广场及周边居民造成影响的同时解决上述难点，经反复研究，施工单位采用了"微差爆破法"，并最终取得了成功。这个方法对于爆破的技术要求极高，楼顺峰用几个数据解释了这个原理，吴山广场的盾构机直径是6.2米，爆破的范围则是在盾构直径的基础上各留1.5米，总范围控制在9米内。这个"手术"严苛到什么程度，连爆破的时间都有精确要求，如同在头发丝上精雕细刻。之所以这样先后爆破，是因为第一个雷管炸裂时，块石会产生缝隙，第二次炸裂的能量就会随着缝隙往外扩散，做到能量加倍，以达到爆破块石的目的。

在9米的范围内，实现精准爆破且不影响河坊街等重要历史建筑，"微差爆破法"功不可没，是杭州地铁施工"精、细、巧"综合能力的再次体现，也为今后同类型高强度硬岩

地铁盾构机出洞

的爆破施工树立了范例。

地铁19号线文三路站地面实行史上次数最多的交通改道，是技术攻坚和工程综合协调的又一成功范例。

文三路站是地铁19号线与10号线的换乘站。这里地处城西文教区，分布着文三新村、九莲新村、文锦苑等新老小区，还聚集着杭州重要的电子产品交易市场，这一带不论是人流抑或是车流，从早到晚都是忙忙碌碌。

为保障城西地区居民的出行，只能在狭小的场地施工，堪称"螺蛳壳里做道场"。也因为场地小管线多，它还成为杭州地铁建设过程中管线迁改次数最多，交通改道次数最多的地铁车站建设项目。

不同于大多数地铁站的主体结构施工方式，文三路站基坑采用盖挖逆作法。所谓盖挖逆作法，就是指地铁站结构自上而下完成土方开挖和边墙、中板及底板施工，挖一层做一层结构。这个非常规操作方法相当于造房子时，地基还没挖完，先把房顶建好了。接下来，施工单位用40多米的柱子来进行支撑，留几个小口，再一层层往下挖。这样的方法，会让地铁施工非常困难，但好处是，当完成顶板施工后，就可以马上恢复路面交通。这对于在繁忙的文三路区域施工来说，无疑是最好的方案。

闹市区建地铁，首先要解决的就是周边交通组织问题。为了保障长达数年的地铁施工过程中交通不断，尽最大可能不影响附近居民出行，杭州地铁只能在基坑施工方案上做文章。

由于采用盖挖逆作法来解决地铁站周边的交通问题，在狭小的施工场地中进行施工和保障基坑出土，就成了最大的困难。这种情况下，基坑开挖产生的渣土只能通过预留的几个小口，用抓斗一勺勺往外挖出，既费时又考验管理能力。负责文三路站建设的项目负责人程友亮做过统计，整个文三路站一共设有 23 个出土口，每个出土口仅约 24 平方米，抓斗就像一只大手，要在这个口子里一点点把渣土抓出来。

别看留了 23 个口子，真正施工时，并不能同时启用，原因就是场地实在太狭小。"因为要保障渣土车的进出，而且围挡施工的区域又很小，加上出土的挖机也需要空间，所以同一侧的两个出土口，每次只能启用一个，另一侧必须用于渣土车进出。"程友亮介绍道。为了尽可能提高出土效率，程友亮和同事们几乎住在了工地上，倒排节点，计划细到以半天为单位。

程友亮测算过文三路的交通断面流量，高峰期达到 1200 多人次 / 小时，如果用颜色来表示，那就是红到发紫发黑。在这样的场地建设地铁，无疑是个极大的挑战。光是前期的管线迁移就花了一年时间，要知道普通的站点管线迁移一般只需 3 个月。

在迁改时，文三路站几乎遇到了所有类型的管线，有不少管线因为年代久远，一时难以找到产权单位。要知道管线可不是说迁就迁，每一条管线背后，都是几万甚至几十万居民的生活保障。更重要的是，每一次管线迁改，都要配合完成一次甚至多次交通改道，光是需要提前审批的大型交改，就达到 57 次，文三路站的最高记录是 7 天进行了 6 次交改。

文三路站施工

车流大，场地

地铁控制中心

小，工期紧。程友亮只有一个想法，那就是想尽办法哪怕分成一个个象限施工，也要把工程推进下去。

为了不让文三路断流，杭州地铁施工单位在进行顶板施工的过程中，将文三路和学院路路口分成 ABCD 四个象限，每一次施工所有的设备都需要重新入场和退场，光这个路口的施工就涉及交改 20 多次。

"从我们建设的角度讲，当然是施工场地越大越好，但是地铁是民生工程，我们施工不能只想着自己。"为了尽可能节约时间，杭州地铁就这样只能"见缝插针"地施工。有时要趁着车流相对较少的时间抓紧赶工，有时则要与交通管理部门充分沟通，在兼顾交通的基础上，尽量争取场地。

"山光悦鸟性，潭影空人心。万籁此俱寂，但余钟磬音。"（唐·常建）谁不向往宁静安谧的生活？是的，所有的努力，都是为了在不影响居民生活和城市运行的情况下，合理高效安全地建设地铁。

第三节

杭州西站和机场三期，新的国际化城市门户

"建一个枢纽，谋一座新城，造一个中心"，这是杭州西站枢纽建设的宗旨和目标。杭州萧山国际机场三期项目的启用，使该机场成为华东地区仅次于浦东机场的第二大航空枢纽，打造了全新的国际化城市门户。重大交通枢纽的相继建成，将服务于亚运会和亚残运会，助力建设城市新中心，提升杭州城市能级，增强都市圈辐射力。

2019年9月17日，杭州西站枢纽暨合杭高铁湖杭段建设开工；2020年2月，杭州西站站房开工；9月，站房地下结构施工完成，地上工程进场施工；2021年8月，站房实现金属屋面闭水，正式进入内装阶段；11月，杭州云城北综合体"金钥匙"项目开工；12月底，"云门"主楼封顶；2022年3月，杭州西站雨棚上盖项目全部建筑主体结构封顶；4月，合杭高铁

湖杭段进入联调联试阶段，站房疏解高架全部贯通；7月，合杭高铁湖杭段开始试运行；8月30日，站房及相关工程通过消防验收；9月22日，随着G9528次列车从杭州西站驶出，杭州西站正式投入运营，标志着杭州铁路枢纽"西翼"正式形成，杭州迎来一座城市发展新地标。

这就是杭州西站，这座大型铁路枢纽高效率建设的全过程。

杭州西站位于杭州市余杭区仓前街道老宣杭线仓前站北侧，是新一轮《杭州铁路枢纽规划》的核心项目，是"轨道上的长三角"节点工程、杭州亚运会和亚残运会重要的交通保障工程。"杭州西站将和杭州东站、杭州站以及杭州南站一起作为节点，构建起更加四通八达的杭州铁路交通网，实现浙江铁路与周边路网多点多线的互联互通，让百姓进出杭州、畅行浙江更加方便快捷。"浙江交通集团铁路建设总指挥部相关负责人说。

虽然杭州已成为全国的重要铁路枢纽之一，但大部分高速铁路汇聚于杭州东站，杭州西部区域的铁路交通还处于空白状态。建设杭州西站，成为杭州进一步做强做大铁路枢纽的重要一步，亦成为百姓畅行生活的幸福来源。

2016年年初，杭州交通"十三五"规划出炉，其中提到在城西建设杭州火车西站。同年7月，《杭州城西科创大走廊综合交通规划方案》公布杭州西站拟选址在仓前北，是一座铁路、公路、航空、地铁、水运等多种交通方式无缝对接的大型综合交通枢纽，这是杭州除了萧山机场、火车东站之外，第三大交通枢纽。这个枢纽是杭州城西的综合交通枢纽，其核心就是杭州火车西站。10月，《杭州铁路枢纽规划》（2016—2030）获中国铁路总公司和浙江省人民政府联合批复，新建杭州西站纳入规划之中。

国家发改委在2016年12月22日公布的《关于杭州市城市轨道交通

第三期建设规划（2017—2022年）的批复》的第四条中，明确了"本期规划建设项目要与萧山国际机场、杭州站、杭州东站及将于2017年启动建设的杭州西站等主要对外交通枢纽做好规划衔接，换乘设施工程应一次建成，可分期投入使用"。也就是说，这份规划确定了杭州火车西站可以动工。

按照前期规划，杭州西站是一座高铁枢纽，有4条高铁将相继引入：往南的是杭温高铁，届时杭州到温州只需1个小时左右；往北的是商合杭（湖杭）高铁，到时候将形成连接合肥、商丘等中部地区的新通道；往东为杭州到上海的第二条城际铁路——沪乍杭铁路，这条铁路走向大致与杭浦高速平行，将接入规划建设的上海东站（紧挨浦东国际机场），未来杭州市民可以坐着高铁去浦东机场了；而往西，除了杭黄铁路以外，杭州西站还规划引入杭武高铁（经临安、黄山），杭州将直达武汉、重庆等沿江城市。

由此可知，以杭州西站为核心的城西交通综合枢纽一俟建成，交通格局有所改变的区域，不只是包括余杭、临安的大城西，而是整个杭州，乃至浙江和长三角。

2018年初夏，杭州西站枢纽工程正式开始大规模的土地征迁工作。

余杭区仓前街道的永乐村、高桥村、灵源村和吴山前村等数百户村民，为支持城市建设，需要离开故土。7月的一天，仓前街道办事处11楼的会议室里，高铁新城一期涉及征迁的4个村100多名村民代表、村组长围成一圈，仔细听着街道分管干部的征迁动员。他们强烈地意识到，自己的生活由此将发生难以想象的巨大变化。

这里是当地村民的世居之地，每一寸土地都寄寓着浓浓乡情。村民方

第 4 章
亚运赋能城市基础设施大提升

杭州西站

明广回忆，往前数半个世纪，也就是在 20 世纪 60—70 年代，方明广家门前的方家斗河，横穿方家斗、荒田里、青墩等数个自然村，是村里的交通"主动脉"。河上每年会举行龙舟赛。平日里，方明广的父辈们把农作物运出去，再把添置的家电、购买的食品运进来。

"村里的房子也已翻建成多层的小洋楼了，一般都缘河而建，环境不错。我们很多人以为，我们接下来的几代人还会以此为家。"方明广说。20 世纪 70 年代，仓前有了一条通往长兴牛头山的铁路，就是现在的宣杭铁路，还有了一座仓前火车站，交通状况大大改善。

"当时，这条当时叫'杭牛'的铁路成了村里的另一条更快、能走更远的'要道'，仓前以及余杭周边去往杭州、湖州，乘火车是最方便的。一条铁路、一个仓前站，名气很大的，种点小菜坐火车去杭州卖，也属于一种创业了。"另一名征迁户、灵源村村民俞伟权回忆道。

183

进入 21 世纪以后，这片土地的模样开始发生急剧变化。在不到二十年的时间里，仓前一带陆续矗立起了杭师大仓前校区、省委党校仓前校区、未来科技城国际会议中心、欧美金融城等一座座、一片片充满现代感的建筑群，昔日似与城市遥不可及的地方，如今竟渐渐与城市连在了一起。而随着地理上与城市文明日益接近，这里的农民在观念上也出现了极大的变化，尤其是年轻人。他们不愿再被土地所束缚，而是愿意更快地融入城市，愿意为杭州亚运和城市发展作贡献。

杭州西站不仅是一座车站，还是一座交通综合枢纽，而且以它为核心，还将构建起一座现代化的"云城"（下文还有详述），这座云城已经在亚运举办之前全面开工。因此，这里的人们除了需要为杭州西站建设撤离自己的家园，还得为现代化的杭州云城献出祖祖辈辈耕种的土地，然而他们义无反顾。

前文说到的那条宣杭铁路，曾是这一带的人们出入杭州、湖州以及安徽宣城的重要通道，但在建设杭州西站枢纽及云城时，过去的便捷反而成了一道梗阻。不少专家直言，老宣杭铁路"割裂"了城市发展空间，需要尽快废除。为了推进云城的建设，历经多年谋划、协调，2021 年 12 月 17 日，余杭区政府、临平区政府、杭州市交投集团与铁路上海局集团签署了《宣杭老线（八达物流基地）铁路资产处置协议书》，通过"土地置换加货币补偿"方式，收回了宣杭老线国有土地使用权。而由于杭州西站选址就在方家斗河旁，这条陪伴当地农民千百年的"母亲河"，也随着杭州西站枢纽的建设，走下了历史舞台。

余杭塘河的北岸，原先矗立着一座有 30 多年历史的仓前水泥厂。在 20 世纪 90 年代，当地的年轻人和退伍军人都以进水泥厂工作为荣，它解决了很多人的就业问题，为当时的仓前创造了很多工业税收和产值，但也对周边环境造成了一些污染。灵源村村民姚勇杰就住在水泥厂边，在他的叙述中，水泥厂也影响着他们一家的生活，"污染太厉害了，窗户不能开，白天经常灰蒙蒙的，我们房子最上面是一层厚厚的灰。"

2020年，仓前水泥厂厂房及设施设备拆除工作正式启动，在此一年前，随着杭州西站枢纽的开工，包括这座水泥厂在内的余杭塘河北岸地块，被划入杭州西站枢纽及云城58平方公里的建设范围内。按照规划，在这1平方公里左右的地块上，还将建设杭州云城首个亮相的全域未来社区实践区域——杭腾未来社区。灵源村的不少村民，或将成为这里的首批居民。

"以后我住在杭州'第三中心'，不就像住在武林门一样！这里不仅有杭州西站，还有云城，还有学校、浙一医院、天街，我的付出很值得！"姚勇杰说，这几年，因为余杭塘河南岸有了梦想小镇的"天使村"，所以北岸的人们能依靠农居房出租获得收入。如今为了建设杭州西站枢纽以及云城，农居房不得不拆迁，租房收入也没有了，但村民们没有二话，无一例外地配合征迁部门，积极主动地交房交地。

不过，在撤离自己的家园之时，村民们特意以老宅为背景，拍下了一张张珍贵的照片，其中，还包括灵源村的百岁老人章福芝。他们把这份记忆留在了照片里，留在了自己的心中。4年后，杭州西站建成通车，有40多位村民受邀参观杭州西站，他们齐聚在通透的候车大厅里，再次拍了张合影。合影上依然有百岁老人，也有母亲怀里的孩子；有的人手里攥着几年前在老家门前拍的纪念照，也有十口之家在这里拍下新的全家福。合影里，写着"我们回家了"字样的标语，被举得特别高。

西站改变了交通格局，也改变了无数人的生活。实现的不仅是"办好一个会，提升一座城"的目标，还为城市、为人们未来更快更好的发展提供了巨大可能。

2018年5月16日，杭州西站启动建筑概念设计方案征集。次年8月21日，杭州西站枢纽站房（实施方案）暨站城综合体概念设计方案公示；4月，铁路杭州西站可行性研究报告获批；12月16日，杭州西站站房及相关工程基础和主体结构施工图通过中国国家铁路集团有限公司工程管理中心审查。这份时间表证明了即将出现在人们眼前的杭州西站枢纽建筑，将非同凡响。

杭州西站整体以"云之城"为设计理念，以"城市未来生活典范区"为目标，以"云端站房"为设计概念，提出"云谷""云路""云厅"等意向，从空中鸟瞰，这座气势恢宏的特大型铁路客站就像一片云朵。杭州西站的候车室以"云端候车厅"为设计理念，采用云雾漂浮状屋顶顶盖，并在站房中部采用玻璃顶棚模仿云层之间的缝隙，构成"云谷"，通过"云谷"解决站与城之间复杂的交通组织，通过"云路"实现中央快速进站系统，通过"云厅"将站与城的功能融合起来。车站整体以"云"的形象出现，形成既统一、又鲜明的整体造型；"云"既呼应了杭州独有的山水格局，又象征了城西科创大走廊的科技精神。站区整体与余杭塘河，以及寡山、吴山构成"看"与"被看"的相互关系，形成"呼应山水，沟通南北"的自然生态格局。

杭州西站"云门"综合体以江南意象为设计灵感，塑造了独特的城市形象，用同构的手法统一综合体的立面形象，并通过"云海"氛围营造现代江南城市聚落，采用"方正厚重、方中取圆"的造型，采用圆角、曲线、转角切割等手法和玻璃材质立面，体现良渚玉琮纹饰繁密细致的特点；顶部呈现"虫洞"式空间结构，体现了杭州科技探索永无止境的精神。"云门"寓意人流与数据的流动，契合站区所在的未来科技城地域特点，呼应杭州互联网新经济之城的特色。"云门"还代表着互联网信息数据间的自由流动，象征着发达的互联网信息新经济。"云门"代表城市门户、江南意境与联系纽带。

杭州西站"金钥匙"综合体主塔楼以"云端之窗"为设计理念，刷新了杭州的天际线；两座副塔楼以"凌云之芯"为设计理念，采用具有现代科技感的建筑形态，展现杭州"壮志凌云"的发展愿景。

杭州西站雨棚上盖TOD以"站城融合"为设计理念，以"全域互联、无缝接驳"为设计核心，以"站房与南北综合体的纽带"为定位，以"城市会客厅"为社交属性，采用舒展的形态，与站房形成了展翅腾飞的意向，形成一座江南韵味与科创气息相结合的"文、商、旅"复合型文创街区空间。

除了非同凡响的建筑外观，杭州西站枢纽的内部结构及功能也是十分完美的。"杭州西站上下共9层，分为地下4层和地上5层，高57米，总建筑面积为51万平方米，其中站房总建筑面积约10万平方米，站场总规模11台20线，将引入湖杭、沪乍杭、杭临绩、杭温等新建铁路，可通达上海、南京、黄山、武汉、长沙和省内各个方向。"杭州西站党支部书记韩晨丹介绍，杭州西站在设计和建设过程中科学谋划，统筹项目、空间、资源，一体设计，同步建设，协调发展。杭州西站还做到了用地复合，功能叠合，让"高铁开进大楼里"，同时，杭州西站也是国内首次采用正线桥建合一结构的车站，这样既节省投资、缩短工期，而且能有效降噪减震。

杭州西站的站房建设颠覆了传统的设计理念，以"云端站房"为设计概念，将车站湖杭场、杭临绩场两个站场拉开28米，在"云谷"建立中央换乘通道，增强方向感和舒适感。城市快速路直连高架落客平台，实现高接高、快接快、东进东出、西进西出。站场中间设有硕大的岛台，往上延伸的谷式空间贯穿地铁层、广场层、轨道层，阳光可透过拱形玻璃穹顶一直射进地铁层。

倡导绿色出行是杭州西站的重要特色。在这里，轨道交通、公交优先，国铁地铁免安检换乘，19号线与3号线在站房正中同台换乘，并在站房南北侧预留两条轨道，30分钟可达火车东站，45分钟左右到萧山机场。杭州西站在站区营造了舒适的步行环境，做到了车车分流，人车分流，把地面还给行人。

杭州西站还是一个典型的绿色节能建筑，白天，屋顶在阳光的反射下熠熠生辉，这里铺设有1.5万平方米、装机容量3兆瓦的单晶硅光伏组件。这一发电模组采取"自发自用、余电上网"的并网模式，年均发电量可达231万千瓦时，可供车站广告、商业、空调等使用，每年可节约标准煤830余吨，减少二氧化碳排放2300余吨。

杭州西站站房候车厅南北长300米，东西宽200米，净空最高25米，无柱空间宽达78米，屋顶四分之一面积自然采光，空间效果十分敞亮。四分之三面积铺设的单晶硅光伏组件，还能反射屋面热量，对建筑表面和内部进行降温，降低空调能耗，同时提高室内环境的舒适性和安全性。2021年5月杭州西站站房及相关工程获得国家住房和城乡建设部颁发的三星级绿色建筑标志。

杭州西站也做到了创新用地模式，探索立体红线、分层确权。雨棚上盖综合开发向空中要土地为全国首创，打造站台上的商务中心、人才港湾，获自然资源部高度肯定；云门构成站房正立面形象既是交通换乘的门户，又是科创展示会客厅；西站动车所上盖与19号线苕溪站、地铁仓前车辆段上盖组合开发，打造国内首个双铁联动、轨道交通引领的TOD集群。

必须一提的是，区别于传统的火车站、以往的高铁站，杭州西站创新发展理念，把高铁枢纽和城市功能、产业发展紧密结合。"建一个枢纽，谋一座新城，造一个中心"，这便是西站枢纽建设的宗旨和目标。按照规划，环绕于杭州西站周边的"杭州云城"，统一开发范围为58平方公里，其中核心区39平方公里。建设目标是"现代综合交通枢纽、杭州新地标、城西CBD、高端人才集聚地"。

杭州西站枢纽区块实现了高强度高密度开发，500亩土地上建设了250万平方米的建筑，集聚综合交通枢纽、科创交流中心和城市综合体功能，8栋高楼即将在此矗立，其中站北399.8米的"金钥匙"、站南319.9米的"金手指"两座摩天塔楼，都设有空中观景台、超五星酒店和超5A写字楼，将成为杭州最高楼、新地标。站房北侧还将建起一座世界级的城市公园。未来，这里将聚集数字经济、总部办公、高端酒店、会议展览、空中观景空间等多种业态，运用TOD模式，实现交通枢纽与城市建设、产业发展的紧密融合。

现有的建设成果已经足够可喜，而接下来的计划更加诱人。杭州西站将以打造世界级地标商圈、国际化消费目的地为目标，加快建设地标建筑、未来社区，着力培育高端时尚品牌的首店首发经济，打造国际会展商务中心，形成国际一流的地标性消费中心和国际化轨道新城。同时，杭州西站将加快布局创新产业空间，招引头部企业总部机构，培育成长性总部，形成全球总部经济集聚区；加强与国家实验室、高等院校、国家级协会、组织及相关人力资源头部企业的战略合作，推动"人才链"和"产业链"精准对接，努力打造国际人力资源服务产业园。

与杭州西站、地铁19号线正式开通的同一天，2022年9月22日，杭州亚运会重要基础配套项目杭州萧山国际机场三期项目正式投入运营。

当天13时15分，南方航空CZ3863航班从广州飞抵杭州萧山国际机场，成为萧山机场三期项目投运之后第一个进港航班。为纪念这一历史性瞬间，机场以民航界最高礼遇"过水门"仪式迎接首个进港航班，并在机坪现场组织了欢迎仪式，迎接投运后第一批300余名进港旅客。

14时30分，南方航空CZ3864航班搭载300余名旅客从机场腾空而起，成为三期项目投运后首个出港航班。

杭州萧山国际机场三期工程是浙江迄今为止最大的机场建设项目、浙

江省大通道建设十大标志性项目之一、杭州亚运会重要基础配套项目。扩建项目总投资达 271 亿元，在全国机场投资中位于前列。新建建筑物面积达 150 万平方米以上，其中的核心项目是新建航站楼（T4）及陆侧交通中心。工程于 2018 年 10 月开工建设，2022 年 3 月通过竣工验收。

"投运后，这里将成为华东地区最大机场之一，成为迎接八方来客的新国门。仅 T4 航站楼的投资额就有近百亿元，是目前国内单标段合同额最大的民航航站楼项目。"机场三期新建航站楼项目总工程师陈华介绍，"这座集民航、高铁、地铁、公交等于一体的大型综合交通枢纽，不仅将服务于杭州亚运会和亚残运会，还将在很长的一个时期内带动临空经济的高质量发展。"

为啥要建这么大的航站楼？对此，机场三期指挥部设计技术部部长陈怡解释，机场原有航站楼可满足每年 3300 万人次的旅客量，但早在 6 年前萧山机场的吞吐量就突破了 3000 万人次，已趋于饱和。伴随着民航运输需求快速增长和亚运会、亚残运会的举办，打造新的航站楼迫在眉睫。

杭州萧山国际机场 T4 航站楼内部

大量人员需要集散，接入轨道交通，新建一个"上天入地"的综合交通中心，能带来更便捷的出行服务，因此，接下来的建设项目中，还将包括杭州机场高铁。

令人欣喜的是，目前已在建设中的杭州机场高铁纳入了《长江三角洲地区交通运输更高质量一体化发展规划》，成为杭绍台铁路和沪乍杭铁路的重要组成部分，也是实现高铁进杭州萧山国际机场，构建空铁联运体系的重要项目。项目建成后，将有效缓解南北过江通道拥堵问题，这对于打造杭州新一轮铁路枢纽"一轴两翼"过江通道的布局，提升区域枢纽地位与能力具有重大意义。

萧山国际机场三期工程中新建的陆侧交通中心，是三期项目的主要工程之一，位于新老航站楼之间，这样的布局使旅客换乘步行距离达到最短。陆侧交通中心中庭穹顶高24米，下挂面积达1200平方米的圆锥筒形帷幕，宛如"莲花"璀璨盛放。夜幕降临，华灯初上，玻璃幕墙随灯光变化流金泻玉呈现出"光影睡莲"的梦幻景象。

在萧山国际机场陆侧交通中心，可以乘坐地铁、大巴、私家车、网约车、出租车在此集散，旅客出行选择更加多元。令人头疼的停车问题，在该交通中心也能得到轻松解决，上下4层的停车库，设计停车位4400个，包含无障碍车位112个、充电车位524个，停车库还将推出智能停车导航和反向寻车导航功能，旅客在家就能一键导航至停车位，实现"一键畅停"。

下一步，杭州萧山国际机场还将接入高铁站，实现空公铁零换乘，构建起一个机场至杭州主城区45分钟、至杭州都市圈1小时，长三角地区主要城市2—3小时的轨道交通圈，成为全国换乘最便捷的综合交通枢纽之一。该高铁站目前正在紧张建设中。

萧山国际机场三期项目中的另一个重点工程,是新航站楼(T4航站楼),其设计总建筑面积约72万平方米,相当于现有T1、T2、T3面积总和的两倍,投入使用后,配合既有的3个航站楼,机场年旅客吞吐能力可达9000万人次,增幅超100%。它的建成,使杭州萧山国际机场成为华东地区仅次于浦东机场的第二大航空枢纽,打造了全新的国际化城市门户。

新航站楼设计采用西湖荷花"接天莲叶、出水芙蓉"的典型意象,从站外看过去T4航站楼如在西湖中的清水芙蓉外面用一圈洁白的"荷叶杆"撑起了同色的屋顶,透光良好的玻璃幕墙将光线引入航站楼。它的吊顶是国内罕见的超大面积异形双曲蜂窝铝板吊顶,总面积约10万平方米,形态复杂,弯曲弧度不断变化且外观要求整齐、连续、完整,施工难度大。为此,承担施工任务的项目团队,研发了基于三维扫描的逆向BIM建模动态校准施工方法与建造全过程精度控制方法,实现了超大面积高空复杂异型双曲蜂窝铝板大吊顶密拼高精度安装,完美还原"清荷映绿"的设计理念。

新航站楼内部取"山水杭州,全新十景"之意,藏着许多西湖画卷——大厅里的办票岛仿佛小舟停泊,落柱处的地面纹理又仿佛溅起的涟漪,轻轻荡漾开的具有高辨识度的"荷花谷"是颜值焦点也是交通换乘点。"荷花谷"高53.5米,三根荷花杆自下而上,顶部是绽开的"荷花",从最底部的负9米层到最上面的屋顶任何一个方向都能看到"荷花谷"的模样。

结合杭州季节特点,新航站楼工程建设时在金属屋面覆盖辐射制冷膜,可反射太阳辐射为室内降温,航站楼窗户可自动控制,通过调整自然通风改善舒适度，改善主楼内部 50% 以上区域的采光，降低 10% 以上的建筑负荷，同时提高 90% 以上人员在过渡季的舒适度。配套的能源中心项目拥有亚洲机场中单机规模最大、最先进的分布式能源系统，清洁发电、余热供能，一次能源综合利用效率提升至 90% 以上，投用后每年可节约近 6000 吨标准煤，减排约 3.15 万吨二氧化碳。

"新航站楼屋盖为大跨度焊接球网架＋桁架结构体系，钢结构总重超 10 万吨，双曲异型钢屋盖面积达 11.4 万平方米，单次提升的屋盖有 2 万多平方米，相当于 50 多个标准篮球场，重量有 8000 多吨。建设团队采用逆序安装工艺将钢结构屋面在楼面或地面拼装后再分区累积提升，通过计算机控制液压同步提升技术一举刷新了国内机场航站屋盖单次提升的纪录。"

杭州萧山国际机场

中建八局项目负责人介绍说。

如此大型的建设工程,施工过程中遇到种种难题是可想而知的。如新航站楼的施工,该地块地质条件复杂,建设需要挖掘56个深大基坑群,其中地下两台四线高铁站基坑最大挖深达28米,围护地连墙深度72米。中建八局项目建设团队创新了复杂环境下超深地下连续墙竖向承载力技术、自平衡检测装备及测试技术,高效实施了受限空间条件下,地连墙40000KN竖向高承载力测试,保证了紧邻运营航站楼的深基坑集群安全高效施工及周边环境安全。

在新航站楼,还有一大批"黑科技"助力旅客出行。如值机柜台行李称重带、全舱式自助行李托运设备采用"0高差"设计,智能安检通道安装"自出筐"回筐系统,刷脸登机,种种"黑科技"助力旅客轻松便捷出行。而机场智慧云数据中心平台,使杭州萧山国际机场成为信息资源上的交通中心,实现运行一图指挥、服务一触即达、安全一网掌控、管理一屏通览、物流一单到底,将萧山国际机场打造成资源最优化、治理更高效、出行更美好的数智机场。

大工程不忘小细节,新航站楼还处处体现智慧化设计与人性化理念。如新建的北侧指廊停机坪可以提供28个近机位,缩短旅客登机距离,进一步提升旅客出行的体验感、幸福感。

快速路网全面成型,地铁建设突飞猛进,高铁枢纽打造新城,新航站楼展翅欲飞……"办赛"与"兴城"相结合,彰显中国特色、亚洲风采,杭州正向全世界呈现一个独具韵味的国际化大都市的精彩面貌。

"亚运会和亚残运会对于促进经济社会高质量发展、推动打造国际化大都市有着重要作用,所以我们在基础设施建设等方面加大力度,打造值得传承的优质城市资产，不断放大亚运综合效应，力求高水平实现'办好一个会，提升一座城'。"杭州市建委相关负责人表示，亚运的脚步越来越近，所有工作人员将继续全力以赴保障亚运盛会圆满举办，持续推进杭州城乡建设事业高质量发展。

第5章

摩厉以须,任何一个节点都无懈可击

第 5 章
摩厉以须，任何一个节点都无懈可击

第一节

比赛项目和赛程，我们知道些什么

这是一项动态调整的系统工程，始终根据各个国家和地区奥委会的代表团组成、实际报名人数、亚运会转播要求、小项设置方案调整等情况，随时对总赛程、单元赛程、小项赛程等进行调整更新，确保赛程编制符合标准，赛程设置科学合理，赛事举办井然有序，焦点赛事高潮迭起，确保"两个亚运"圆满、精彩。

延期后的杭州亚运会将于2023年9月23日至10月8日举行，将有亚洲45个国家和地区的奥委会组团参加，礼宾、技术官员、媒体人员、市场合作伙伴等各类人员预计达4.5万人，观众预计达570万人次，加上大量外围管理服务人员，人员流动和集聚强度将创下杭州历史之最。

杭州亚组委将在亚奥理事会和中国奥委会的指导下，与有关各方共同努力，按照确定的举办日期全面做好筹办工作，呈现一届"中国特色、亚洲风采、精彩纷呈"的体育文化盛会。

杭州亚运会共设 40 个竞赛大项，61 个分项。40 个竞赛大项中，有 31 个是奥运会项目，还有 9 个非奥运会项目；会期为 16 天，共 15 个比赛日，预计产生 481 枚金牌。本届亚运会新增的两项比赛属于特色项目，其中电子竞技属于"智力项目"，霹雳舞属于"体育舞蹈"。

杭州亚运会共设 20 个赛区，其中主办城市杭州设主赛区，共设西湖、上城、拱墅、滨江、萧山、余杭、临平、钱塘、富阳、临安、桐庐、淳安 12 个赛区；5 个协办城市宁波、温州、绍兴、金华、湖州共设宁波象山、温州鹿城、温州龙湾、温州瓯海、绍兴越城、绍兴柯桥、金华婺城、湖州德清 8 个分赛区。

此前，国际棋联曾尝试让国际象棋成为 2020 年东京奥运会的正式比赛项目，最终未能实现。亚运会竞赛项目设置跟奥运会有所不同，主要分为两类，一类是传统的奥运会项目，第二类非奥项目则是一些代表亚洲特色的项目。

"为了给亚洲各个国家和地区提供更加充分展示自身特色和魅力的舞台，通过赛事传播体育精神，提升整个亚洲区域竞技体育的发展，亚奥理事会对非奥项目的设置提出了一个原则，即亚洲五个区域每个区域得有一个代表性项目，此外，亚奥理事会和亚运会组委会可以分别提议两个项目。"杭州亚组委竞赛部副部长钟杭伟说，棋类项目就是由杭州亚组委提议的项目之一，国际象棋作为棋类项目的一个小项，将列入本届亚运会正式竞赛项目。

根据第 19 届亚运会国际象棋项目运动员补充选拔方案，2022 年亚运会选拔赛综合成绩第一名的丁立人直接获得男子个人赛参赛资格，同时获得男子团体的参赛资格。其余参赛人员名单则会根据后续的预选赛和决赛产出。

经有关方面协商一致，并经亚残奥委员会批准，杭州第 4 届亚残运会延期至 2023 年 10 月 22 日至 10 月 28 日举行，将有亚洲 45 个国家和地区的残奥委会组团参加，参会人员近万人。本届亚残运会共 7 个比赛日，预计将产生 564 枚金牌。

杭州亚残运会共 19 个竞赛场馆，其中 17 个是沿用亚运会场馆，另有两个单设的亚残运会竞赛场馆。沿用亚运会的竞赛场馆将同步提升无障碍设施，以适应亚残运会竞赛需求。至 2022 年 4 月，两个单设的亚残运会竞赛场馆竣工并已完成赛事功能验收。而在竞赛组织方面，22 个竞赛项目技术代表、主分级师和分级师任命工作均已完成。

杭州亚残运会竞赛项目共 22 个大项，其中 20 个为残奥项目，2 个为非残奥项目（羽毛球在东京残奥会后已成为残奥会项目）。按视力障碍、肢体障碍、智力障碍三个残疾种类，根据功能分级，再细分为 604 个预设小项。相比于上届，本届亚残运会增加了赛艇、皮划艇、围棋、跆拳道及五人制足球项目。

亚残运会中有一些特色项目，老少咸宜，但目前还较为小众，我们期待这些项目能在本届亚残运会中得到推广。如草地掷球，原名草地滚球，为本届杭州亚残运会的比赛项目，属于地掷球的一种。地掷球是一种以球击球的运动，比赛时运动员用手将球抛出或滚出，击中目标或靠近目标球来得分，与冰壶的规则类似，因此也有人称地掷球是旱地上的冰壶。地掷球运动在发展演变中，根据球的大小和材质产生了塑质掷球、大金属掷球、小金属掷球等项目，后来又出现了草地掷球、掷弹球、桌掷球等多个分项。

草地掷球虽然是亚残运会比赛项目,但并非独属于残疾人的运动,由于比赛往往在真草地上进行,还吸引了不少肢体健全、视力正常的运动爱好者。2014年仁川亚残运会上,草地掷球项目首次成为正式竞赛项目。

与草地掷球玩法类似的还有硬地滚球。硬地滚球是仅有的两项没有奥运会对应项目的运动之一(另一个是盲人门球),在1984年的纽约残奥会上首次亮相。硬地滚球也已列入杭州亚残运会比赛项目。

杭州亚残运会期间,医学分级和轮椅等辅助器具维修服务是特有的两项工作。目前,杭州亚残组委已分别与省民政厅、浙大邵逸夫医院签署了《杭州亚残运会轮椅等辅助器具维修服务合作框架协议》和《杭州亚残运会分级专项医疗服务合作框架协议》,以期通过多方优势互补、资源整合、协同发力,以赛事运行和服务为切入点,全面提升杭州亚残运会的影响力和美誉度。

"亚运会和亚残运会筹办以来,参赛代表团的确定和赛程安排一直是项重点工作。我们竞赛部自成立以来,与各奥委会的联络就没有中断过,投入了较大的精力,把代表团、参赛运动员和赛程尽可能明确下来。"雅典奥运会男子10米气步枪冠军、杭州亚组委竞赛部部长朱启南向笔者介绍道,"尤其是竞赛日程安排,它是一项动态调整的系统工程,必须根据各个国家和地区奥委会的代表团组成、实际报名人数、亚运会转播要求、小项设置方案调整等情况,随时对亚运会和亚残运会的总赛程、单元赛程、小项赛程等进行调整更新,确保赛程编制符合标准,赛程设置科学合理,赛事举办井然有序,焦点赛事高潮迭起,把'两个亚运'办得圆满而精彩。"

据了解，2022年12月20日起，延期后的杭州亚运会全面重启注册工作，注册起止时间为北京时间2022年12月20日至2023年5月20日。待客户群注册完成后，杭州亚组委注册中心将于2023年7月20日起交付杭州亚运会身份注册卡，届时将对外寄送待激活的身份注册卡。赛时，注册人员持本人已激活的身份注册卡可以出入杭州亚运会相应场馆和区域参加赛事或开展工作，并享有与其身份相匹配的权限。

据朱启南介绍，同样，在亚残运会的竞赛组织方面，至2022年年底，亚残组委已完成22个竞赛项目技术代表、6名主分级师和18名分级师的任命工作，明确564个小项设置方案和场地器材要求，基本确定国际技术官员和国内技术官员岗位配置和人员名单，发布《竞赛报名政策指南》和《分级指南》，编制《竞赛技术手册》和《领队指南》，完成第二阶段报名工作，成功举办草地掷球等杭州亚残运会测试赛或测试活动。

由于参赛国家和地区出现相关情况的变化，本届亚运会、亚残运会筹办工作日志上，有关代表团组成、参赛运动员资格、竞赛项目设置、竞赛日程安排等方面，必须通过一定的程序，作出调整和变更，直至本届亚运会和亚残运会开幕前，这样的情况也在不断发生。"事实上，这也是一种惯例。可以说，每一届亚运会和亚残运的竞赛项目，无论大项小项，设置都有不同，参赛运动员资格也常有调整。这就需要我们密切关注变化，配合亚奥理事会和相关国家和地区的奥委会，及时沟通，及时调整到位。"朱启南说。

2019年3月3日，亚奥理事会第38届全体代表大会在泰国曼谷召开，大会上确认，除了亚洲的国家和地区外，大洋洲国家的运动员将有机会获得参加2022年亚运会的资格，获得参赛资格的运动员限定在部分团体项目。这些满足以上条件的大洋洲运动员参与的还必须是通过亚运会能够获得2024年巴黎奥运会参赛资格的比赛项目，包括排球、沙滩排球、篮球、足球和击剑。

2023年4月25日上午，杭州亚运会代表团团长大会在杭州开幕。杭州亚组委向代表团成员们介绍主办城市情况及杭州亚运会筹备进展。中国香港体育协会暨奥林匹克委员会副会长、杭州亚运会中国香港代表团团长霍启刚真诚地表达了对杭州亚运会的期待。他说："我非常骄傲我们国家可以再次举办亚运会，这次中国香港代表团会派出亚运会历史上最大规模的队伍参加，预计运动员有860多人，整个团队超过1200人。"

这是杭州亚运会筹办以来最大规模的国际会议，亚洲45个国家和地区的奥委会代表参会，日本爱知·名古屋2026亚组委也前来观摩。2021年9月，杭州亚运会代表团团长大会曾以线上形式召开，此次为疫情过后首次举行的线下代表团团长大会。

杭州亚运会代表团团长大会会期3天，杭州亚组委向各参赛奥委会详

杭州亚运会代表团团长大会

细介绍最新的筹办进展，发布最新的参赛政策、程序及有关信息。从25日下午起，各代表团开始考察杭州奥体中心场馆群、黄龙体育中心场馆群、中国杭州电竞中心等多个竞赛场馆以及亚运村、亚运博物馆等非竞赛场馆，全面了解各场馆设施配套和场地条件。根据行程安排，参会代表团还游览了西湖等景区，观看《今夕共西溪》文艺演出，开展城市采风和文化体验。

  无疑，杭州亚运会代表团团长大会的召开，意味着亚运会已经走近。他正昂首阔步朝我们走来，脸上洋溢着热情，眼神里充满期待！

第二节

服务和保障：工作没有尽头

亚运会和亚残运会服务和保障工作是个大概念，种类繁多，各有要求。杭州亚运会赛事指挥和运行保障体系十分完善而有力，国家、省、市构建的三级指挥体系，协同各个部门全心、全情、全力地投入，完善服务保障设施设备，提升服务保障人员的综合素质，努力向各国参赛队伍展示最好的硬件设施、最佳的赛事服务、最优的亚运村生活环境。

随着本届亚运会由筹办逐渐转向赛事指挥和运行保障，亚运指挥体系各个层级的架构和职能也发生了变化和调整。决策层为国务院杭州亚运会（亚残运会）工作领导小组，负责贯彻落实党中央、国务院关于第19届亚运会和第4届亚残运会筹办工作的重要指示和决策部署，研究制定相关政策和保障措施，统筹协调筹办中的重大问题和事项，完成党中央、国务院交办的其他事项。下设新闻宣传工作组、外事工作组、安保工作组、疫情防控工作组、抵离服务保障工作组、食品供应安全工作组。

指挥层为省杭州亚运会（亚残运会）工作领导小组、杭州亚运会（亚残运会）赛事总指挥部和协办城市亚运领导小组（分指挥部）。

赛事总指挥部负责亚运会赛事组织工作，统筹主办城市运行保障工作、协调杭州市城市运行保障指挥部。下设"一办十五中心"，包括办公室、竞赛指挥中心、开闭幕式指挥中心、火炬传递指挥中心、亚运村运行管理指挥中心、安保指挥中心、交通指挥中心、新闻宣传指挥中心（主媒体中心）、人力资源指挥中心、医疗卫生指挥中心、外事礼宾指挥中心、抵离指挥中心、贵宾接待中心、食品安全指挥中心、马术项目管理指挥中心、信息技术指挥中心。杭州市城市运行保障指挥部下设"一办四组"，包括办公室、城市环境提升组、"全民参与亚运"工作组、城市观光工作组和督查督导工作组。

协办城市亚运领导小组（分指挥部）负责统筹本地办赛任务和城市保障，下设办公室和若干工作组。其中宁波、温州、金华分别下设"一办十四组"，包括办公室、竞赛工作组、城市运行保障工作组、火炬传递工作组、亚运分村工作组、维稳安保工作组（安保指挥中心）、交通保障工作组、新闻宣传工作组、人力资源工作组、医疗卫生工作组、外事礼宾工作组、抵离工作组、贵宾接待工作组、食品安全工作组、信息技术工作组。绍兴、湖州分别下设"一办十二组"，不设亚运分村工作组、抵离工作组。下设机构参照省亚运领导小组、赛事总指挥部下设机构设置，接受省亚运领导小组对应工作组指挥、赛事总指挥部专项指挥中心协调。

执行层主要分杭内场馆和杭外场馆两支队伍。杭内场馆设竞赛场馆团队、独立训练场馆团队、非竞赛场馆团队、属地场馆外围保障团队；杭外场馆设属地场馆外围保障团队、竞赛场馆团队、独立训练场馆团队、亚运分村团队。

在国务院亚运领导小组、省亚运领导小组直接领导下，杭州亚运会赛事总指挥部系统化的谋划和推进亚运服务保障工作。亚运会和亚残运会的服务和保障工作是个大概念，项目内容包括餐饮住宿、食品安全、交通抵离、医疗卫生、安全保卫、礼宾服务、信息技术、网络通信、物流运输以及亚运村运行保障等，种类繁多，各有要求。当今数字技术高度发达，又对后勤和保障提出了更新更高的要求。亚组委会制定作战图，协同委内各个部门，既整体推进，又有针对性地各个击破，完善服务保障设施设备，提升服务保障人员的综合素质，并强化与相关部门的合作，在服务保障领域避免出现重大遗漏和瑕疵，确保"两个亚运"圆满举办。

中共浙江省委书记、浙江省杭州亚运会（亚残运会）工作领导小组组长易炼红在调研中说，办好杭州亚运会亚残运会责任重大、使命光荣，要加大宣传推广力度，凝聚成功办赛的强大合力，一体化推动亚运场馆设施测试、运行维护和惠民开放，提升群众获得感幸福感，打造更多城市地标和亮丽名片，高水平实现"办好一个会，提升一座城"。省委副书记、省长、总指挥部指挥长王浩在杭州亚运赛事总指挥部第一次会议上说，当前筹办工作到了关键阶段，总指挥部和分指挥部必须全力以赴、扎实推进，众志成城办好"国之大事""省之要事"，努力把杭州亚运会办成浙江"重要窗口"建设中最具辨识度的重大标志性成果。

早在 2022 年 3 月，杭州第 19 届亚运会医疗保障人员的选拔工作已经完成，医疗保障人员均来自浙江省 39 家定点医院和各医疗保障机构。这些医疗保障人员将在赛时根据需要进入场馆，提供现场医疗保障服务。为保障人员充足，各定点医院选拔的人员数量是赛时所需人数的 1.3 倍。

根据杭州亚组委医疗卫生部的初步规划，杭州亚运会赛时现场的医疗保障人员预计将超 1200 人，其中包括医生 550 人、护士 510 人和救护车驾驶员 170 人。入围的医生、护士、救护车驾驶员从 2022 年 3 月初，陆续进行了为期近 2 个月的培训。

2022 年 6 月 2 日 12 时 00 分，"吉利未来出行星座"首轨九星在西昌卫星发射中心以"一箭九星"方式成功发射，并顺利地进入了预定轨道。经亚奥理事会和杭州亚组委授权，将这次发射的九颗卫星中的一颗命名为"亚运中国星"。这是中国航天历史上首颗以"亚运"命名的商业卫星，更重要的是，这颗"亚运中国星"也是亚运会历史上首次采用专属卫星赋能赛事。据了解，在亚运会赛时期间，吉利将借助天地一体化高精定位、卫星遥感 AI、天基通信服务等技术支持，为亚运用车提供车载高精位置服务，以满足杭州亚运交通保障对相关车辆位置信息、行车记录信息、驾驶员行为分析等车辆监管需求，并在亚运期间提供重点运维保障；部分重点保障车型安装卫星通信终端设备，使相应车辆具备卫星通信能力，在无移动网络信号时，可通过短报文通信及紧急情况一键 SOS，确保车辆安全、可被追踪。

本届亚运会和亚残运会将分别于 9 月、10 月举办，其时，地处东南沿海地区的杭州正处夏秋转换时节，天气形势复杂，台风、区域性暴雨、局地性强降水、高温热浪、雷电等灾害性天气都有可能发生，对开闭幕式、火炬传递、赛会赛事活动、城市安全运行和社会公众出行可能造成影响。亚运气象保障服务的重要性自不待言。

2022年9月15日,中国气象局召开杭州亚运会气象保障专题汇报视频会议,进一步部署推进杭州亚运会气象保障服务工作。

自亚运会和亚残运会落户杭州以来,浙江省和杭州市两级气象部门结合全省气象实际,紧扣亚运所需,已在短时间内构建起立体化、多要素、"分钟级"气象综合观测体系,基本建立满足亚运保障需求的精细化预报产品体系,建成亚运赛事智能预报预警服务平台,气象数据融入多个"智能亚运"应用场景,全方位服务智能办赛、智能参赛、智能观赛。

分布在我省各地的杭州亚运会56个竞赛场馆及1个亚运村、5个亚运分村(运动员分村)自动气象站已于2022年3月全部建成并投入使用,这是杭州亚运后勤保障建设的重要一环。4月1日,设于杭州市气象局的亚运气象台也随即启动实体化运行,19名预报业务骨干进驻,这些预报员将与后期进驻的中央气象台和区域气象中心特聘专家共24人,共同担负起杭州亚运会和亚残运会气象预报预警服务工作。与此同时,在协办城市宁波、温州、湖州、绍兴、金华各市的气象局,也均已设立分赛区气象台。

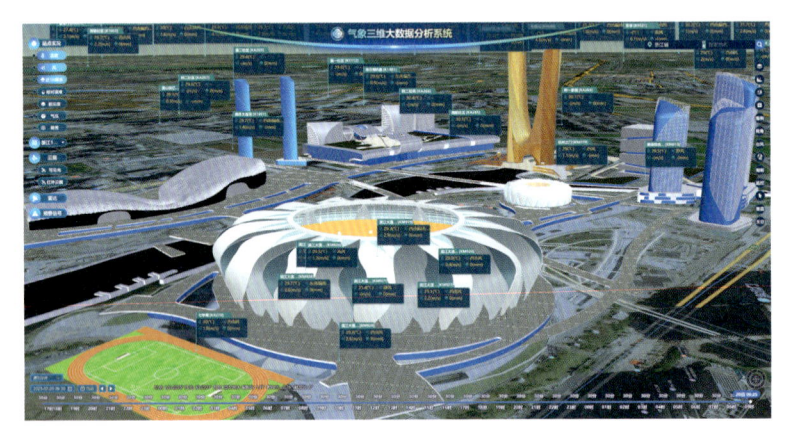

亚运赛事智能预报预警服务平台

亚运赛事智能预报预警服务平台

至此，亚运赛事专项气象观测实现了全覆盖。

在保障亚运外部交通安全顺畅方面，市交通运输局将在亚运期间设立交通管控区、亚运服务专用车辆、亚运专用车道、亚运临时专用标志、亚运场馆各类人员专用出入口及通道、专用停车场、亚运轨道交通专线列车和亚运常规公交专线等专用设施，集中各类交通资源为亚运活动参与者提供优质的交通服务。通过采取以调整市民正常出行方式和出行目的为主，以削减出行强度为辅的交通需求管理政策，实施公交优先、小汽车单双号通行、黄标车限行、扩大货车限行范围、过境交通远端分流等交通政策，减少赛事期间杭州市区道路上的机动车交通总量，尽可能为亚运交通提供更多的道路交通资源。

市交通局已编制完成亚运会和亚残运会交通服务详情方案，重点做好开闭幕式、跨赛区、跨区域等重大赛事的交通组织方案，以达到为涉亚运、亚残运重点人员和观众提供舒适、安全、准点、可靠、快速的专用车辆和专用交通服务的保障目标。实施交通管控与方便出行并重，降低亚运对日常出行的干扰。通过各种灵活的技术手段和方式，在保障亚运交通安全的基础上，尽量减少交通管控的时间和范围，降低亚运活动及亚运交通出行对周边市民日常交通出行的干扰和影响，实现亚运交通组织与市民日常出行的和谐共处。

2022年9月，亚运村运行团队全面入驻杭州亚运主村，半年多过去了，这里已经具备了试运行条件，大屏平台系统、亚运村一码通、自助预约系统等保障设施建设已经完成，还搭建了亚运村低碳管理系统，推进与交通调度、食品安全、赛事管理系统的对接，并已按照场景化、实战化要求进行了全面测试。

"从场馆的建设到赛事的组织，再到相关配套设施的建设推进，我们将精益求精地做好各项筹备工作。"杭州亚组委执行秘书长、杭州市副市长陈卫强介绍，在各场馆和亚运村的保障设施建设过程中，还有意识地渗透了绿色、智能元素，如在重点打造"一屏三端"（赛事指挥平台，杭州亚运行、智能亚运一站通、亚运钉）服务保障体系时，尽可能考虑到智能化；又如在赛事场馆周边不断增加电动汽车充电桩，在亚运村开行AR自动驾驶智能巴士，新增移动云VR体验区等，使参赛群体、观赛群体、办赛群体都能享受到完美的智能化保障服务。

桐庐县马术项目亚运分村综合保障团队要求分村的综合服务中心、住宿餐饮、交通服务、健身服务等功能区块，把各个环节想得细、做得实，在进货渠道、烹饪流程中严格按相关标准落实，并对房间隔音效果、设施故障等问题进行优化，让入住人员吃睡好、蓄满势。

亚运会期间，桐庐县亚运分村按计划将接待23个参赛代表团，285名运动员及马僮、150名媒体工作人员和100名技术官员。桐庐亚运分村综合保障团队认为，食谱不仅要符合运动员饮食口味、宗教习惯等，更要满足对热量、营养的需求，每天提供早、午、晚、夜四餐，每餐次都有清真餐和素食可供选择，茶点菜单还将考虑到运动员糖不耐症、对花生过敏等特殊饮食限制，合理提供坚果、水果、点心以及饮品。

2022年4月14日，"当好主人翁 亚运立新功"服务保障杭州亚运会劳动和技能竞赛启动仪式在奥体中心主体育场举行。出席仪式的领导分别向亚运场馆建设、演练测试、平安保卫、竞赛运行、开闭幕式、智能亚运、文明风尚、后勤保障等8支参赛队伍代表，省劳模工匠亚运志愿服务队和杭州、宁波、温州、湖州、绍兴、金华等6支亚运赛区劳模工匠志愿服务队代表授旗；并与亚运建设者、志愿者、后勤保障代表共同启动"当好主人翁 亚运立新功"服务保障杭州亚运会劳动和技能竞赛按钮。亚运建设者、志愿者、后勤保障代表还一起宣读了竞赛倡议书。

服务保障杭州亚运会劳动和技能竞赛启动仪式

这次服务保障杭州亚运会劳动和技能竞赛活动由省总工会、杭州亚组委办公室、杭州市总工会联合主办，重点围绕杭州亚运会场馆建设、环境整治、竞赛组织、后勤保障、文化活动、志愿服务、安全保障、医疗卫生等关键领域，开展"八比八赛"活动。

"我们始终以办好'两个亚运'为工作基石，深入贯彻落实'亚运城市八大行动计划',把赛事筹备工作与城市能级提升相结合,注重发挥省、市、区、县政府职能部门的作用,已先后协调建立了赛会交通和物流服务联席会议机制、食品安全保障工作联席会议机制、住宿保障工作联席会议机制和亚运村运行筹备协调小组,把有业务相关的省市部门纳入相应的联席会议机制和协调小组,通过集体协商、重点审议等方式共同推进各项赛事筹备工作。"亚组委后勤保障部部长丁炯说,在落实具体工作的过程中,亚组委后勤保障部还积极回应职能部门、行业协会和相关企业参与亚运的迫切愿望,顺势而为,推动形成全社会广泛参与的氛围。

亚组委后勤保障部门围绕赛时需求统筹谋划、精密部署。在政策保障方面,依据运行计划和相关要求,制定总体工作方案,明确各业务领域做什么、怎么做、谁来做等基本问题。随着筹办工作的推进,逐步修改完善业务领域运行计划和政策与程序,目前已经是3.0版;在指挥架构方面,谋划搭建了餐饮住宿中心、交通指挥中心、车辆调度中心、物流中心四个非竞赛场馆团队,这四个团队在国家、省、市亚运领导小组的指导下和赛时总指挥部的指挥下,协调各竞赛训练场馆和非竞赛场馆完成赛时任务;在重点筹备工作方面,经科学论证后制定菜单,在确保满足不同国家、地区、民族、文化、宗教运动员餐饮需求的同时,弘扬了中国和浙江美食文化。赛事官方接待饭店的遴选和铭牌的授予已经完成,包括亚运会官方接待饭店75家、亚残运会官方接待饭店34家。在确保绿色节俭的前提下,经过公开招标,确定了中大元通、长运两家单位作为亚运亚残交通服务商。会同官方物流服务赞助商一起,谋划建设了赛会物流中心,完成了赛时物流服务保障的重要基础性工作。

2021年3月,杭州亚运会物流服务正式启动;2022年5月,杭州亚运会物流服务中的重要一环——杭州亚运会物流中心已进入可投用状态。

杭州亚运会物流中心坐落于萧山区保税大道宏业路口，即圆通速递华东管理区总部二期转运中心，紧挨圆通一期转运中心，可根据亚运赛事需求，灵活调配场地、人力等资源。来到这里，身披"亚运色"、总建筑面积达7.2万平方米的物流中心建筑异常显眼。据了解，杭州亚运会物流中心已经打造了亚运物流信息系统，其中订单管理系统、运输管理系统，主配送计划等业务主流程已完成开发测试、内部培训和安全检测测评。从亚运会和亚残运会的赛前到赛后，这里将为杭、甬、温、绍等6个城市的50多个比赛场馆和6个亚运村，提供仓储、运输、关务、信息系统开发应用等系列物流保障服务。

"国际性体育赛事对物流服务专业性的要求很高，需要物流企业对国际物流业务的复杂性、重要性与协同性具有全面的了解。"杭州亚组委后勤保障部相关负责人介绍，亚运会需要承运来自多个国家和地区的运动装备、转播设备甚至是赛马等特殊货物，均具有不小的难度。

作为本次杭州亚运会的官方物流服务赞助商，圆通速递正在积极筹备杭州亚运会及亚运村相关物流工作。杭州亚运会物流中心将根据《2022年第19届亚运会物流服务保障总体工作方案》《杭州2022年亚运会和亚残运会物流业务领域运行计划（第二版）》关于风险防控的有关政策，妥善应对各种风险挑战，科学合理调整工作计划，有条不紊推进各项筹办工作。明确开仓时间节点，完成物流中心运行设计2.0版、形象景观设计，进行安保安防、疫情防控等专项改造，保证物流中心运行团队顺利组建并尽快适应工作。

亚运会的市场开发是亚运会能否成功举办的重要一环。2018年12月

26日，杭州亚运会市场开发计划发布，标志着本届亚运会和亚残运会的市场开发走出了实质性的一步。

根据发布的市场开发计划，杭州亚运会市场开发体系设置了赞助、特许经营、市场运营及票务四大板块。赞助企业分为三个层级：第一层级，官方合作伙伴（8至10个类别）；第二层级，官方赞助商（15至20个类别）；第三层级，官方供应商（包括独家供应商和非独家供应商，根据杭州亚运会相关需求确定）。

市场开发计划发布的同时，杭州亚运会也同步启动了首批官方合作伙伴的征集，杭州亚运会共有赞助企业176家，赞助金额、赞助企业数量、质量等均实现亚运会赞助招商效益历史最佳。在这176家赞助商中，浙江本土企业占多数。

2019年4月13日，浙江吉利控股集团有限公司成为杭州亚运会官方汽车服务合作伙伴，这是与杭州亚组委正式签约的首家官方合作伙伴。随后，中国电信和中国移动、工商银行、长龙航空、阿里巴巴、支付宝、361°、太平洋保险、安恒信息、Bornan与杭州亚组委签约，分别成为杭州亚运会官方通信服务、银行服务、航空客运服务、信息技术集成和云服务、金融科技、体育服饰、保险服务、网络安全服务、计时记分的合作伙伴。

与此同时，杭州亚运会、亚残运会官方赞助商、官方独家供应商和官方非独家供应商也已陆续确定。

公益捐赠是大型综合性赛事筹办的惯例，承担着为赛事提供资金、物资、服务、技术等方面的支持功能。杭州亚运会自筹办以来，构建了"公益＋捐赠＋互联网"的大型赛事公益捐赠新模式，拓宽了社会各界参与亚运筹办的渠道，为打造一届有情怀、有温度、全民参与、全民共享的亚运盛会，也为助力实现"办好一个会，提升一座城"的目标注入了无穷的动力。亚运捐赠自 2018 年正式启动以来，已为赛事提供了资金、物资、服务、技术等多方面的支持，这种支持既是物质上的，更是一份深厚的情怀，一份沉甸甸的祝愿。

第三节

贯彻办会理念，从每一个细部抓起

润物无声，风化于成。"绿色、智能、节俭、文明"的办会理念，在杭州亚运会筹办过程中，不论是在场馆和亚运村建设，还是在基础设施建设、城市环境提升、人员组织、赛事文化、后勤保障等方面，都渗透在各个环节、每个细部，自觉体现在亚运人的每一个实际行动中。

杭州亚运会秉持"绿色、智能、节俭、文明"的办会理念。

第19届亚运会正式落户杭州后，在国家体育总局指导下，亚组委和浙江省、杭州市即确定了这一办会理念，并在具体筹办过程中得以贯彻和体现。

2017年10月15日，杭州市政府和亚组委下发了《杭州市人民政府2022年第19届亚运会组委会关于加快2022年第19届亚运会杭州市场馆

及设施建设的实施意见》。在"建设理念"一节中,十分明确地贯彻了这一办会理念,并将其细化在场馆建设的各个环节中:

"(一)坚持绿色环保。倡导绿色亚运及可持续利用的场馆设计、建设理念,综合采用绿色节能建筑新技术,在建造工艺方面做到绿色低碳环保,落实最高标准的环保要求。(二)强化智能应用。充分体现杭州信息经济、智慧应用的发展思路,利用云计算、大数据等信息产业优势,以'互联网+'推进智慧场馆设计、建设和运行,全面提升场馆智能化、自动化、精细化水平。(三)倡导节俭办赛。充分利用现有和在建场馆,整合资源,做到'该花的钱一分不少,不该花的钱一分不花',确保节俭办赛。(四)体现文明要求。运用独具特色的人文创意,将'大国风范、江南特色、杭州韵味'融入场馆设计、建设的每个细节,体现先进文化发展方向,讲好'中国故事',传播杭州文化,展现杭州的独特韵味和别样精彩。"

绿色、低碳,是本届亚运会筹办工作的主调,这无疑是与当前中国努力实现2030年"碳达峰"与2060年"碳中和"目标的背景分不开的。追求以"绿色"建设为核心,以低碳环保、节能降耗为目标,大力推进生态文明建设,创造良好生产生活环境,已在中国形成共识。把"绿色"置于亚运会办会理念的首条,其旨意极为深远。

杭州亚组委研究编制了一系列绿色环保标准,涵盖了绿色建筑、健康建筑、室内环境控制等方面,其中室内空气污染控制技术导则,是在国内大型综合性体育运动会场馆建设中首次应用。特别是场馆建设,十分注重场馆和生态的有机结合,富阳、桐庐、淳安等钱塘江流域场馆都把富春山水、千岛湖景等元素充分和场馆融合,既彰显杭州独特的人文底蕴,又保护了生态文明。

充分总结和借鉴北京奥运会、广州亚运会、G20杭州峰会等重大国际赛会举办经验，细致考虑城市发展和环境保护需求，杭州亚组委把"绿色标准""绿色设计""绿色施工"等理念融入亚运会场馆建设的全生命周期，处处彰显出"零碳办赛"的绿色低碳理念，及时提出了绿色场馆标准规范、绿色健康建筑设计导则等一系列标准，确保了建筑的"绿色健康"。

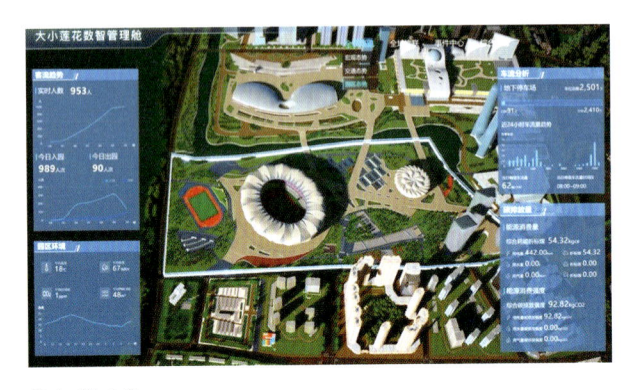

被称为"大莲花"的杭州亚运会和亚残运会主会场"杭州奥体中心体育场"在设计建造时，经过多轮优化，总用钢量减至2.8万吨。"大莲花"

数智管理舱

节能降碳改造也已经完成，馆内环境感知网络能实时监测室内温湿度、光照度、人群密度等信息，智能制定柔性用能策略，让场馆能效提升15%。能达到这一效果，该体育场所设置的双碳大脑系统功不可没。

杭州亚组委场馆建设部综合处处长徐斌介绍说，杭州亚运会各场馆的建设，尚在规划阶段即倡导绿色先行，创新绿色设计理念，按照绿色生态城区的标准进行规划，开展绿色健康建筑、智慧园区、地下综合管廊等先进技术实践。同时遵循因地制宜原则，强调突出地方特色，与周边生态环境相融合，实现场馆与生态的和谐共生。

地处城北的运河亚运公园，在建设之前，这一带原为城郊村落，区域内河道纵横、绿树成荫。城中村改造规划时确定为公园，后又将亚运会乒乒球和曲棍球场馆融入其中。为了保留原有的郊野特色，体现水乡风貌，区域内的所有河道都予以保留，地形地貌尽可不改，甚至有些高大的树木也任其在原处生长。绿色场馆与城市规划的有机融合，不但使这里满眼皆绿、空气清新，更使得这里形成一片充满"乡愁"的城市新景致。

甚至是亚运会吉祥物玩偶"琮琮""宸宸""莲莲"，也推出了绿色低碳版本。在亚运吉祥物生产企业看到这些吉祥物的面料，采用数码印花工艺的绿色生产方式，不产生废水、废气、废浆。在裁剪方面采用了手工＋电剪刀裁剪代替传统激光裁剪，不产生烟雾。包装上去掉了一些非必要的纸盒外包装，只保留三小只组合形象吊卡。而生产过程中的用电，也来自铺建在厂房屋顶的分布式光伏电站。

2022年7月，省林业局、亚组委办公室联合公布"杭州2022年第19届亚运会碳中和林"建设名单，上城区春华公园等26个单位名列其中。亚运环境保障的另一个重大项目，是杭州将全面打造"无废亚运"。"无废亚运"就是将无废理念融入亚运会筹办和赛事全过程，力争最大化固废源头减量、资源化利用和无害化处置，全面助力绿色亚运。具体工作主要有倡导树立"无废亚运"理念，开展"无废亚运场馆"建设，做好各类固废处置，等等。在场馆建设过程中特别注重施工环节中的节能环保，尽可能使用以废弃物为原料的建筑材料。

对黄龙体育中心进行改建时，专门设置了"移动反击式破碎站"，对改建时所产生的建筑垃圾进行循环利用。改建产生的9000吨建筑垃圾经过破碎并自动分类，变成了可重复利用的半成品，这些半成品后续可用作干混砂浆、抹灰砂浆、混凝土免烧砖等建材原料。

充分利用绿色电能，以实现低碳减排，是贯彻本届亚运会"绿色"办会理念的又一生动体现。

亚运会场馆建设过程中，十分注重使用安全环保的绿色电力。国家电网采用±800千伏特高压直流输电、源网荷储"即插即用"、能量路由、市场化碳交易等多种方式，实现亚运史上首次全部场馆用上绿色电能。为了让绿电更灵活柔性的供应保障，国网杭州供电公司还在萧山泛亚运区内新增大型城市移动"充电宝"，当电力供应富裕充沛之时，用它们储能，当电力紧缺时，让它们及时补充电网，从而保障亚运主场馆储能应急。

杭州师范大学（仓前校区）体育馆，本届亚运会时将作为排球比赛场馆。在这里，16盏智能控制的照明灯能把整个场馆照得透亮。场馆改造时，特意把灯组分成模块，每一盏灯的开关都可精准掌控。观众席上方原为610瓦的照明灯，场馆改造时也改为490瓦。如此一来，既能节约电力成本，又保证了观赛效果。

"智能"是杭州亚运会的办会理念之一，也承载着人们对杭州亚运会的期待。在当今，"智能"与"绿色"往往是连在一起的，绿色与智能技术的高度融合，才能建设和构筑起更加低碳、更为适用、更高质量的各类设施设备，提供更完善的保障服务。作为智能网络科技的发源地之一，作为"中国数字经济第一城"，在筹办期间，杭州亚运会正逐步发挥本地数字技术优势，构建起智慧应用体系，并在办赛、参赛和观赛各层面深度应用。让科技成果从走进赛场，到迈向千家万户，从而改变我们的生活。

来到任何一处已经竣工的亚运场馆，各类智能应用设备随处可见：场地周边的智慧灯杆、各个场馆布满的5G系统、新能源充电桩、物联网设备、可视化的场馆运维平台、4K超高清转播……从"亚运智能医疗急救保障系统"到"亚运AR数智安保平台"，再到亚运村中的浙江省内首座电缆智能监控中心，一流的智能设施设备配置齐全，将在即将举办的亚运会和亚残运会上各显神通。

迄今，亚运会和亚残运会的承办城市和各个协办城市的所有场馆及各个亚运村，都已接入 AGIS 网络、互联网（Wi-Fi）等五张亚运专网，深度覆盖千兆光网和 5G 无线网络，助力打造"智能亚运村"。亚运会的各项赛事，普通市民都能通过双目 3D、自由视角、VR 和 XR、8K 高清等选择观看。而这些运用了最新数字通信技术的智能观赛技术，在"亚运后"时期，都将陆续成为我们现场欣赏赛事和文娱演出的"标配"。

据了解，本届亚运会和亚残运会赛前及赛时的智能指挥体系 MOC（Main Operation Center）已经建立，它通过一屏三个端口达到高效指挥效果。"屏"就是亚运总指挥部的大屏，三个"端"中，一个是"亚运钉"，所有工作人员都在里面，可以实时传递照片和视频，沟通非常方便。另外一个"端"用在参赛侧，叫"杭州亚运行"，为运动员、媒体和技术官员提供综合服务、赛程成绩服务、亚运村服务和媒体服务等实时有效的智能赛事服务，提升参赛体验感。同时，杭州亚运行提供电子身份注册卡功能，应对因实体身份注册卡未寄达、遗失、损毁、人证信息不符等原因导致无法快速出入境通关的情况，提高出入境通关的效率

"智能亚运一站通"App

体验。还有一"端"则应用于观赛侧。亚组委会同相关单位，成功开发了一款比较成熟的应用产品——"智能亚运一站通"。"智能亚运一站通"已运行3年左右，截至2023年6月15日，注册用户超5000万。围绕"食、住、行、游、购、娱"以及票务等方面需求，整合各类城市服务，为观众提供从购票、出行、观赛到住宿、美食和旅游等"一站式"服务。"智能亚运一站通"应用于观赛侧之后，将大大方便市民观赛。

被称为"小莲花"的奥体中心网球中心，其内部可以根据赛事的需要"变身"。2018年底刚建成之际，这里就承办了世界短池游泳锦标赛，网球中心摇身一变成了一个"水世界"。酷似"蚕茧"或蝴蝶翅膀的杭州奥体中心体育馆和游泳馆，也能根据不同的赛事需求，迅速转换运动场地，让不同的赛事在同一个馆里举行。

温州体育中心运用科技数据互联采集系统"智能养草"，即利用传感

温州体育中心体育场

运河体育公园体育场

器对草坪根部温度、湿度、酸碱度和氮磷钾含量，以及对草坪表面的光照强度、日照时数和太阳辐射进行数据采集，因"草"制宜，精准喷灌、施肥，让草坪得以更精准高效养护。

作为本届亚运会曲棍球比赛场地的运河体育公园体育场，比赛场地及看台的上方，撑出了一把外形极像一把伞的挑檐。这是一把极具科技内涵的"杭州伞"，美国ATS和AECOM等国际团队参与设计这座体育场时，采用竹制油纸伞架的理念，提供了一个轻盈的外挑型结构，让一个悬挂的轻量屋顶为运动员和观众提供遮盖，既能形成良好的微型气候，还能使嵌入式结构成为一道景观。

同时，运河体育公园的路灯自带"5G"，除了具备照明功能，还是一个个小型信号发射塔，可陆续引入无人驾驶接驳系统，配置无人机、无人驾驶的物流配送，2—7岁萌娃代步系统，等等。

借助于VR和5G技术，富阳水上运动中心打造了全新的沉浸式智能观赛体验。在这里，激流回旋和皮划艇赛道长250米，静水赛道长2150米，观众无法定点观看全程比赛，但VR机位有助于观众实现赛场任一位置的360°观赛。这里的数智大屏还拥有人工智能识别和告警功能，能随时把越界人员的告警场景发送至安保中心，以便及时应对落水的安全隐患。

在即将进行亚运会跆拳道、摔跤比赛的临安文化体育会展中心，有名为"小新"的机器人，其与数据驾驶舱连接，能时刻掌握场内动态。盲人门球基地门球馆不仅为视觉残障运动员的导盲犬设置了休息区，还在门上安装了自动感应语音播报器，提醒运动员已进入某区域。

2023年4月28日晚，"张信哲未来式2.0演唱会"在杭州奥体中心体育场即"大莲花"精彩上演，有5万名观众来到现场，倾听张信哲演唱的《爱如潮水》《过火》《信仰》等经典歌曲。这次演唱会也是"大莲花"在亚运会开幕式前承办的规模最大的一场演唱会，它的举办是对亚运会开

富阳水上运动中心

临安文化体育会展中心

第 5 章
摩厉以须，任何一个节点都无懈可击

闭幕式场地和运行团队的一次全方位压力测试。虽有如此庞大的人流，但在工作人员、志愿者等服务人员的引领下，入场、散场等环节一点也不乱，甚至还被观众们

AR 实景导航

评价为："五万人，一下全部跑光了！""从来没有演唱会结束后回家这么快过。""上完厕所回来发现人都走得差不多了。"

在"大莲花"的这场演唱会上，这么多观众能在短时间内安全、快速地进散场，"智能亚运一站通"的 AR 服务平台发挥了很大作用，观众们只要跟着 AR 实景导航走，就可以找到进出口，找到附近的地铁、公交，找到自己的席位。当晚，连杭州地铁 6 号线行车间隔，在 16:00 之后也由平时的 4 分 25 秒缩短到了 3 分 30 秒；22:00 之后，列车行车间隔更是缩短到了 2 分 30 秒。

这场演唱会期间，为确保网络始终保持正常，杭州移动在全国首创了精准分区多频分层 5G 超密组网，开通 3 台应急车、4 台应急舱以及 19 个临时站。据了解，这套系统可同时满足 8 万观众在场馆内外的正常通信需求。与此同时，"大莲花"的现场舞台、音响，体育场的灯光、电力等硬件设备，观众服务、组织流线、交通引导、应急处置等服务保障能力，都通过本次演唱会，得到全面的实战检验。

2023 年 2 月 12 日，一种 6G 相关技术已在杭州亚运场馆里测试，它所

应用的智能超表面技术，能智能控制众多反射单元，将空间中弥散的电磁波有效聚集到信号弱的地方，实现更高效和更均匀的信号覆盖。当你移动时，反射的电磁波还能实时跟踪，维持较好的信号接收质量。这项技术在"大小莲花"、手球馆等场馆进行了测试，效果明显，原先信号较差区域的信号强度可增强至原来的 10 倍左右。

智能设施设备都已在各个场馆配置齐全，各个亚运村里的"智能"同样不差。据了解，在杭州亚运主村，"云上亚运村"智能系统将发挥非凡作用。通过智能指挥平台、数智管理工具、云端生活社区 3 个板块，管理人员可实时掌控亚运村整体运营状态，获取亚运村管理数据，实现村内人员、车辆、服务等资源的高效智能调度。面向"村民"的"亚运村一码通"，则将亚运村餐饮、交通、商业等服务"全面上云"，"村"里的吃、住、行和特色服务均可点点手机，一键"安排"。与此同时，住在亚运村的运动员，在出征前即能准确了解组委会提供的宾馆、交通、接站、志愿服务、赛事编排等信息。

"'智能'这一办赛理念贯穿于杭州亚运会场馆设计和建设的始终，还将在各个场馆、亚运村的运维管理全过程中得以体现。"杭州亚组委场馆建设部副部长陆春江告诉笔者，作为"数字之城"的杭州，5G、人工智能、大数据、互联网等数字技术在亚运会和亚残运会举办过程中发挥作用，这是顺理成章的事，未来，它们的力量将越来越大。

"节俭"，也是本届亚运会的办会理念之一。在亚运会和亚残运会筹办过程中，场馆设计和建设始终按照"能改不建、能修不换、能租不买、能借不租"的原则，做到整合各类社会资源，充分利用现有和在建场馆，就是贯彻这一办会理念最典型例证。

《杭州市人民政府2022年第19届亚运会组委会关于加快2022年第19届亚运会杭州市场馆及设施建设的实施意见》，明确第一批场馆及设施项目建设33个，其中新建场馆仅5个、续建场馆7个、改建和改造提升场馆12个、临建场馆7个。在亚运村建设项目中，新建亚运村1个、利用现有宾馆资源改造提升亚运分村1个。可见，亚运会、亚残运会筹办之初，节俭办亚运的理念即已化为了行动。

本届亚运会、亚残运会56个竞赛场馆（含2个亚残运会独立竞赛场馆）分布在浙江省内6座城市，新建场馆只有12个，占比仅21%，这在历届亚运会中是比较低的。其余为改造场馆26个（含省属高校场馆改建提升）、续建场馆9个、临建场馆9个。

根据《2022年第19届亚运会组委会训练场馆建设要求》，全省部署15个竞赛大项31个训练场馆，这31个训练场馆均为改造提升的现有场馆。

本届亚运会足球预赛场地之一的上城区体育中心，原为江干区体育中心，这里的14000张看台座椅已使用了11年，原先打算在这次亚运会场馆改造时予以更换。但经细致检查和评估，责任单位上城区政府认为这些座椅几乎没有损坏，可以继续使用，因此这些座椅都得以保留。加上两侧看台太阳膜也未予更换，仅此就节约了近800万元资金。

同样，在对本

上城区体育中心

届亚运会击剑比赛场地杭州电子科技大学体育馆进行提升改造时，经过几轮测试，已经使用了16年的5000个座椅，它们的承重力、牢固度及舒适感都没问题，便被全部拆卸下，按照位置进行统一编号。经过清洁修理后，再一一安装到位，以最大限度地避免浪费。

浙江工商大学文体中心体育馆内地板升级为符合赛事要求的比赛地板后，原有地板未直接丢弃，而是在进行了保护后拆除，并赠送给了淳安县汾口中学体育馆继续使用。

贯彻"节俭"这一办会理念同样借助于"智能"，尤其是通过应用各种数字技术手段，达到"节俭"的目的。

位于体育场路的杭州体育馆前身为浙江人民体育馆，建成于1969年，属世界上为数不多的马鞍形悬索结构建筑，是一处市级文保建筑，也是本届亚运会和亚残运会"年龄最大"的场馆。亚运会的拳击和亚残运会的硬地滚球竞赛项目都将在这里举行。这次亚运场馆改造提升，要求外观"修旧如旧"，内部设计则秉持现代实用原则，而因该场馆建设年代久远，存在内部设施陈旧、净高不足、图纸与现场实际状况有诸多出入等问题，加上位于老城区，其改造提升无疑是个大难题。

为此，杭州亚组委场馆建设部要求，应用于所有新建场馆的BIM（建筑信息模型）技术，也要应用于部分改造场馆，使其通过这项技术获得新生。在技术专家的具体指导下，杭州体育馆改造提升团队根据三维扫描现场点云采集，建立了原始土建结构模型，并运用BIM技术进行管线综合、净高控制等方面应用，指导保护性改造，使该馆实施"修旧如旧"和改造提升有了清晰的"路线图"。

"BIM技术的运用，实现了项目建设的透明化和可追溯，是杭州亚运会场馆建设智能化的一大亮点。我们利用 BIM 技术，通过施工模拟，实现了传统二维图纸施工所不能给予的认知角度，有效提高了施工协调管理水平。"陆春江介绍，运用 BIM 技术预先建模，包括场馆、周边、通道、赛时的交通，甚至赛后利用都能设计。杭州亚运村的媒体村部分地块、运动员村地块，就是现场根据 BIM 成果导出的套管图提前预埋，减少了后期开洞，大大节省了成本，缩短了工期。"运用 BIM 技术，不仅可以让新建场馆的建设提速，还能还原这些旧场馆改造前的诸多细节，把它们变成数字档案，帮助历史建筑在修复和保护时做到'修旧如旧'，实现功能提升。"陆春江说。

杭州亚运会办会理念中的另一条"文明"，一方面是指在场馆建设和改造中，努力呈现出浙江和杭州的历史人文积淀，如富阳银湖体育中心的外墙安装了 34000 块旋转百叶，把《富春山居图》从画纸搬到了现实；杭州奥体中心综合训练馆的外观被设计成良渚玉琮的形状，让人们体会到这块土地上丰厚的历史文化底蕴。另一方面指的是亚运场馆的人性化无障碍环境设计，尤其是各个亚残运馆设计建造的细节，处处体现出对残障人士的关爱，彰显城市包容性和人文关怀。

在黄龙体育中心体育场，改建时东西大厅增设了无障碍电梯，按键上不仅设置了盲文，且位置较一般电梯偏低。电梯门的对面做成了镜子墙的形式，方便残障人士乘坐时观察后方情况。

临平体育中心体育馆除了承办空手道和排球这两项亚运会赛事外，还将承办亚残运会的坐式排球比赛。经过改造的该体育馆运动员出入口，采用了"平坡平阶"设计，即无台阶也无坡道，确保运动员可独立通行。运动员休息室设置了无障碍淋浴间和卫生间，配置了无障碍的台盆、坐便

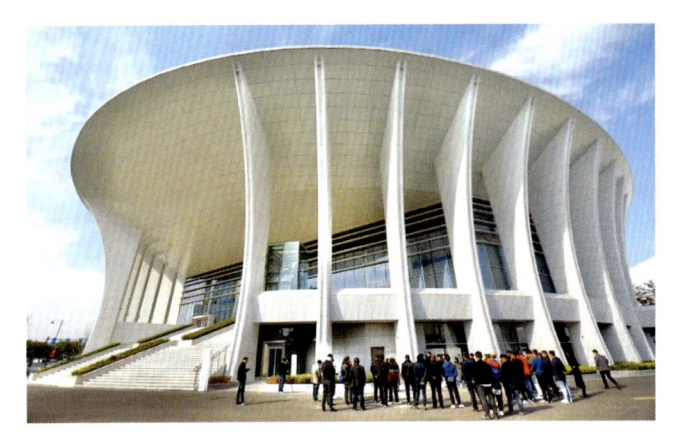

临平体育中心体育馆

浙江塘栖盲人门球基地门球馆

器、多功能台及应急呼叫按钮，如遇险情，可直接呼叫场馆监控室。通往二楼的训练场地设有无障碍电梯，电梯轿厢设三边扶手、有两处低位操控按钮，每个按钮上都设有盲文。

临平塘栖盲人门球基地的无障碍设施，尽可能考虑视觉残障运动员的需求。通往休息室、医疗室等每一个功能用房及比赛场地都已设置了盲道。门上安装了可自动感应的语音提示播报器，提醒运动员已进入某区域。

杭州亚运会所有场馆都已按照无障碍设施建设标准，在场馆内设置了无障碍车位、人行道缓坡及盲道、无障碍升降平台等。

细节里有大爱。如此温情的设计，渗透出浓浓的人文关怀，也折射出一座城市的文明水平。事实上，杭州亚运会办会理念中的"文明"，在筹办过程中,还体现在对各个场馆赛前的"惠民开放"和赛后的"还馆于民"。

而场馆赛后的"还馆于民",也已在亚运会和亚残运会筹办期间准备起来了。"我们的场馆不仅要满足赛事要求,更着眼于长远利用。大型赛事场馆的赛后利用是举办地城市面临的难题和挑战。我们自 2017 年明确场馆布局以来,就高度重视场馆赛后利用,也通过'我为亚运献一计'等活动征集各种办法。"亚组委场馆建设部部长邱佩璜说,所有场馆绝大部分都将确定赛后运营单位,其中大部分保留赛场原有功能,转化为全民健身场所、商业配套以及"回归教学"。6 个亚运村和亚运分村中,不少也是改造提升项目,大多将在赛后作为商品房和人才公寓,或转为当地的文体中心。

黄龙体育中心主体育场的外围,已经建起了一条空中跑道,长度约 1 公里。这条跑道是借这次亚运场馆改建的契机而新增的。市民在这条空中跑道健身跑步时,只要用手机扫一扫,跑道边上的屏幕就会显示各项数据,告诉你跑步姿势对不对、消耗了多少卡路里等。显然,这一颇显时尚的功能,将吸引更多的市民来此跑步。

富阳水上运动中心因为地处东洲岛、与黄公望晚年结庐之地隔江相望,文旅优势得天独厚。赛后,这里将计划改造成具有水上运动特色的会展度假型酒店,同时保留部分体育功能,成为市民赛艇和皮划艇体验中心。

余杭体育中心在赛事结束后,地下约 3 万平方米的停车资源将转为公共停车场,供周边居民使用。配套建设的"风雨操场"赛后将成为周边居民的健身场地和附近学校的体育场所;运河体育公园配套建设的 800 个社

黄龙体育中心体育馆

会公共停车泊位，未来也将向社会开放，以缓解周边居民及公园游客"停车难"问题。

赛后，各高校场馆也将"还馆于教"，而浙江大学还计划与桐庐马术中心合作，通过开设马术课程，为马术运动培养专业人才……

实例委实太多，无法一一穷尽。从场馆建设到赛事组织，从服务保障到城市提升，杭州亚组委精心打磨亚运会筹办细节，切实贯彻"绿色、智能、节俭、文明"的办会理念，以"国内领先、国际一流"的标准，为实现"办好一个会，提升一座城"的目标而努力。

第 **6** 章

与每个市民一起成为亚运人

第 6 章
与每个市民一起成为亚运人

第一节

精心装点城市，玉碗盛来琥珀光

让重要的交通节点、城市道路、特色街区、旅游景区和钱塘江两岸都"亮"起来，让城市的每个角落都变得更美。开展"匠心提质绣杭城"专项行动，打造"美丽家园""杭韵街巷""畅行交通""花满杭城"四条风景线，"全域提升，点线出彩"，加紧构成城市观光、购物消费、文旅服务体系，实现"面上全面提质"，是杭州"全民总动员、喜迎亚运会"活动的重要内容。

沉浸夜游北支江，光影秀场富春江。由富阳城投集团打造的"北支江沉浸式夜游项目"在城市环境品质提升首届"赛马"活动中，荣获"优秀项目"称号。北支江地处富春山居图实景地核心区水域，北支江沉浸式夜游项目为富阳水上运动中心的核心配套工程。这个项目立足自然生态及文化底蕴，通过提炼以富春山居图为代表的文化元素，运用数字影像视觉艺术，通过节能环保LED灯光设备及智能舞台控制系统，运用声、光、电、水、火、雾、影、音及全息投影等技术手段和艺术手法，依托写实与写意并进的方式将富阳的山水人文和亚运文化元素展现给观众。

这个项目的最大特点，是把当代景观与古典风韵相融合，把现代数字影像视觉艺术与传统绘画艺术结合在一起，既有故事，又有场面；既有实景，又有幻象，在富春江岸边呈现出一幅韵味高雅的城市新景致。项目在沿线"月夜春江""心归吴越"等8个节点，通过水域空间、沿江空间及外部空间的灯光演绎，呈现《公望梦寻·春江花月夜》和《灵秀富春·山水墨韵间》两大篇章，描摹出一幅多维沉浸、可游、可看、可体验的现代版富春山居图。

萧山区萧棉路市心中路交叉口西侧，原先有一处闲置地块。开展"美丽杭州迎亚运"城市环境品质提升活动后，这处闲置地块出现了彻底的改变。原先裸露的土地消失不见了，取而代之的是一座充满趣味、鸟语花香的"奇趣森林"公园。这座公园2022年6月对市民开放，说它是森林公园，是因为在改造时保留了原有的水杉树，一条石头小径蜿蜒穿梭于林间。沿着这条石头小径向前，可以看到两侧粉黛乱子草、金光菊、蓝叶山菅兰、墨西哥鼠尾草等73种各色花草相得益彰，公园里还专门铺上软软的松鳞营造"森林之感"。

石头小径的尽头是一座白色花廊，花架上缠绕着保罗特兰森月季，其左侧墙面种有一排安吉拉月季。走过花廊便是银杏景观——成排的银杏树立于小径两侧，树下的草丛里则种满了绣球花。傍晚时分，落日余晖穿过树叶，在银杏林里洒下斑驳光影，美得别有一番意境。

其实，这个以观赏草为主题的自然花境公园，面积并不大，仅2700

平方米左右，但是因为经过了精心设计，每寸土地都植满树草，尤其是飘逸的观赏花草与石头溪流相辅相成，各种不同色系的花草错落其间、丰富多彩，让人有目不暇接之感，原本袖珍型的公园看起来也就变大了。这座被人称之为"城市CBD中的茂密丛林"的主题公园，增添了城市美景，是一处环境提升的亮点，在城市环境品质提升第五期"赛马"活动中，被获评为优秀项目。

科海路（320国道—科海南路段）是西湖区之江智慧新城最重要的一条主干道，它既是西湖国际高尔夫球场周边的重要道路，也是通往亚运会和亚残运会富阳赛区的重要通道。由于道路沿线的注册企业有2800多家，办公人员有1.5万人，加上附近有住宅小区和居民，往往一到早晚高峰，这条路上都会堵得水泄不通。在6号线科海路站地铁口附近，自行车、电动车乱停乱放，把道路围得乱七八糟。每当下雨，这里满是积水，溅湿行人的裤腿是常有的事。

"民之所盼，我必行之"！为了推进这条道路的改造，西湖区创新建立了"八位一体协同"推进机制，让项目实现边建边审，有问题各个组互相协调解决，大大提高了工作效率与项目质量。他们还通过建立"一路（片、点）一长"机制，由区主要领导牵头担任路长，负责现场协调解决施工中产生的问题，确保改造工程提前两个月完工。

如今的科海路景观大道，4.2公里长的路段宽阔通畅、处处是景。道路两旁绿树成荫，赏心悦目。道路采用创新的SMA沥青玛蹄脂碎石混合料，增强路面抗车辙、抗裂、抗滑性，同时采用强基薄面新设计，道路整体结构厚度由80厘米提升至153厘米，以避免工程车较多，损坏路面。人行道重新铺设了透水砖与盲道，平整、踏实、吸水性好，下雨天路面上也不会形成积水。道路两侧还特别设置了港湾式公交车站，在地铁口旁设置了非机动车停车位，再也没有原先杂乱无序的画面了。

科海路的夜景十分吸引人。在这次科海路环境提升改造过程中，还结合科海路的特点，精心打造了夜间景观。夜景主要采用了"光影秀+互动"的方式呈现，采用LED柔性灯带映照的道路如同一条时光隧道，在它的入口设置了人体红外线感应装置，识别到有人经过时，就会产生互动追逐灯光，模拟穿越时空的夜景效果。在3号浦河道与浮山街交叉口西侧，还采用了星空灯、图案灯、激光灯，打造了一片星空林，与"科技"主题呼应，未来感十足，引来不少市民尤其是年轻人前来观景。科海路由此成为杭州城市环境品质提升成效最显著的道路之一。

从2022年4月起，亚运市运保指挥部启动"美丽杭州迎亚运"城市环境品质提升"赛马"活动。在城市环境品质提升工作中，引入"赛马"机制，对杭州来说，还是首次尝试。通过市民满意度抽样调查、专家考察推荐评议、代表委员参与以及综合评定，分别评选出优秀项目、优良项目和良好项目。上述北支江沉浸式夜游项目、萧棉路市心中路交叉口绿地、科

拱墅区小河直街 　　　　　　滨江区西兴老街 　　　　　　西湖区河渚街

海路景观大道都是"赛马"活动中涌现出来的佼佼者。

努力打造"席地而坐"的卫生环境、"杯水不溢"的通行环境、"水墨淡彩"的夜景环境、"满城飘香"的园林环境和"宋韵钱塘"的人文环境……2023年3月以来，这一"美丽杭州迎亚运"城市环境品质提升行动在取得辉煌战果后，继续往纵深处推进，"赛马"活动中，优秀项目及优良项目、良好项目不断涌现。

2023年5月初，本年度城市环境品质提升第一期"赛马"活动评比结果出炉，评选出优秀项目5个，即拱墅区小河直街、滨江区西兴老街、西湖区河渚街、余杭区闲林埠老街和临安区河桥老街，另有优良项目4个、良好项目3个。这期"赛马"活动以"杭韵街巷"为主题，由亚运环境提升专班（市城管局）牵头，对老旧街巷实施"微改造微提升"，令旧肌理焕发新生机，在改造中深挖文化底蕴，保留老街记忆，融入亚运元素，精品呈现一草一木、一砖一瓦，提升百姓生活舒适度、满意度和幸福感。

小河直街位于京杭大运河、余杭塘河、小河的三河交汇处，是杭州运河文化的一处重要历史遗存，古朴的街巷、民居、河道、桥梁、河埠、码

余杭区闲林埠老街 　　　　　　　临安区河桥老街

头组成的建筑群落，使它成为一条富有独特魅力的文艺生活街区。然而，随着人流量的持续增长、商业体量的增大，街区的市政基础设施建设、公共空间建设、景观绿化建设等方面亟须改善。

为迎接亚运会和亚残运会的举办，市商旅运河集团正式启动了大运河（杭州段）水岸互动文旅融合提升工程，本着"修旧如旧"的原则，以"微改造""修旧如旧""业态升级"等方式，通过布局整体业态，提升改造地下管线、公共空间、绿化景观、建筑立面，让老旧街巷呈现出独特的烟火气和文艺范。

走进余杭区闲林埠老街，就会发现这里至今仍然保留着原先呈"十字形"的古镇格局，南市、西市、中市、西墙弄、庙弄等十分齐整，风格浑然一体。在城市环境品质提升改造过程中，余杭区和闲林街道从延续文脉入手，实现"传承"与"更新"和谐共存，即以闲林古埠文化为主线，通过微改造16处环境节点，修整保护陈元赟纪念馆、丁丙纪念馆、林下书院等21处文物古迹，形成老街文化馆群；提升改造广场水景、夜景灯光，统一管理立面、招牌、广告，打造集文化、休闲、娱乐于一体的高品质街区。

进入2023年之后，亚运会和亚残运会的筹办工作吹响了冲锋号。以钉钉子精神抓好各项重点工作，保持亚运热度，营造良好氛围，努力打造独具杭州辨识度的亚运标志性成果，成为亚运举办前最后阶段的紧迫任务，工作的节奏再度加快。在各项工作中，城市侧实现明显可见变化成为重中之重。不仅因为它是城市环境品质的本质性改变，而且从某种角度上说，又是检验环境品质提升效果的最直观标准。

2023年3月,杭州市城市运行保障指挥部对组织体系作了优化调整,杭州市政协主席马卫光任杭州市城市运行保障指挥部指挥长。

杭州市城市运行保障指挥部下设"一办四组",根据工作任务推进需要,"一办四组"还下设若干工作专班,负责专项工作开展,并细化明确所有具体事项的责任人和责任单位。在亚运会和亚残运会举办日期越来越临近之时,强化城市侧迎亚运的具体工作指导和落实,显然极有必要,作用巨大。

调整后的亚运市运保指挥部主要任务,是认真贯彻省委提出的"高标准的成功、高水平的成功、无与伦比的成功、精彩绝伦的成功"指示精神,紧扣"城市侧明显可见变化"总体要求,围绕环境提升、全民参与、城市观光等3个方面的重点任务,坚持创建文明典范城市与迎亚运城市品质提升两项工作相融合,坚持"面上提档"与"点线出彩"相结合,研究提出补短板、保常态、创精品、出亮点的总体思路,在亚运会倒计时200天、100天、30天和火种采集、火炬传递等重要节点,不断推出明显可见变化项目和精品亮点。对于城市硬件和环境提升工作,总体要求在6月底前基本完成,7—8月份进一步做好查漏补缺和巩固提升工作。

亚运市运保指挥部"一办四组"的主要职责为:

办公室主要负责组织落实相关会议、重要活动,联系各专项组及区县(市)工作;谋划编修工作任务书,梳理、培育亚运标志性成果;牵头开发运行"亚运在线",实现工作闭环管理;分解省、市指挥部工作部署,跟进推动任务完成等。办公室内设综合保障、计划策划、综合调研、"亚运在线"等4个专班。

城市环境提升组主要负责统筹城市环境景观建设及重点区域的环境营

造；开展"匠心提质绣杭城"和城市行动标志性成果培育工作；牵头城市供排水、供气和供电安全运营；牵头推进"迎亚运"道路建设和亚运期间在建项目监管、保通工作；负责统筹重点区域无障碍环境和国际化标识提升等工作。工作组内设城市建设、环境提升、"花满杭州"、运行保障等4个专班。

"全民参与亚运"工作组主要负责做好城市侧亚运新闻宣传，营造"当好东道主、喜迎亚运会"浓厚氛围，融合推进争创首批全国文明典范城市、城市形象传播；负责做好全民学英语、文明行为倡导、全民参与亚运、城市侧志愿者组织发动等工作。工作组内设"全民学英语"、氛围营造、文明行为倡导、城市志愿服务等4个专班。

城市观光工作组主要负责城市文旅体验、城市观光线路设计和组织实施；做好观光巴士购置运行、外币兑换、高德地图开发、精品旅游线路开发、景区酒店服务品质提升和旅游导游服务等工作。工作组内设观光巴士、外币兑换、高德地图开发、旅游线路、景区酒店服务提升、导游力量保障等6个专班。

督查督导工作组主要负责督促检查市委、市政府领导涉亚运指示批示等的落实工作，按照指挥部要求开展专项督查，及时掌握重点工作进展情况和群众意见建议落实情况等。工作组内分设区县（市）和市级部门2个督导组。

职责任务进一步明确之后，"一办四组"从整体着眼，从细节抓起，各项具体工作很快得以迅速推进。

亚运市运保指挥部明确了"面上全面提质"和"点线亮点营造"两个重点任务的内容和目标指向：统筹好面上提质和点线出彩，系统谋划、匠心打磨，下足绣花功夫，持续推动城市环境品质全域提升全面提质，因地制宜精心打造一批出彩项目和亮点精品。坚持尽早尽快、梯次推进，紧盯时间节点，统筹工作时序，力争每个阶段都有可见变化，每个点线精彩不断呈现，全方位展现城市最靓颜值最美风采。

城市环境提升，工作千头万绪，任务错综复杂，很容易陷入眉毛胡子一把抓的状态。亚运市运保指挥部抓住"面上全面提质"和"点线亮点营造"两个重点，统筹城市环境景观建设及重点区域的环境营造。一个"面"，一个"点"，点面结合，思路清晰，重点突出，效果日显。

"点线亮点营造"，围绕亚运"三馆"周边及主要通勤道路、交通枢纽站点、入城口、城市门户、特色街区、旅游景区等塑造精品，重点推进奥体中心、亚运村等场馆，萧山国际机场、火车东站、火车西站等场站，钱塘江两岸、西湖景区及周边区域等风景区，武林广场、湖滨路步行街、河坊街、南宋御街等一批体现杭州历史文化底蕴和城市国际化水平的重点线位点位的环境营造和品质提升。同时亚运市运保指挥部还在部分点、线位设置夜间灯光秀，以及在城区重要地段及一些未开发利用地块，设计营造一批花海景观。

这些"点"和"线"，除了亚运"三馆"，便是杭州最重要的交通节点、城市道路和中心广场，以及最能体现杭州特色的钱塘江两岸、特色街区、旅游景区，可以说是杭州城市的"脸面"。能否按照亚运城市环境品质提升要求，真正使其成为一个个亮点，直接关系到本届亚运会期间杭州有没有展现良好的城市形象，杭州城市的魅力能不能征服四方来宾。

而通过开展"匠心提质绣杭城"专项行动，打造"美丽家园""杭韵街巷""畅行交通""花满杭城"四条风景线，是"面上全面提质"工作的具体任务，建设这四条风景线的过程包括重点实施 43 类工作任务、1300 余个具体项目。其中"美丽家园"风景线聚焦民生，"杭韵街巷"风景线体现文化，"畅行交通"风景线突出群众可感，"花满杭城"风景线展示精彩纷呈，以充分展现赛时惊艳世人的城市环境，着力提升市民群众的获得感。

绣"美丽家园"风景线，让家园更美，生活品质更高。

"站在栈桥旁，看开往春日的列车，听绿皮火车慢行时鸣出春的乐章；站在樱花树下，与三两好友嬉戏游玩，银铃的笑声飞跃而起……"网络达人灰灰是萧山区城厢街道湘湖未来社区的居民，湘湖社区是 2004 年萧山区第一个实行整体拆迁异地安置的社区。如今，社区把握亚运会召开这一推进城市有机更新的重要机遇，将小区品质提升与未来社区创建紧密衔接、同步推进，"绣"出了一道美丽家园风景线。

经过"刷新"的湘湖未来社区人居环境颇具现代化社区风貌，但人们来到这里，同时又被社区内一处处精心植入的"红砖"元素所吸引，那是社区呈现出的强烈的个性文化美。"我们社区的前身是湘湖村，祖辈大多靠手工制作湘湖砖为生，居民在生活中衍生出勤劳奋进的'红砖'精神。在未来社区建设过程中，我们特意提取'红砖'文化元素，挖掘社区记忆，将历史传统融入未来场景，为居民们'留住乡愁'。"湘湖社区相关负责人介绍。

加装电梯、幼小衔接、精细管理……一系列举措，让"一老一小"的生活品质得到极大提高。社区打造了湘湖大食堂、文化礼堂、湘湖怡乐中心、共享书房、健身步道五大老年服务场所和 0—3 岁托幼中心、婴幼儿成长驿站、湘湖幼儿园、小芽儿农场、室外微公园五大育幼服务场所，硬件设施的更新升级和专业团队的引入运营让居民连声叫好。

而打开"窑湘呼应"微信小程序社区活动板块，可以看见每月、每周都有很能吸引眼球的主题活动：湘悦未来集市、亲子音乐会、湘妹厨房、红砖影院……而有杭州亚运会吉祥物"琮琮""莲莲""宸宸"助阵的社区春季运动会，更是掀起了居民们的健身热潮，还让大家深感这亚运已越来越近了。

绣出"美丽家园"风景线的工作，除了"未来社区"创建，还将通过持续深化老旧小区改造、扮靓家园、"六有"宜居小区创建、"美好家园"住宅示范小区创建、城郊结合部整治等专项行动，提升物业管理、卫生环境、道路及附属设施、嵌入式体育场所等的服务质量。鑫鑫小区、地矿局宿舍、新丰新村、采荷路33号等100个老旧小区的改造也是重点任务。

绣"杭韵街巷"风景线，提升城市整体品质，打响"文化牌"。

在西湖畔的湖滨步行街区，尽管这里人流涌动，车辆川流不息，眼前所见，却是一片清清爽爽。有人说，哪怕你用手在马路上摸一下，也摸不

湖滨步行街区

到灰尘。这样的评论并非夸张。据负责湖滨步行街区及其周边城市干道保洁工作的上城区环卫部门介绍，为了迎接亚运会的举办，他们为这里的几条街道量身"定制"了独特的高标准保洁模式，精心打造"可以席地而坐"的卫生环境，让湖滨地区这个"城市会客厅"的"颜值"再上新高度。

来到这里，只需稍加观察，即可发现这里的各项保洁措施已经到了精细化的程度。推着一辆保洁车的保洁员进行路面巡回保洁，只要看见路面上有一小片白色纸巾，就立马拿出钳子夹起，放入车上的分类垃圾桶内；由保洁员驾驶的全自动洗地机，下方的圆形轮盘不停地转动，"吸、扫、洗"连续操作，一路开过去，路面顿时像洗过似的干净。据介绍，湖滨步行街区保洁班组定制出了一套"区域链"保洁模式，即1个保洁责任块区域内有相邻的3个作业岗位，以手推式保洁车、自动洗地机、垃圾收运车为单位，形成机动链条，用更高标准实现立体深度保洁和动态保洁。

德寿宫遗址博物馆

还有比这更"绝"的。在湖滨步行街区，若路面上出现如打翻了的奶茶等污渍，该保洁班组就会立即在四周摆上安全维护提醒装置，然后喷洒适用的清洁剂，等清洁剂化解后，用刷子刷洗和水枪冲洗，之后再用迷你手持式洗地机吸干水分。前后只需 2 分钟，路面即焕然一新。这是保洁班组通过实地调研和反复测试，量身定制出的一套适用于湖滨路花岗岩地面的高效清洁方法——"东坡七步法"，这一方法能在短时间内迅速解决石材路面的小面积污染。而在节假日及重大活动保障期间，湖滨步行街区域全路段还采用"差异化"的保障模式。即根据人流量潮汐式变化及路面污染程度，以"潮汐式"和"梯度式"等保洁模式予以应对。

与此同时，绣出"杭韵街巷"风景线的工作重点，还包括对 2763 个社区（村）全要素整治和桥西直街、瓶窑里窑街、长河老街、临浦老街等一批老旧街巷提升改造，实施德寿宫遗址博物馆、国家版本馆杭州分馆等宋韵文化项目建设。还对上城区中山中路、萧山区义桥老街等 31 条老旧街

中山中路"微改造、微提升"

义桥老街"微改造、微提升"

巷的"微改造、微提升",完成西湖景区亮灯设施设备修缮,钱塘江两岸、西湖沿线、运河沿线、亚运场馆等重要区域夜景灯光拾遗补缺等工作,充分发挥西湖、大运河、良渚古城遗址三大世界文化遗产的综合带动效应,厚植历史文化名城的特色优势。

绣"畅行交通"风景线,拓宽道路,让交通更畅达。

这方面主要工作重点包括在全市建成500公里快速路网,强化跨区域联网道路、支小路建设,开展"平路整治"专项行动,优化隔离墩、隔离栏等道路交通设施和地铁接驳、社区公交、城乡公交线路。所有道路畅通工程都要在2023年7月底前结束,为亚运会举办提供便利出行环境。

绣"花满杭城"风景线,让整座城市宜居宜游,鸟语花香。

据介绍,绣出"花满杭城"风景线工作的重点,是在2022年底前完成215条通勤道路和69条重点保障道路绿化美化,全年扩绿超1000万平方米,建成71个城市公园,同时在临时复绿301宗闲置地块的基础上,2023

年新建城市公园30个，其中口袋公园15个，还要打造黄公仙居、大源青山村等精品绿道50公里，在增绿增彩专项行动推进下，让300米见绿、500米见园的绿色生活圈和亚运期间"花满杭城"的美丽图景化为现实。

按照亚运市运保指挥部要求，2023年6月底前，"匠心提质绣杭城"扮靓提升工作要基本完成，"美丽家园""杭韵街巷""畅行交通""花满杭城"4条风景线将更具辨识度、标志性；8月底前，满城飘香的园林环境要打造完成。亚运来了，一个更加充满活力、魅力和吸引力的品质杭州也正朝我们走来，全市人民群众的获得感、幸福感、安全感因亚运的筹办和举办，进一步得以提升。

第二节

城市观光"打卡地",让你尽情体验"最杭州"

建立市区两级高效联动工作机制,利用杭州亚运会这一契机全力推动旅游业高质量发展,持续擦亮"人间天堂·最忆杭州"金名片。亚运观光服务保障工作紧抓城市文旅体验、城市观光线路设计和组织实施等工作,全面做好观光巴士购置运行、外币兑换、高德地图开发、精品旅游线路开发、景区酒店服务品质提升和旅游导游服务等工作。迎亚运观光氛围日益浓厚,一道道流动的风景线吸引着越来越多的人。

2023年6月中旬起,一批特色观光巴士出现在了杭城街头,让市民和游客们眼睛一亮。这些富有杭州特色、拥有亚运元素外观的单层和双层敞篷旅游观光巴士(双层观光敞篷旅游巴士被昵称为"大红豆"),主要行驶在泛西湖景区沿线和"宋韵+茶文化+禅文化"体验专线上。其中,"大红豆"在工作日依旧是自带浪漫属性的520路，到了双休、节假日则摇身一变，成为跑遍景区的数字旅游专线，并在杭州亚运会期间承担游客接待服务的功能。

双层观光敞篷旅游巴士

亚运特色观光巴士受到游客和市民的欢迎和热捧，"杭州是懂浪漫的""亚运氛围渐浓"等关键词成为引爆抖音同城榜的热门话题。亚运特色观光巴士成为营造浓厚亚运氛围，展示杭州大气开放的国际城市形象的一道"流动风景线"。

夏日的一天，"大红豆"迎来了一批特殊的游客——参加首届亚洲U16女子排球锦标赛的澳大利亚和蒙古国参赛代表团成员们。她们借着来杭参赛的机会，踏上杭州亚运特色旅游线路，饱览杭城美景。双语导游李德煜和郁敏敏一边讲杭州故事、一边谈杭式生活，让杭州之旅定格在她们的美好记忆中。这是"大红豆"双层巴士、亚运特色旅游线路自推出以来，首次迎来境外团队游客。

推出城市特色观光巴士这项工作，由市文广旅游局牵头，市公安交警支队、市交通局、西湖风景名胜区管委会、市城投集团、市公交集团等单位共同配合落实。早在4月底，亚运市运保指挥部城市观光工作组巴士工

"大红豆"双层巴士

作专班，就组织了管理部门代表、行业领域专家、旅游行业代表和市民代表，开展"样车评议"和"试车踩线"工作。参与试车踩线的各方人员对样车改造高度肯定。样车从功能设计到外观涂装，既考虑了整体安全性和乘坐舒适度，也充分体现了杭州特色和亚运元素；既彰显了中国设计、中国制造的文化自信，也体现了杭州走向国际化的气质。

在试车踩线的基础上，城市观光工作组精心设计了三条亚运特色主题观光巴士巡游线路，并不断进行优化迭代。敞篷观光巴士作为特色旅游产品，在亚运会、亚残运会及其他节庆日等特殊时间段内，以"旅游花车"的模式为特定人群在特定线路服务。在亚运倒计时100天前后，城市观光工作组还开展了系列"花车巡游"宣传活动。

2023年4月起，充分展现杭州历史脉络、东方文化韵味且具备国际游客接待能力、适宜夏秋出游的亚运特色旅游线路陆续推出，"看亚运·游杭州"的氛围顿时浓烈起来。

3月22日，市委书记刘捷曾在全市旅游业高质量发展大会上提出："用亚运旅游观光巴士将景点景区串珠成线，让游客每到一处'打卡地'，都能体验到'最杭州'的风韵。"按照这一要求，由城市观光工作组指导，市文广旅游局牵头，组织各相关区县（市）、重点旅行社、院校专家等开展了不同方向的线路策划。推出100余条亚运特色旅游线路，其中15条线路对应亚运会15天的赛程，包含三大世界遗产、宋韵寻踪、茶都体验、古镇旅游、亚运场馆打卡游等主题；5条亚残运会无障碍线路，沿途涵盖无障碍电梯、无障碍卫生间、无障碍休息区、无障碍停车场；3条水上夜游主题线路主要围绕西湖、钱塘江、运河等三个场景的夜游体验（上述亚运特色旅游线路简称为"15＋5＋3"旅游线路）；另有13条"三江两岸"水上黄金旅游线路、64条各区（县、市）"看亚运·游杭州"主题经典旅游线路，同时还推出51个亚运人文体验点。

这些亚运特色旅游线路从四个不同方面予以设置：一是根据主题进行游线设置，即三大"世界遗产"主题游线、杭州特色元素主题游线系列、非遗传承游、杭式美食游、时尚购物游和乡村古镇游等；二是根据不同时长进行设置，即根据游客在杭州逗留时长，策划半日游、一日游、两日游、三日游等线路；三是根据不同区县进行设置，即根据不同区县（市）特色推出不同的篇章，如看亚运游杭州之桐庐篇、看亚运游杭州之临安篇等；四是设置三江两岸水上黄金旅游线，由"三江两岸"公司牵头设计三大类别（长途、中途、短途），四个系列（船·递精彩系列、船·越古今系列、船·视佳作系列和船·为美谈系列）13条线路，并组织体验官踩线体验活动。在5月至8月间不断迭代更新，并于亚运会前分批推出完毕。

"依托杭州得天独厚的人文、历史和地理条件，充分发掘西湖、大运河、良渚古城遗址等世界文化遗产和龙井茶文化、丝绸文化、宋韵文化等内容，设计推出这'15＋5＋3'亚运特色旅游线路，它彰显了杭州历史文化名城和世界一流旅游目的地的城市定位。"城市观光组负责人介绍说，

"15条主题经典线路重点突出'四性'：一是引导性。15条线路内容丰富，包含了杭州最具国际化特色、到杭州必打卡的文旅IP，引导中外游客前往杭州代表性的人文和自然景观游览。二是启发性。15条线路各有一个主题名称，激发游客想象力，启发游客探寻杭州相关内容，自行设计贴合需要的旅游线路。三是可塑性。15条线路有的仅点到某块区域，没有限定具体点位，同时也没有限定旅游天数，点位可增可减，线路可长可短，可以根据市场和游客需求作出调整，较为灵活机动。四是实操性。15条线路类型多样，均具有特殊指向，可充分满足游客不同需求。同时考虑到亚运期间杭城将面临的巨大客流压力，特别设计了主要到外围区域的线路，起到引流舒压作用。"

6月15日，也是杭州亚运会倒计时100天的这一天，由亚运市运保指挥部城市观光工作组主办的"看亚运 游杭州"暨读城杭州"五色行"活动启动仪式在杭州市党群服务中心举行。

包括党建研学红色行、文旅体验橙色行、智慧文旅蓝色行、助力亚运紫色行和文明旅游绿色行等活动在内的读城杭州"五色行"活动，迄今已连续举办三年，吸引了数十万人次参与。结合杭州亚运会的举办，2023年的读城杭州"五色行"活动以"紫色亚运"系列为主。除了推出"15＋5＋3"亚运特色旅游线路以外，还将在大杭州范围内开启。围绕红色研学、橙色体验、蓝色科技、紫色亚运和绿色公益等五大主题，在杭州"文旅向导员"的带领下，中外游客一起游杭州、品文化、赏风景、看亚运。

与丰富多彩的城市观光、文化旅游活动受人热棒一样，"相约亚运，2023杭州见"100万份亚运文旅大礼包派送活动，同样受到人们普遍欢迎、吸引人们踊跃参与。

2023年6月1日上午10:00，"相约亚运 2023杭州见"全球旅游宣推活动启动，具有杭州特色的100万份"亚运文旅大礼包"面向全球游客进行"云"派送。活动分三期进行，三期礼包将按照4∶2∶4比例面向全球用户发放，抽奖环节由公证处公证。

"亚运文旅大礼包"是以亚运为契机，为进一步提升杭州国际知名度和美誉度而推出的一次全球性数字化旅游营销活动，它是杭州市文广旅游局在亚组委、市数字资源局、市交通局、市金投集团、市地铁集团等单位的支持下推出的。数字改变生活，也改变了杭州的文旅和观光体验。据杭州市文广旅游局介绍，"亚运文旅大礼包"采用线上报名、摇号抽奖的形式，用户可在支付宝智能亚运一站通"智能亚运一站通·亚运PASS"小程序、杭州市民卡App、"发现杭州"城市文旅总入口微信小程序、杭州旅游官方外网等四个平台报名，每份礼包在"智能亚运一站通·亚运PASS"数字化服务平台进行发放。

大礼包中究竟有什么？含7天杭州地铁免费乘坐、景区免费游玩（免首道门票1次）权益，用户激活后，使用支付宝"智能亚运一站通·亚运PASS"小程序，即可一码畅行杭州。据了解，大礼包内的"合作景区门票畅游权益"覆盖大杭州地区包括江南山水风光、"三江两岸"特色景点、家庭亲子休闲等各种类型48家景区（点），景区门票总价值就超过3000元，门票涵盖西溪国家湿地公园、千岛湖风景名胜区、杭州野生动物世界、天目山景区、七里扬帆等知名景点。游客在杭州，只需打开支付宝，进入"智能亚运一站通·亚运PASS"，即可实现地铁亮码出行，景区"一码畅游"，享城市自然风光，品宋韵江南之美，感受亚运杭州的独特魅力。8月中旬，10万张免费亚运赛事门票还将随机派发到中奖用户的大礼包中。

礼轻情意重，"亚运文旅大礼包"送出的不仅是畅游杭州的机会，还饱含着浓浓的情意。100万份大礼包，普惠加上特惠，能让国内外游客在畅享亚运盛会的旅途中，触摸一座城市发展跳动的脉搏，享有杭州便利的数字化出游体验，以及一座城市有温度的数字惠民服务。

"亚运文旅大礼包"受到欢迎的程度是前所未有的。自6月1日至10日向全球游客派发了第一期"大礼包"后，仅10天时间，就吸引了156.7万人报名，其中不乏来自美国、德国、法国、意大利、泰国、西班牙、加拿大等国家以及中国香港、中国台湾等地区的游客，掀起了"看亚运游杭州"的首轮国际传播高潮。特别是本次大礼包活动突出了境外宣传推广，通过Facebook、Twitter、TikTok等社交媒体以及杭州旅游多国语种网站进行了宣传推广。特别是由新华社采写的新闻稿"Host city Hangzhou gives away 100,000 Asian Games tickets in 1 million gift packs for global tourists"在欧美地区、亚太地区的32个国家以八种语言同时发布，并在第一时间被包括美联社、美国广播公司、德新社、日本共同社、韩联社、马新社、印尼安塔拉、越通社等国家通讯社、主流媒体、门户网站及重点资讯网站广泛转载。截至6月22日，美洲地区有406家网站刊登，欧洲地区有138家主流新闻网站刊发，亚太地区有180家网站刊登转载，活动推广稿总量逾720家次，覆盖受众4.1亿人次，进一步提升了杭州亚运会的国际传播到达率。

根据杭州市旅游经济实验室的预测分析，在亚运会期间将会有1850万—2270万人次的游客量，这还不包括亚运会举办前后前来杭州旅游观光的国内外游客。巨大的导游保障服务需求面前，市文广旅游局扎实做好"三个一批"工作（招募一批、培训一批、对接一批），补齐导游数量不足的短板，提升亚运期间国际游客接待能力和水平。

开展双选招聘，吸纳更多应届旅游职业院校毕业生进入导游队伍，已有 400 余家文旅企业完成 2300 余名学生的就业招聘；开展业务培训，重点对旅游法规、导游素养以及外国游客带团操作实务进行培训，提高亚运期间国际游客接待能力和水平；建立"杭州文旅向导员（讲解员）"队伍，在全市范围公开招募"文旅向导员"，吸引了专家学者、在校大学生、非遗传承人、博物馆志愿者、多语种志愿者等在内的近千人报名，为亚运文旅服务及后续的杭州文旅深度体验储备了人才；探索建立供需双选平台，与飞猪旅行社、携程旅行网等大型 OTA 平台沟通，打造"杭州旅游管家"（暂定名）双选平台，发动社会力量弥补本地旅游向导不足的短板。

导游保障服务以城市观光为触媒，把亚运的"流量"变成促进城市综合消费的"流量"，加紧构筑立体化的亚运文旅观光服务体系，全面提升杭州文化旅游公共服务水平。如今，迎亚运观光氛围日益浓厚，一道道流动的风景线吸引着越来越多的人，一项项便民措施方便着越来越多的游客。

一辆辆亚运主题公交车早已驶遍杭城，2023 年 5 月 17 日，杭州地铁"亚运号"专列也来了！亚运主题地铁首先出现在连接萧山国际机场、火车东站、火车西站和西溪湿地的地铁 19 号线上。这次的亚运主题列车采取了"1＋4"模式，即由 1 辆亚运号定制专列和 4 辆亚运主题包车，分别位于 19 号线、1 号线、2 号线、4 号线、5 号线。据了解，地铁定制专列从设计之初，就在亚组委的指导下，为杭州亚运会量身打造。专列车头悬挂的是杭州亚运会会徽，整列车身以及车厢内的座椅、扶手采用的紫色调来自亚运会色系中的虹韵紫，车身内外绘制杭州亚运会口号、愿景、会徽等核心元素。

长龙航空主题喷绘航班也来了，机身上的杭州亚运会口号、会徽、会标，将随着航班的一次次起飞，飞往世界各地。

50个杭州亚运人文体验点以及杭州市美丽乡村、杭州韵味街巷国际旅游访问点集中推出。"诗路文化·三江两岸"水上黄金旅游线正在打造中，漂亮的游船将在三江两岸黄金旅游线穿梭运营，西湖、西溪、运河、千岛湖、湘湖等游船品质和服务水平也得以进一步提升。

全市63家3A级及以上景区、96家星级酒店以及85家亚运官方指定保障酒店的内部环境整治正在进行，亚残运酒店无障碍改造工作和软硬件服务提升工程已经完成，多语种标识标牌提升、文明服务礼仪培训、服务技能提升培训步伐加快。

由市数据资源局牵头，市公安局、市规资局、市交通运输局等单位配

亚运主题公交车　　　　　　　　　　　　杭州地铁"亚运号"专列

合推进的多语种高德地图已完成开发,只要一部手机,只要打开地图,你就能简单方便地找到去杭州任何一个地方的路线。

全市近1200个银行网点和各亚运官方指定酒店已具备外币兑换功能。包括萧山机场、西湖景区、湖滨商圈、钱江新城商圈、瓜沥文体中心商业区、淳安等重点区域在内的约2.3万户重点商户已完成外卡受理点改造,亚运村、比赛场馆等地段的外币兑现点(银行网点)和外币兑换机安排停当。

城市观光工作组已推出亚运城市体验线上平台、城市文旅总入口"发现杭州"上线五一专题出游指南、"冷力图"等假期服务版块,持续优化假期游客在杭出游体验。其中"发现杭州"文旅总入口整合了景区、交通、场馆等资源,帮助市民、游客及海外来杭人士在景区入园、地铁公交、文博场馆预约等环节实现一码畅游。

"兰陵美酒郁金香,玉碗盛来琥珀光。"(唐·李白《客中作》)美景徐徐开启,风光这边独好。有朋自远方来,不亦乐乎!

长龙航空主题喷绘航班

第三节

全民参与,也让群众提前享有亚运红利

掀起"全民学英语"的热潮。在社区、学校、机关、文化礼堂,都能听到学英语的声音。"我爱杭州奉献亚运""迎亚运创典范城乡文明大提升""亚运四进"等活动全面铺开,每个市民都能了解亚运,关心亚运,自觉为亚运出力。通过"我为亚运献一策"等活动广泛汇聚民智;推出两个"惠民十条",使各个亚运场馆赛前开放,提前让群众享有亚运红利,亚运效应由此被最大限度地放大,为打赢亚运攻坚仗、高水平实现"办好一个会,提升一座城"赋能添彩。

"红烧肉, braised pork in brown sauce; 白切鸡, boiled chicken chops served cold; 杭州酱鸭, Hangzhou-style duck pickled in soy sauce; 脆炸响铃, Jingle Bells。"

第 6 章
与每个市民一起成为亚运人

一串串的英文单词,构成一个个词组,被一位饭店老板娘一次次朗读、背诵。熟谙英文的人听上去,这些并不好念的英文词组还读得蛮顺溜。听见老板娘读英文的人不由得驻足向这饭店里面望去,只见后厨的玻璃窗上,竟还贴着两张 A4 纸,上面列着"今日单词学习",写的就是她正在念的这四个英文词组。

这家饭店名叫"彩娥饭店",位于西湖区屏峰新村。据这位名叫廖云娟的老板娘介绍,她今年 50 岁,是这家饭店的第二代掌门人。饭店是由她的母亲廖彩娥创办的,以她母亲的名字命名,已经开了 40 年,并在杭州的美食江湖里占下了一席之地。"镇店之宝"就是不少杭州人最喜欢吃的卤鸡爪、白切鸡。生意好的时候,一天能卖出 60 只白切鸡。

说起学英语之事,廖云娟大大方方地说,因为彩娥饭店紧靠浙江工业大学屏峰校区,本届亚运会的板球比赛就在这个校区的板球场举办。"亚运会真的开在了家门口,这个机会不能错过!"她相信亚运会板球比赛在此举行的话,届时一定会有外国客人来到这里,彩娥饭店也将有很好的生意。因此,她必须尽快学会必备的英语,同时也让全店的员工一起来学。

"我下载了学英语的 App,把餐厅可能会用到的日常口语单词存在手机里,空的时候就循环播放,多听听就会了。女儿也会录音频给我,我会对比着听一下。"廖云娟的必备英语当然首先是白斩鸡、红烧肉、杭州酱鸭这些菜名的英语单词。为了与外国客人交流,基本的日常会话用语当然也是必需的。

让人高兴的是,廖云娟已经把这些能用得上的英文单词都啃下来了,店里也已在做中英文菜单。"我的这个成绩,与女儿的帮助有关!她是杭外毕业的,可以说是我的英语老师!"廖云娟说。如今,无论开店再忙,她都会每天抽出两个小时的时间给自己。一个小时用来晨跑，一个小时用来健身。跑步和健身时，耳朵里都会听着英语，嘴里也会念叨着英文单词。学英语已经成了她的一个爱好，就像她喜欢的拳击、架子鼓一样。

廖云娟自觉学英语的故事，只是2023年5月初以来，全杭州学英语热潮中的一个生动实例。

2023年的5月3日，是杭州市的第三届市民日。一年一主题，一年一欢乐。今年的市民日主题就是"全民学英语·一起迎亚运"，在这一主题的召唤下杭州全民学英语、用英语、说英语，展示杭州市民东道主风采，助力提升杭州城市国际化水平，加快浓厚"全民总动员、喜迎亚运会"的氛围。

当天，杭州市委宣传部、亚组委宣传部联合都市快报·橙柿互动，启动全城寻找"全民学英语"达人活动，寻找会讲英语、能讲好英语的"杭州达人"，一起来秀英语，带着所有杭州人一起学英语、迎亚运。市民可以通过任何方式来秀英语：可以唱一首英文歌、用英语朗诵一首诗、说一段英语绕口令或相声，也可以拉上朋友，表演一出英语话剧。无论是精通某一门才艺，还是样样精通，都有可能成为"全民学英语"达人。

随着亚运会的脚步越来越近，杭州已经掀起"全民学英语"的热潮。在社区、学校、机关、文化礼堂里，都能听到学英语的声音。

杭州市市场监督管理局设立"学英语·迎亚运"青年英语角，围绕日常接待对话、涉外服务礼仪等内容，结合窗口咨询、业务引导等岗位特点，"量身定制"英语角学习计划。杭州市残联面向残疾人工作者，利用"励志大讲堂"学习平台，邀请院校老师传授英语日常交流用语，邀请手语老师传授手语日常用语；面向残障人士，拍摄制作英语手语双语视频，普及英语和手语知识，融入亚运会和亚残运会元素，营造学双语、迎亚（残）运的良好氛围。杭州公交集团组织运营司机参加亚运英语培训，主要学习杭州主要建筑物的英文单词、招呼乘客时常用的英语对话等内容。杭州萧山国际机场有针对性地编制了100句日常英语用语，安排工作人员及志愿者学习使用。

在拱墅区上塘街道红建河社区第一届"喜迎亚运·全民英语"社团活动上，十多位年龄不一的"学员"正跟着外教老师Tiaan学习英语："hello、welcome、thank you……"虽然都是比较简单的词句，但大家都学得很认真，"等我学会了，我还要回家教我老伴。"徐大爷说，等到亚运会开了，将有数以万计的外国友人来到杭州、来拱墅观看比赛和旅游，到那时哪怕只是问个好、指个路，都能展现杭州人东道主的风采。

上城区专门印制了《全民学英语·一起迎亚运》口袋读本，配套制作教学音视频，投放在新时代文明实践中心、社区学院等公共场所。临安区举办2023"国际中文日＆全民饮茶日——得茶节"活动，在活动中与外国友人加强互动，营造"外国人学中文、中国人学英语"的氛围。

在"全民学英语·一起迎亚运"诸多故事中，"106岁老人每天阅读、学英语"的事迹令人动容。

这位因为说英语火了的老人名叫王树樟，今年106岁，家住杭州市上城区九堡街道。王树樟老人生于北京，1947年来到杭州，在铁路系统工作直至退休。从退休到现在，老人一直保持着读书的习惯，尤其是对英语学习的坚持。他书桌上的那一摞硬壳笔记本里面都是他学英语摘录的笔记。笔记本的边上还有不少硬卡片，这些硬卡片是从小药盒上剪下来的，上面全是老人手写的英语单词和词组，对于马上就要举办的杭州亚运会和亚残运会，老人满怀期待。他还亲书一幅行草书法，来表达自己内心的欣喜和期许："杭州敞开胸怀，热烈欢迎各国参加亚运会的体育健儿。"

为了实现亚运英语随时、随处、随手学，共青团杭州市委、亚组委志愿者部牵头编制、发布了《亚运青年 V 站志愿服务英语 100 句》"口袋书"。这本口袋书围绕城市志愿服务场景、杭州城市特色和亚运文化等 8 个章节内容，编写了 100 句英语会话，帮助志愿者和市民提升英语能力。手册还附注了西湖十景及杭州特色、杭州亚运体育竞技、亚运部分场馆名称等双语内容。

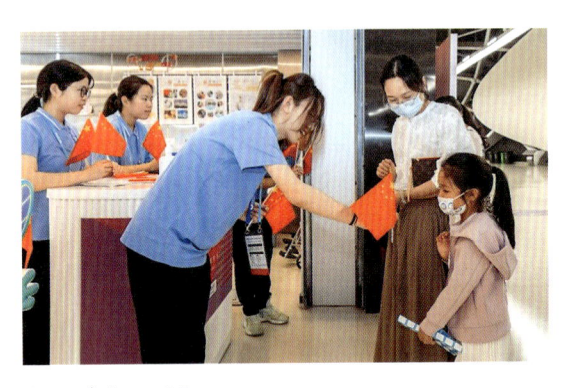

目前，口袋书已通过全市 60 个"亚运青年 V 站"示范站点，向志愿者、市民游客赠送了近万册。口袋书的语音版也已录制完成。

"亚运青年 V 站"

街头巷尾都能听到琅琅英语声，杭州人与亚运的双向奔赴愈显热情。事实上，为激发全民参与热情、营造全民亚运氛围，在广大市民中掀起的"全民学英语·一起迎亚运"热潮，是杭州"全民总动员、喜迎亚运会"活动的一部分。杭州亚运会是杭州展示国际形象的一个重要窗口。如何当好东道主，展示杭州的国际化城市风采，讲好杭州故事，就体现在一件件小事上。亚运市运保指挥部提出，"要深入实施'我爱杭州 奉献亚运'主题活动，广泛开展'全民学英语·一起迎亚运'等活动，全力营造全民亚运氛围，鲜活展示杭州城市形象和市民东道主风采，共同塑造文明典范，助力提升城市国际化水平,为高水平实现'办好一个会,提升一座城'赋能添彩。"

"全民参与亚运",除了"开展全民学英语"活动方兴未艾,其他的工作也开展得如火如荼。

在广大市民中倡导文明行为,是引导广大市民以主人翁姿态当好亚运东道主,展现当代杭州人文明素质和道德风貌的有效途径。亚运市运保指挥部明确,从2023年上半年到亚运会和亚残运会举办之前,要围绕高水平打响"礼让名城""志愿善城"品牌目标,助力打造亚运"文明提升"标志性成果,深化"迎亚运 创典范 城乡文明大提升"主题活动,引导开展"文明晾晒""文明出行""文明观赛"等活动,持续巩固"礼让斑马线"等品牌……活动分五个阶段共计20项内容,与争创全国文明典范城市有机结合,同步深化文明城市创建工作。是的,所有这些活动的目标指向,都是巩固提升市民群众文明素质和城市文明水平,为亚运会成功举办营造文明有礼的良好氛围。

2023年5月15日,西湖区开展城市文明大提升行动暨"文明实践日"活动,这是西湖区创新推出的第一期"文明实践日"。当天,全区40个机关单位100名志愿者身着志愿服务红马甲,在交通路口、公交站牌等位置进行文明交通劝导,积极宣传劝导广大群众摒弃不文明行为,自觉遵守交通安全法规,做到文明礼让、安全出行。同时,全区11个镇街开展了重点路段环境卫生创建、社区小区秩序保洁、便民服务和群众性文化活动等重点项目,累计2400余人参加。

"文明实践日"活动形式丰富多彩,各尽所能。翠苑街道联合浙江省体育技术学校亚运志愿者学生,开展"迎亚运,美环境"志愿活动;北山街道友谊、上保、曲院等社区邀请共建单位志愿者，为居民提供理发、健康咨询等便民服务；文新街道邀请首届杭州马拉松冠军郑加利来到活动现场宣传亚运，还举办了一场小型文艺汇演；而在浙江图书馆，志愿者们对阅览室内饮食、大声打电话等不文明行为进行劝导，在全馆营造"文明迎亚运"的浓厚氛围。

滨江区长河街道江二社区为倡导文明行为，进一步提升居民文明素养，开展"迎亚运 创典范"文明整治专项行动。社区志愿者们身穿红马甲，头戴小红帽，手举小红旗，站在各个小区出入口，对骑电动车不佩戴头盔、车辆逆行等不文明行为进行劝导；工作人员活跃在小区商铺、人行道路上，针对沿街店面出店经营、不按有关规定摆摊设点、路边张贴小广告等市容乱象进行整治；物业工作人员穿梭在楼道内，小到一张废纸，大到高柜矮凳等，对堆放的杂物逐一进行处理，逐层进行清扫，逐户进行劝导。

与广泛倡导文明行为相同步，一系列旨在发动全民参与亚运的热潮已在杭州掀起。以"我爱杭州 奉献亚运"主题宣传活动为总载体，加大社会宣传力度，进一步营造参与亚运、奉献亚运的浓厚氛围，如组织开展各类迎亚运主题群众性文化和体育活动，组织市属文艺院团、文艺家协会、文化企事业单位等记录亚运筹备、开展亚运主题文艺创作，推出一批音乐、影视、书法、美术等文艺作品等。

"谁把杭州曲子讴，荷花十里桂三秋。"（宋·谢驿）谁在把那杭州这优美的曲子传唱天下，是因为这里的夏季有十里荷花，这里的秋天有桂花飘香。亚运会和亚残运会举办之际，恰是杭城最美的季节。翘首以待四方宾客的城市里，无数市民正在共同行动，一幅更加绚丽多彩的画卷已徐徐展开。

为了倾听民意、汇聚民智、凝聚民心，共同办好杭州亚运会，从2023年2月5日起，杭州市委办公厅、市委宣传部、亚运市运行保障指挥部联手媒体，发起了"我为亚运献一策"活动，广泛征求市民和社会各界对亚运会举办的意见建议。经过2周的征集，"1＋X"民意互动平台（"民情热线""今日关注""我们圆桌会""杭网议事厅""橙柿直通车"）、杭州日报、杭州发布、《杭州》杂志等八大载体共收到"金点子"近3000条，内容包括城市建设还有哪些需要提升改造、亚运场馆赛后如何利用，哪里的路牌指示不明，缺少英文注释等。

"杭州亚运会是一场国际的盛会。举办亚运会不仅仅是举办一届体育赛事，更是为了通过亚运会在杭州举行，激发全民的运动热情和健身氛围，最终达到增强人民体质的目的。"参与评选的杭州市资深规划专家汤海孺表示，在亚运举办前推出"我为亚运献一策"活动，通过新闻媒体的

"我为亚运献一策"颁奖仪式

宣传报道让市民群众更了解亚运、参与亚运，很有意义。

这次"金点子"征集活动共收到意见建议3000多条，64条入围初评的"金点子"进入线上投票和专家评审环节。2月28日，"1＋X"民意互动平台组织专家进行了线下评审，最终产生了一等奖1名、二等奖3名、三等奖6名、优胜奖10名。这些脱颖而出的"金点子"既创新又接地气，将转化为服务保障亚运会、提升城市品质的具体工作。

在这些获奖的"金点子"中，无疑有着诸多可采用的好点子。杭州市园林文物局提出的"让桂花——'桂冠'之花成为亚运会颁奖花束"的金点子就是其一。"'折桂'这个词在文学中就有登科及第的意思，将它运用到亚运场景中，寓意着希望运动员能够摘金夺银。杭州亚运会正值桂花大量盛放之时，建议用桂花、桂枝制作花束、花环作为亚运项目颁奖之花，并以金桂、银桂、丹桂代表金、银、铜牌获奖名称，让杭州亚运会更加突显本地特色。"杭州市园林文物局相关负责人如是说。这个由市园林文物局提出的"让桂花——'桂冠'之花成为亚运会颁奖花束"建议获得了一等奖。

市民祝晓乐在《杭州日报》上看到征集活动后，马上进入构思状态，后来用满满7页的文字，阐述他的"金点子"并应征。祝晓乐说："我从事专业策划工作已经二十多年，退休后也一直关注杭州的城市建设。作为城市的一员，我有责任为家门口的这场盛会出一份力。"他的关于开通"杭州之光"亚运专线，把在杭民营企业500强等优势产业串珠成线的建议，荣获了三等奖。

除此之外，由杭州网友"石头剪刀布"提议的"印章打卡，为世界留下杭州记忆"，市民卢文丽提议的"让亚洲各国诗歌成为最'潮'引领"，市民杨欣提议的"用AI、快闪等形式让亚洲的年轻人参与进来"建议分别获得二等奖；市民蒋亚洪提议的"举办第一届'元宇宙'亚运"，市民钱俊提议的"希望盲人板铃球能成为亚残运会的正式比赛项目"等建议，均获得了三等奖。市民马理朝提议的"让市民增加亚运的参与感和竞技感"，市民雨眠提议的"为老年、残障人士开设更多的观赛服务"等建议，获得了优胜奖。

踊跃参加"我为亚运献一策"活动，纷纷提出亚运"金点子"，只是广大市民关注杭州亚运会、期待本届亚运会能成功举办生动体现之一。与此同时，杭州亚组委组织人员，走进杭州对口地区，开展亚运宣讲活动，让更广范围内的人们了解亚运，关心亚运，同时也征集亚运筹办工作的意见建议。

2022年夏天，杭州亚组委组织人员，相继走进湖北恩施、四川甘孜和广元、青海海西德令哈、吉林长春和安徽宿州，进行"携手同心共话亚运——亚运宣讲走进对口地区活动"。

8月12日，"亚运宣讲走进对口地区活动"长春站宣讲活动，在长春地标性建筑——长春世界雕塑园报告厅拉开帷幕，百余名长春市民与杭州亚运会来了一场亲密接触。

杭州与长春，两地相隔2000多公里，合作历史却渊源深厚。不仅是经济发展的合作，长春和杭州在体育上也有不小的缘分。长春曾于2007年成功举办了第6届亚冬会，和杭州亚运会一样，亚冬会也是亚奥理事会旗下的洲际运动会。

在这场宣讲会上，杭州市委宣传部副部长、杭州亚组委宣传部部长许德清等宣讲团成员，介绍了亚运会的来历和杭州亚运会的筹办进展，还结合亚组委宣传部的工作职责，系统介绍了杭州亚运美学文化的内涵、特点和应用推广等。演讲内容激发了与会者的极大兴趣。在现场互动环节，市民代表踊跃提问。近一个半小时的亚运宣讲活动结束后，还有不少市民意犹未尽。

从某种意义上说，"亚运宣讲走进对口地区活动"是"亚运四进"活动的延伸。2020年4月，杭州召开亚运城市行动推进大会，《杭州市亚运城市行动计划纲要》在会上发布，"亚运四进"就是其中的一项行动内容，指的是全面开展亚运进学校、进社区（村）、进社团、进机关（企业）行动，让市民进一步亲近亚运、知晓亚运，以实际行动迎接亚运。

"老师，到底什么是电子竞技？""我打游戏很厉害，能成为电竞选手吗？""为什么电竞场馆是这个形状？"2022年9月23日下午，中国杭州电竞中心场馆运营团队走进位于城北的杭州北苑实验中学，通过PPT、视频等形式，为学生们传授本届亚运会电竞项目的相关知识。

学生们对本届亚运会的电竞项目很感兴趣，尤其是在交流环节，台上台下气氛热烈。杭州电竞中心场馆运营团队负责人结合场馆概况、特色亮点、场馆运行机制、亚运赛事筹备等内容，热情回答了同学们的问题，重点讲解了电子竞技项目的定义和比赛规则。同学们听了，明白了电子竞技并非简单的"打游戏"。杭州亚组委电竞项目联系人鲁昕从亚运会文化、杭州亚运会概况和亚运英语的表达等方面对学生们进行现场教学。

这次活动便是杭州电竞中心场馆运营团队围绕"亚运四进"活动而策划的系列活动之一，也是为了庆祝杭州亚运会倒计时一周年，用英语讲好体育故事和杭州亚运故事的具体行动。

2023年5月5日上午，杭州市政协举行2023年第二期"杭州政协·求是讲堂",邀请亚组委执行秘书长、杭州市副市长陈卫强,作题为"聚力举办一届史上最成功的亚运会"专题讲座,讲座同步在市政协履职平台直播,市区两级政协委员在线收看了讲座,进一步走进亚运、参与亚运。

讲座围绕全面对标"简约、安全、精彩"办赛要求,及办成一届"中国特色、亚洲风采、精彩纷呈"的体育文化盛会的目标,从"亚运会的来历""亚运会的机遇""杭州亚运会的概况""杭州亚运会的指挥体系"四个方面,贯穿历史和现实,紧密联系国际国内形势,深入浅出、生动形象地阐述了杭州亚运会的方方面面,为委员们知情明政提供了思想启迪。

在本届亚运会筹办过程中,杭州亚组委宣传部还与杭州文化广电旅游局、杭州图书馆等单位合作,举办了多期亚运美学文化访谈活动,邀请杭州亚运会和亚残运会的会徽、核心图形、体育图标、官方海报、礼仪服装的设计者,畅谈创作经历和感受,探讨亚运美学文化的形态和内涵,受到了市民们的广泛欢迎。

在"亚运美学文化"第三期"云舒霞卷"展东方之韵访谈中,杭州亚运会礼仪服装设计者,中国美术学院纺织服装研究院院长吴海燕深有感慨地说,"传统活化,设计转化,东方范式"的设计理念,一直是自己坚持的方向。唯有扎根本土,通过传统转化、材料转化、亚运色彩转化,才能打造出亚运赛场上的"东方美学"。吴海燕向大家分享道:"今天我们设计这样一套服装,是希望在万众瞩目的焦点时刻,通过杭州亚运会礼仪着装,向现场以及屏幕前的各国观众展现出主办国和主办城市的民族文化、时代风貌及韵味风采。"

"杭州市体育场馆惠民十条"和"喜迎亚(残)运惠残十条"的推出

和实施，也是广大市民关心亚运、期盼亚运，积极为亚运筹办提出"金点子"的一大成果。

众所周知，由于建设周期的因素，不少赛事场馆在亚运会和亚残运会正式举办之前已经竣工交付。宣布亚运会延期举办之后，所有场馆又面临着正式使用延缓的问题。这些场馆要不要让广大市民先用起来？这一度成为各方的关注点。

2023年3月7日，在"我爱杭州奉献亚运"杭州市全民亚运誓师动员大会现场，发布了"杭州市体育场馆惠民十条"和"喜迎亚（残）运惠残十条"。这两项惠民措施的目的，就是最大限度地放大亚运效应，让全民共享亚运红利，让杭州市民能尽早地在亚运场馆"撒欢"。

"杭州市体育场馆惠民十条"的主要内容有：

亚运场馆惠民。自2022年7月1日起（说明在"惠民十条"发布之前，这一惠民措施早已实行），所有亚运竞赛、训练场馆按照全民健身、专业主导、学校开放、市场运营等模式向社会惠民开放。

低价免费惠民。亚运场馆和公共体育场馆每周免费或低收费，开放时间不少于70小时，全年免费或低收费向社会开放时间不少于330天，公共体育场馆所属户外公共区域及户外健身器材全天开放。

赛事活动惠民。实施迎亚运"万场全民健身赛事活动"，举办"奔跑吧杭州"城市定向赛、全民健身全市大联动等全民健身品牌赛事，形成全市"周周有赛事、月月有高潮、年年有突破"的赛事惠民服务体系。

公益培训惠民。开展科学健身公益培训、免费国民体质监测活动，推进游泳、球类、操类进亚运场馆；开展迎亚运"万堂专项体育课进校园"活动。

专业运动惠民。依托专业特色亚运场馆，引进专业团队，开展专业运动队训练，举办单项专业体育赛事，带动相关体育产业发展；发挥专业亚运场馆优势，培育特色运动项目，吸引特色运动爱好者"潮玩"聚集，开展特色体育普及教育。

文体融合惠民。充分利用"亚运四进"系列活动载体，开展"亚运知识图片展""唱响亚运"等惠民活动，打造"亚运人文体验点"，推出亚运场馆"探馆日"和亚运场馆一日游活动。

体商融合惠民。场馆惠民开放的同时，吸引惠民便民商业服务项目驻场服务，举办健身公开课、体育夜市等体育促消费活动。

体育消费惠民。在全市层面发放数字消费券的基础上，市体育局发放全民健身大礼包（体育消费券），各区、县（市）根据实际发放"体育消费券"。

健身场地惠民。自2023年2月20日起，全市1184个学校体育场地（馆）全面对外开放，其中学校室外体育场地905个全部免费对外开放，室内场馆279个免费或低收费向社会开放。利用"金角银边"区域建设"10分钟健身圈"。

数字平台惠民。建设"亚运场馆在线"惠民平台，推进更多亚运场馆和其他体育场馆上线。在浙里办App中搜索"亚运场馆在线"，市民可获得场馆查询、购票订场、培训参观等一站式便捷服务。

稍加浏览即可得知，这些体育场馆惠民措施都是"实货"，每一条都有其实施的现实意义和可操作性，效果必定显著。

而"喜迎亚（残）运惠残十条"的内容，主要包括：文体系列融合惠残；观摩赛事优先惠残；"有爱无碍"服务惠残（指全面提升无障碍环境品质）；亚运场馆共享惠残；示范共创长效惠残（指切实保障残疾人享有均等化公共文化体育服务）；品牌赛事共融惠残；特色培训公益惠残；康复体育服务惠残；自强展示文化惠残；"益起志愿"服务惠残（指在让残疾人享受关爱的同时，共同服务亚运）。

推出"杭州市体育场馆惠民十条"和"喜迎亚（残）运惠残十条"两项惠民措施，一方面是让广大杭州市民早日共享亚运红利，另一方面，这两个"十条"也与杭州亚运会"绿色、智能、节俭、文明"办赛理念相一致。"节俭"的一个重要体现，就是物尽其用，让广大市民群众更多的使用参与。这是赛事场馆利用的一个新尝试——亚运会没有办，场馆已经实现"惠民"。

通常来说，赛后场馆再利用一直是大家关注的焦点。世界上有不少城市在举办大型赛事后，场馆未能得到充分利用，北京、广州等国内城市在避免场馆的赛后浪费方面一直进行着探索。但就杭州来说，对于这些竞赛和训练场馆，不仅考虑了它们的赛后利用，连赛前的利用也考虑到了。尤其是亚运会、亚残运会推迟一年举办，场馆的"空窗期"较长，有些场馆因提前建成，也一直"空置"着。让市民提前使用这些场馆，让全民共享亚运红利，这一利用措施是杭州的大胆做法，也已受到了群众的普遍欢迎。

"让市民提前使用这些竞赛和训练场馆，还能对场馆的功能进行压力测试，发现问题及时改进。毕竟场馆与赛事也需要有一个磨合期，市民的提前使用完成了这个磨合期。"杭州亚组委场馆建设部综合处处长徐斌说。

2022年5月中旬以后，完成改造提升的黄龙体育中心一直都很热闹。

这里实行了场馆惠民开放，体育馆、室内训练馆等各个场馆吸引了众多健身爱好者。据了解，黄龙体育中心的场地预约十分火爆，羽毛球、篮球等项目的场地预约已经排到了几天后。

"场馆刚开放时，火爆程度远超我们的预料，现在已逐渐趋于平稳。"该中心有关负责人介绍，至2022年7月，黄龙体育中心已有9处对外开放场地，开放了篮球、羽毛球、游泳等12个项目，时间从早上6点到晚上10点不等，日均接待健身者约4500人次，相较亚运延期前增长了16.7%。7月之后，黄龙体育中心的游泳跳水馆和空中跑道也将准备开放。

为切实做到赛前场馆的充分利用，原则上，所有竞赛和训练场馆自2022年7月1日起惠民开放，按照"一场一策、一馆一策"制定开放方案计划，并按照不同使用方向，进行分门别类的惠民开放。

第一类是已确定由第三方运营单位实行市场化运营的场馆，可收取适当费用，市场化引入各类体育文化资源和品牌，搭建平台组织开展体育赛事、培训会展、文艺演出等；第二类是承担基本体育公共服务功能的各区县（市）体育中心场馆，运维成本比较低的体育馆、广场、田径场，要免费为市民开放；第三类是部分尚不具备市场化运营和全民健身条件的专用场馆，比如赛艇、皮划艇、马术、射击、自行车等专用运动场地，可通过引进相关专业队伍作为训练基地，磨合场馆设施设备，并对外适度开展体验活动；第四类是已建成的高校场馆，在满足日常教学所需外，可以承办各类体育赛事活动，倡导向社会开放，提高使用效率。

在杭州亚组委的组织协调下，部分竞赛和训练场馆已经适时举办了一些体育和文娱活动，市民走进这些场馆已是寻常事。

杭州奥体中心体育场（"大莲花"）、网球中心（"小莲花"）、综合训练馆（"玉琮"）和体育馆/游泳馆（"化蝶"）相继落成后，体育赛事和文艺演出还不少：

杭州奥体中心网球中心（"小莲花"）在2018年12月和2019年12月，分别承办了第14届世界短池游泳锦标赛和2019年杭州国际网球邀请赛。

杭州奥体中心体育馆/游泳馆（"化蝶"）在2021年9月，承办了英雄联盟2021LPL夏季赛总决赛、2021LPL全球总决赛资格赛和英雄联盟10周年盛典—明星表演赛，10月，承办了"韵味杭州"2021浙江省青少年五人制篮球冠军赛、王者荣耀六周年盛典——2021共创之夜，12月，承办了浙江卫视2022跨年晚会，2022年1月，承办了2021王者荣耀挑战者杯总决赛，8月，承办了2022超级818汽车狂欢夜。

杭州奥体中心体育场（"大莲花"）在2019年9月，承办了阿里巴巴20周年年会；2021年7月，承办了"韵味杭州"2021田径邀请赛，而到了2023年4月28日晚，张信哲2.0风格巡回演唱会也在"大莲花"成功举办。

秉持"场馆惠民"理念，可以想见，在赛后，亚运场馆将引入更多大型体育赛事和演出活动，与杭州这座城市共生长，丰富市民的精神文化生活。据了解，至2023年2月，85%的亚运场馆都已引入了专业团队来运营，通过专业化管理，让效率最大化。在未来，这些场馆必将举办更多的大型高端国际赛事，从而把杭州打造成"赛事之城"。

与位于杭州市中心城区的各个亚运场馆加强综合利用、推进惠民开放的做法相一致，其他市辖区（市、县）和各个协办城市的亚运场馆也采取各种措施，最大限度地发挥亚运场馆的作用，满足市民群众的健身需求，同时进一步磨练场馆团队，磨合场馆设施，聚集人气。

淳安界首体育中心将山地自行车场地纳入当地公园项目一体规划，围绕户外运动、自然探索、课程定制三大模块进行功能与品质提升，建成综合性户外运动研学乐园，目前已建成主题乐园6家，以及一批水上运动、绿道骑行、山地越野等时尚型、沉浸式体育旅游项目。

桐庐马术中心计划承接澳门赛马会捐赠马匹，洽谈建设进口马匹集散中心、澳门国际赛马赛事中转服务中心等深化合作项目，并向国家农业农村部申请建设中国马匹培育中心（基地）、中国马匹性能鉴定中心。

宁波半边山沙滩排球中心计划以场馆为载体，开展文艺演出，与当地石浦渔镇民俗文化演绎队伍合作，打造一台半边山"秀"。

宁波象山亚帆中心完善导视系统、隔离栏、警告标识、景点介绍牌等配套设施，并配备专业讲解员讲解帆船历史和帆船运动有关知识，同时布局海洋旅游板块，开展游艇、露营等产业招商，引进露营

宁波半边山沙滩排球中心

萧山瓜沥文化体育中心

基地运营企业、游艇俱乐部和帆船俱乐部,策划毕业扬帆季等定制产品,打响"青年与海"品牌。

绍兴柯桥羊山攀岩中心策划"羊山攀岩 璀璨星空"灯光秀观摩活动,中国轻纺城体育中心体育馆举办商业性文化演出、娱乐节目录制。

萧山瓜沥文化体育中心、临安体育文化会展中心体育馆分别举办任伯年画展、"文化和自然遗产日"系列活动……

第四节

志愿者：一道最美的风景

来吧，朋友！想和你分享每个奇迹的瞬间，让拥抱代替所有的语言。经过报名、初试、面试、考试以及全要素的专业培训，在亚运会和亚残运会赛场、官方酒店和亚运村等地，将有数万名赛会志愿者做出完美的奉献。赛会志愿者以及赛会志愿服务是亚运文化重要组成部分，"小青荷"志愿服务金名片是杭州亚运一道亮丽风景线。

"等你来一起来／钱江潮涌澎湃热情豪迈／等你来一起来／感受西子湖畔翠谷花海／等你来一起来／让亚运焰火映出你的风采／等你来一起来／让世界心心相融爱达未来／……"这是杭州亚运会志愿者之歌《等你来》，由张利波作词，王滔作曲，单依纯、王滔、汪顺、TangoZ钟祺、伊一演唱。它表达了广大亚运志愿者热爱亚运、愿为亚运激情奉献的诚挚之心，祝愿亚洲各国运动员在赛场上取得好成绩，讴歌友谊，赞美拼搏，充满了体育精神与城市热情。

杭州亚运会和亚残运会是一场跨越亚洲大陆的体育盛会，活动项目丰富、时间紧凑、参与人数多、服务内容复杂。赛会志愿者是亚运会赛事运行的重要保障，其中包括专业志愿者、通用志愿者和骨干志愿者；赛时主要为竞赛运行、注册制证、礼宾和语言、抵离迎送、仪式活动、观众服务、媒体运行、后勤保障、交通出行、官方会议服务、亚运村及官方接待饭店服务、信息服务等领域提供志愿服务。同时，亚运会和亚残运会又是一场人文盛会，是亚洲多元文明交流互鉴的舞台，需要进行多领域、多层面的文化交流和友谊传递，也需要众多赛会志愿者参与其中，为交流提供各方面的帮助。

2020年9月22日，杭州亚运会志愿者口号征集活动启动，活动采用线上线下同步的形式进行，征集期持续五周左右。得到社会广泛关注和响应。经初筛汇总、意见征求、网络投票、专家评审等环节，从30条入围作品中确定"来吧，朋友！（Friends Unite!）"作为杭州亚运会、亚残运会志愿者口号，意在动员大家"一起来做志愿者"，又有"欢迎各方嘉宾来杭州"的含义。

这条志愿者口号于2021年5月22日正式对外发布，这一天，也是杭州亚运会和亚残运会赛会志愿者的全球招募工作启动之日。

根据惯例和计划，杭州亚运会、亚残运会志愿者分为场馆侧的赛会志愿者、城市侧的城市志愿者两类。其中，赛会志愿服务采用"馆校对接"原则，一个竞赛场馆或独立训练场馆对接一所高校；非竞赛场馆根据志愿者需求和岗位专业性，确定以一所高校为主对接。赛会志愿者计划招募

亚运志愿者全球招募活动

5.2万人，招募工作由场馆对接的高校统筹开展，以浙江省内高校师生为主，同时面向国内外招募一定数量的社会专业志愿者、国际志愿者等。

"与启动场馆设计建设、宣传发动等工作相比，志愿者的招募、录用和培训、上岗工作相对推后，所以这个时间安排就非常紧凑，从摸底数，定下赛会志愿者总的供需数量，到定方案，包括初试、面试、预录用、系统测试、注册、培训、考试通过等每个步骤的方案，再到制订一系列严格、规范的管理制度，几乎是一环套着一环。光是需求统计这一块，为了确定最终人数和招募，就耗费了大量时间精力。"亚组委志愿者部综合处处长、杭州市志愿者工作指导中心主任陈碧红说。

这一轮赛会志愿者全球招募活动，得到了社会各界，特别是高校师生的积极响应。截至2021年10月31日，注册总人数32.1万，通过审核人数逾22万人，其中高校师生报名总数16.12万人，还有国际志愿者

1800余人。

2022年3月5日上午,"我在窗口写青春 争做最美小青荷"——杭州2022年亚运会和亚残运会预录用赛会志愿者通用培训启动活动暨首场专题培训会在浙江大学紫金港校区开班。浙江大学3000名预录用赛会志愿者参加了本校首场通用培训,其余课程也在接下来的几周中陆续开展。

这只是预录用赛会志愿者的第一次通用培训。要成为一名合格的亚运会和亚残运会志愿者,首先要经过系统的培训,掌握必备的知识和技能。据了解,赛会志愿者的通用培训,包含志愿者的心理健康、礼仪规范、上岗纪律、服务技巧、应急处理、志愿助残等内容。在各高校、相关机构、参与过北京冬奥会志愿者培训的专家支持下,志愿者部专门开发志愿服务素养类课程8门,管理类课程3门。

亚组委还鼓励各高校结合自身特点开展各类自主培训。而在通用培训结束后,志愿者还将参加场馆培训、岗位培训、测试赛演练等。

"同样让我感动的是,在编制志愿者培训课程教材、组织各门课程的培训师培训的过程中,不少专家、教师所表现出来的专业精神和奉献精神!志愿者培训内容很广,有的是通用培训课程,更多的是专业的培训课程,都需要规范的教材,和专业的老师。一般是以'馆校对接'的方式,由这所高校的相关专业教师来担任本校志愿者的培训老师,我们一共遴选了618位。先由学校推报,再组织集中培训,再由我们和学校一起组织集体备课,然后是试讲,得到认可后再进行正式授课。这个工作量是比较大的,但所有培训老师都有着非常强烈的责任心,总是在不厌其烦、精益求精地工作着。"陈碧红说,"其实,这些来自高校的专业培训教师,不少还是名师,比如浙江育英职业技术学院空乘专业的一位教师,原先是专门给空姐上培训课的，在业界很有名。浙江旅游职业学院酒店管理专业的一位老师，也是业界名师，但他们没有任何架子，都在不计报酬地参与对志愿者的培训。"

陈碧红回忆，在组织这些高校老师进行集体备课和试讲时，为了让大家集中精力，也为了疫情防控的需要，在杭州市委党校的支持下，集中到了市委党校进行封闭式培训，在那里，大家真的是没日没夜地工作。"本来，我们还设想实行淘汰机制，即在培训师培训和试讲过程中，淘汰那些试讲效果不好的老师。但是后来，我们发现每一位老师都很优秀，各高校推送上来的也都是最合适的老师，这个淘汰机制根本就不需要了。"

2022年5月，亚奥理事会宣布亚运会和亚残运会延期，又在当年7月宣布了延期后的举办日期。根据相关政策的调整，亚组委结合新的办赛时间和办赛模式，及时调整工作方案，如原来对赛会志愿者要进行闭环管理，开放办赛之后，相应的管理运行方案都进行了修改。在培训方面，对原有11门志愿者通用培训课程进行修改，针对已经参加过通用培训的预录用志愿者，还专门开发了强化培训课程，帮助他们回顾、巩固培训内容。

因亚运延期，赛会志愿者队伍难免发生变化。按照安排，对于确认继续参与志愿服务的预录用赛会志愿者和完成通用培训及考试的志愿者，亚组委为其发放预录用证书和通用培训证书，无需再次报名和参加选拔，以确保原录用志愿者队伍的稳定。部分预录用志愿者如因毕业、离杭等客观原因无法继续参与志愿服务，亚组委同样为他们发放预录用证书，作为留念，以示谢意。同时，在对预录用志愿者队伍进行分析研判和服务意向摸底的基础上，制定了赛会志愿者补充招募方案，并于2022年11月23日正式启动了赛会志愿者补充招募工作，截至12月31日报名结束时，共有

9.17万人报名。

邱萍是浙江外国语学院团委书记、杭州亚运村人事/志愿者副主任，负责杭州亚运村的志愿服务工作。"浙江外国语学院主要承担亚运村的志愿服务工作。学校目前已经通过补充招募和面试选拔环节，组建了一支亚运村预录用志愿者队伍和志愿者领队教师管理团队。"她介绍说，浙江外国语学院的预录用志愿者培训，内容除了涉及志愿服务概述、上岗纪律、应急处理、礼仪规范、助残技能以外，还将发挥学科专业优势，强化预录用志愿者的英语、日语、朝鲜语、阿拉伯语、俄语等多语种的口语表达能力，在此基础上，通过培训增强大家的跨文化交流能力及沟通协调能力。

2月18日，返校日的前一天，浙江外国语学院的校园里已有许多人，他们都是已经完成了亚运会赛会志愿者补充招募报名，准备参加面试选拔的学生。邱萍介绍，此次补充招募共有2200多名学生报名，筛选进入本次面试的有1640人，将从中选拔出1300多人，与原预录用赛会的600多名志愿者组成学校亚运志愿服务团队。面试选拔重点考察志愿者的综合能力、大型赛会志愿服务经历、外语技能、身体素质及礼仪形象等。

作为外语特色高校，浙外本次补充招募的学生涉及的语种非常多，包括英语、日语、朝鲜语、阿拉伯语、俄语、德语、西班牙语等11种。现场面试官除了外语专业人员，还涵盖了学校、亚组委和场馆三方，学校还特别设置了小语种考场。

"我去过不少阿拉伯国家，对他们的习俗有一定的了解，很希望这次能为杭州亚运会贡献力量。"来自阿拉伯语系的大二学生美丽莎·贝母慈说着一口十分流利的中文，满脸的真诚和期待。她说，阿拉伯语有许多不同的方言，埃及、摩洛哥等国都不一样，倘若这次通过面试，成为赛会志愿者中的一员，将提前接触阿拉伯语的各种方言，以便更好地与运动员交流。

截至2023年2月28日，已完成了全部志愿者的补充招募面试选拔工作。经过培训和配岗，7月底前已完成志愿者的正式录用工作，8月份举行出征仪式。

亚运举办延期一年后，赛会志愿者岗位需求也有不同。通过前期需求分析和高校专业摸底，亚组委及时调整方案，重点面向社会补充招募具有大型赛会志愿服务经历，具备小语种、竞赛等专业特长的专业志愿者，特别是掌握小语种，如日语、韩语、阿拉伯语、俄语、泰语、印尼语、波斯语、蒙古语、越南语、柬埔寨语等这些亚洲国家语言的专业志愿者岗位所占比例较大。

为弥补这方面的紧缺人员，北京外国语大学和广西民族大学相思湖学院伸出了援手。"学校团委下属的多语言服务中心，专门为杭州亚运会组织了103名同学作为志愿者，将为各国运动员和技术官员提供9种语言的线上服务。目前学校正在对这些志愿者进行包括亚运知识、杭州亚运场馆内部概况、突发情况应对等内容的培训，同学们的热情都十分高涨。"北京外国语大学团委的刘志鹏告诉笔者。富有语言服务经验的广西民族大学相思湖学院，也在杭州亚组委的协调和邀请下，组织了一批以东南亚小语种专业为主的志愿者，全力服务本届亚运会。

2023年3月5日起，浙江工业大学举办杭州亚运会赛会预录用志愿者通用培训，200名通过补充招募入选的预录用赛会志愿者代表、6个场馆志愿者管理团队和2000余名预录用赛会志愿者，通过线上线下相结合的方式参加了培训。疫情过后，杭州亚运会和亚残运会的筹办工作加速推进。杭州亚组委严格执行"不培训不上岗，培训不合格不上岗"的要求，要求在3月底前完成全部通用培训。培训结束后，亚组委又集中组织补充招募入选的志愿者参加礼仪、助残等技能的实践训练。

浙江工业大学杭州亚运会赛会预录用志愿者通用培训

4月27日，杭州亚运会和亚残运会颁奖礼仪、升旗手志愿者首次专项培训在杭州职业技术学院举行。这次专项培训集中了6所高校的500余名亚运会和亚残运会颁奖礼仪、升旗手志愿者，为期4天，分组模拟演练颁奖全流程、流线以及时间节点和信号源的配合，同时选取场馆团队对不同类型的项目进行演练。

与亚运会和亚残运会的赛会志愿者不同，城市侧志愿者队伍人数更多、范围更广、志愿服务内容更加丰富。亚运市运保指挥部有针对性地建好和用好这支志愿者队伍，重点落在提高志愿者队伍综合素质，优化亚运城市志愿服务点位设置，打造融合城乡一体的亚运城市志愿服务"文明实践矩阵"。围绕"迎亚运、讲文明、创典范"主题，组织发动广大志愿者和志愿组织积极参与"文明交通、文明好习惯养成、文明观赛、环境卫生"等九大专项行动；围绕文明旅游、文明交通等开展十大志愿服务；持续发动更多市民加入亚运城市志愿服务队伍，参与亚运城市侧志愿服务活动。

随着亚运会和亚残运会的脚步越来越近，社会各界自发的志愿服务活动和志愿服务组织也不时出现。5月6日，"银耀之江·与亚运同行"全省老干部助力亚运志愿服务启动仪式在杭举行。活动现场，老干部志愿者代表宣读了倡议书，发布首批33个老干部助力亚运志愿服务点名单，并为11支老干部助力亚运志愿服务队伍进行授旗。来自亚运举办城市的53支老干部志愿服务团队，在现场开展亚运文化宣传、医疗服务、赠送书画、手工艺制作、法律咨询、金融反诈、跨越"数字鸿沟"等志愿服务。

如今，行走在杭州的街道、公园等处，不时可见以"虹韵紫"或"湖山绿"为主色调的"亚运青年Ｖ站"。截至2023年5月底，杭州市已设置"亚运青年Ｖ站"521个，它是在亚运会和亚残运会场馆周边及全市重要交通枢纽、景区景点、文博场馆、医疗机构、广场街区、商业网点等重点区域设立的团属城市志愿服务阵地。

"亚运青年Ｖ站"中的"V"取自"志愿者"英文单词"Volunteer"的首字母，表明它是以志愿服务为主体功能；"V"还是"胜利"英文单词"Victory"的首字母，代表了对杭州亚运会、亚残运会及其参赛运动员和嘉宾的美好祝福。目前确定的521个"亚运青年Ｖ站"，有的具有优化升级"城市志愿服务微笑亭"、放大"青年之家"等青年阵地的志愿服务功能；有的则聚焦重点区域和服务需求整合，形成多元化阵地。

2022年3月以来，亚组委志愿者部、团市委强化杭州市市级层面统筹指导，细化Ｖ站内设施配套指引、志愿者岗位服务规范等，谋深谋细亚运青年Ｖ站建设工作。

2023年3月5日学雷锋日，在西子湖畔举行的"'与时代同行、为亚运助力'志愿服务主题活动"上，发布了《"亚运青年 V 站"志愿服务英语 100 句》，助力志愿者更专业化、国际化。同时，首发了《亚运青年 V 站，等你来！》公益宣传片，向全市广大青年志愿者发出"从西湖出发，向亚运奔去"的倡议，号召青年行动起来，奉献亚运。

杭千高速桐庐服务区是浙江省唯一一个通勤路上的亚残运会服务保障点，服务区"亚运青年 V 站"依托原咨询服务台提升建设，结合交通行业特点，推出信息咨询、路况引导、旅游咨询、应急救助等志愿服务内容。

浙江省人民医院"亚运青年 V 站"启动志愿者招募后，第一天就有 370 多人前来报名。招募选拔完成后，医院即为志愿者安排国际志愿服务礼仪、志愿服务英语口语、医院常用手语等课程，全方位助力志愿者专业素养的提升。

本届亚运会和亚残运会结束后，"亚运青年 V 站"将继续它的使命。在规划"亚运青年 V 站"时，已经考虑到了赛后利用和后续工作的开展，可以总结为"三个一"，即形成"一套模式"、铸就"一个品牌"、培育"一批青年志愿匠人"。形成"一套模式"指的是要聚焦"亚运青年 V 站"建设运行管理，打造青年城市志愿服务阵地实体化运行标准范例，为青年志愿服务深度融入基层治理体系提供"杭州样板"；铸就"一个品牌"指的是聚焦"一地一品、一站一特"，把精细、精致理念贯穿在站点建设管理的全过程、各环节，多形式加强"亚运青年 V 站"IP 曝光度，使之成为新时代杭州享誉全国的青年志愿服务品牌；培育"一批青年志愿匠人"指的是要以"亚运青年 V 站"志愿服务实践为依托，发掘培育青年志愿服务骨干，让青春在服务中践行新时代雷锋精神，融入国家发展战略，展现家国情怀、担当作为，最终汇聚助力城市精神文明建设的青春合力！

第 7 章

万事皆齐备,东风已不欠

第 7 章
万事皆齐备，东风已不欠

第一节

决战决胜，全力冲刺亚运筹办

亚运倒计时 200 天、100 天……一个个重要的时间节点，意味着亚运筹办工作进入了最后的阶段，人们迎接亚运的热情也抵达了高点。亚运暖场节目不断上演，一场又一场的全要素测试赛正在进行，赛事保障能力经受着严苛考验。杭州决战决胜亚运筹办的冲锋号已经吹响，且非常嘹亮。

"阳光势不可挡而来 / 充满着期待 / 坚定的梦年轻的心 / 从不被击败 / 生命填补空白 / 希望点亮色彩 / 心跳热血澎湃 / 敞开拥抱等你来 / 手牵手心连着心 / 为生命喝彩 / 汗水划过鬓边 / 更坚定更爱 / 手牵手心连着心 / 全世界都在 / 呐喊同个信念 / 更坚定更爱 / 同个梦想汇成同片海 / 从现在到未来 / 再次超越极限让梦想盛开 / 从现在到未来 / 向前奔跑不放弃直到未来 / 我们期待梦想盛开 / 我们期待梦想盛开 / 就从现代到未来……"这是杭州亚运会

官方主题推广曲《从现在到未来》的歌词，2023年3月7日，在杭州亚运会倒计时200天之际正式发布，它无疑为杭州的亚运热再添了一把火。

《从现在到未来》并非个人创作作品，而是由海内外百余位体育健儿和演艺界人士共同演绎。它的歌词紧紧围绕"梦想""团结""信念""爱"等关键词，旨在呈现杭州美好亚运的面貌，"共赴美好未来"是它最为明确的主题。谱曲主要由青年音乐人乃万（赵馨玥）承担，优美而颇有气势的旋律很容易唤起人们的亚运热望。这首歌的最大亮点还在于大面积的拟声词人声叠声合唱，极富中国力量感，以及运动盛会所具备的团结一致的能量。

与本届亚运会会徽、主题口号、吉祥物的出台经过一样，这首亚运会官方主题推广曲也经历了反复设计、充分完善。

该歌曲来自亚运歌曲全球征集活动，历经歌曲优选、深化打磨、试听试唱等多个环节，最终呈现于大众。其中"亚运好声音 歌曲大家评"优选活动，线上共吸引20余万网民参与投票，线下组织中小学生、高校学生、社区居民、音乐爱好者等代表性群体座谈，广泛听取各层面意见。

歌曲初定后，杭州亚组委特协调拍摄团队前往纽约，邀请1990年北京亚运会知名歌曲《亚洲雄风》的代表歌手韦唯领衔出演该MV。该MV于2022年5月起陆续分批进行了6次拍摄，汇集体育界与演艺界人士，有武大靖、吴静钰、薛明、肖若腾、龚莉等体育健儿，也有来自海内外的近百位有号召力、创造力的歌手，如品冠、周深、艾热等，更有歌唱家如吕薇、白雪等，参演人员达到了101位。

"倒计时系列活动"是迎接杭州亚运会的重要活动之一。杭州亚运会官方主题推广曲《从现在到未来》正式发布并上线，选择了2023年3月7

日这个杭州亚运会倒计时200天的重要日子。这天上午，在杭州奥体中心网球中心主会场及杭州各区、县（市）和西湖风景名胜区分会场，还举行了"我爱杭州 奉献亚运"杭州市全民亚运誓师动员大会，共有一万多人参加。

要当好赛事保障主人翁，一起创造经典时刻，精心打磨每场赛事活动，周到细致做好赛事服务，打造精彩纷呈的开闭幕式、富有创意的火炬传递、宾至如归的运动员之家、专业一流的赛事活动，提供优质规范的竞赛服务、令人难忘的观赛体验，打造更多标志性成果，留下更多经典瞬间。

要当好最美杭州绣花匠，一起扮靓人间天堂，全面实施"匠心提质绣杭城"专项行动，高标准推进国际化标识、天堂美景、无障碍环境等提升工作，用心绣好四条风景线，努力打造席地而坐、杯水不溢、满城飘香、流光溢彩的城市环境，充分呈现"诗画江南"独特意韵，让"最忆是杭州"根植人心。

要当好城市形象代言人，一起塑造文明典范，积极参与"做文明使者、迎亚运盛会"专项行动，学好常用英语十句话，打造热情服务文明岗，绽放志愿服务小青荷，以人人文明有礼、向上向善的精神气质，向世界呈现自信自强、大气开放的城市风貌。

要当好平安和谐守护者，一起筑牢绝对安全，广泛开展"百万义警群防群治"，人人争做平安宣传员、情报信息员、隐患排查员、矛盾调解员，看好自己的门、管好自己的人、做好自己的事，让安全隐患无处遁形、稳定风险无法成形、矛盾纠纷无需上行，建起最坚实的安全防线，夯实赛事精彩、城市出彩的最牢固底座……

誓师大会上公布的内容十分具体，部署的任务十分明晰，让在场的和不在场的每个人都明白，眼下的自己应该为杭州亚运会再做些什么。

在大会现场，来自场馆团队、城市管理、运动员、残疾人、社区书记、国际友人等群体的6位代表分别发出倡议，将全力以赴迎接精彩亚运。"我爱杭州　奉献亚运"主题活动暨全民亚运志愿行动同步启动。还发布了"匠心提质绣杭城"四条风景线、"我为亚运献一策"金点子十条、杭州体育场馆惠民十条和喜迎亚（残）运惠残十条。

"我将牢记嘱托、担当使命，全力以赴、决战决胜，为我中华、服务亚运，爱我杭州、奉献亚运，为举办一届成功的亚运会、实现'办好一个会，提升一座城'而团结奋斗。"誓师大会的最后，全体参会人员进行了庄严宣誓。

杭州决战决胜亚运筹办的冲锋号已经吹响，每个人的激情被再一次唤起。有了完美的筹办，成功举办的目标焉能不达？誓师大会结束后的当天

全民亚运誓师动员大会

第 7 章
万事皆齐备，东风已不欠

下午，杭州亚运村，由"扬风帆共远航""迎盛会齐奉献""梦更美同期待"3个篇章组成的"我们的亚运·我们的盛会·我们的村晚"主题活动在此举行。这可是杭州亚运村的"首秀"呢！

来自浙江省内及对口支援地区的30余支演出队伍在"亚运舞台"上载歌载舞、秀出精彩，亚运筹办工作者、场馆建设者、志愿者、留学生、医务工作者及市民代表等800人在现场观看演出。这是亚运会倒计时200天的又一场大型活动，亚运氛围由此进一步升温。

狮舞《群狮欢腾》、竹乐表演《竹凤凰》、旗舞《盘安长旗》、器乐表演《锣鼓喧天》等富有浙江地方特色的节目，作为热场表演，拉开了这场主题活动的大幕。其中，由安吉县文化馆和安吉县竹乐艺术团组织的竹乐表演《竹凤凰》，十分引人注目。据安吉竹乐艺术团团长朱丽娜介绍，竹子是安吉的一张名片，也体现了"绿水青山就是金山银山"理念。"竹凤凰舞是安吉的传统民乐，通过竹制乐器，利用竹子特有的音色，能惟妙惟肖演绎出各种声音。我们希望通过这样的特色表演，为杭州亚运会加油助力。"朱丽娜说。

而在第二篇章"迎盛会　齐奉献"中，由宁波市歌舞剧院有限公司、长兴文旅集团、平湖市林埭镇综合文化站、杭州市萧山区人文河上艺术总团等单位出演的龙舞《龙腾盛世迎亚运》，极其夺人眼球。舞台之上，白、黄、蓝、绿、紫等多色长龙在演员的挥舞下猎猎作响；舞台之下，以龙头为始，几十位演员以木板作拼接出一条"长龙"绕场表演，"木板长龙"之上还立着十二生肖、国宝熊猫等动物，引得观众阵阵喝彩。

舞蹈《跣足娘》呈现了畲族少女在田间辛勤劳作的情景，完美地演绎出江南女子的婉约与灵动；由四川省甘孜藏族自治州民族歌舞团等单位演出的藏族歌舞《心手相连》，寄寓了少数民族兄弟姐妹期盼亚运、期待各民族团结发展的良好心愿……14个节目每个都是文艺精品，整场演出就是一场精彩的亚运视听盛宴。

这场"我们的亚运·我们的盛会·我们的村晚"主题活动是杭州亚运会、亚残运会正式开幕前的"暖场表演"，参演的节目均来自杭州亚运会、亚残运会开闭幕式暖场节目资源库。"此前，全省的5场遴选活动中共有109个节目通过选拔，入库节目不乏国家级非遗文化项目，以及获得'群英奖''山花奖'等中国顶尖艺术大奖的精品。"杭州亚组委大型活动部副部长朱燕锋介绍说，作为亚运村建成后举办的首场大型主题活动，这场演出全方位展现了"全民期盼、全民动员、冲锋冲刺、决战决胜"的热烈氛围，取得了很好的效果。

也在这一天，杭州亚运会海外融媒体运维中心正式成立，官方会刊、杂志《杭州亚运》同时创刊首发。

2023年4月3日，"心相约，梦闪耀"杭州亚残运会倒计时200天＋主题活动在位于萧山区宁围街道的浙江国际影视中心举行。浙江省首届残疾人好声音十强歌手表演了《晴方好》《最美的风景》《共同的荣耀》《@未来》等杭州亚运会、亚残运会宣传推广歌曲。他们用歌声传递情感，用激情点燃观众热情，将现场气氛一次次推向高潮。活动在杭州亚残运会宣传推广歌曲《我们都一样》的合唱中落幕。

同天上午，杭州市奥体中心体育场西广场，一场"'我参与·我体验'残健携手喜迎亚残运倒计时200天＋毅行暨2023年圆梦幸福跑"活动在此举行。200名残疾人代表、200名志愿者及爱心单位代表，从杭州奥体中心体育场出发，沿着滨江"最美彩虹跑道"健行至钱江龙，共同迎接杭

"心相约，梦闪耀"杭州第4届亚残运会倒计时200天十主题活动

州亚残运会的到来。现场还设置了亚残运会竞赛项目体验区和残疾人创业就业展示区，残疾人朋友可以在竞赛体验区体验最佳投手、硬地滚球等项目，通过趣味互动和切身感受，深入体验和融入杭州亚残运会。

亚运会和亚残运会倒计时200天是一个重要的时间节点，意味着亚运会和亚残运会的筹办工作进入了冲刺阶段，亚运举办地城市进入了"临战"状态，参赛运动员和赛程基本定下，人们迎接亚运的热情抵达了高点……亚运，亚残运，真的快要来临！

单项测试赛是练兵场，要做到所有场馆全覆盖，加强现场考核，对重点区域、薄弱环节进行全面排查，通过实战暴露问题，及时做好复盘与总结，做实各项预案，着力提高赛事组织工作水平。要全覆盖、全要素开展综合测试赛，通过综合测试赛对城市侧和赛事侧筹办工作、主办城市和各协办城市、中外参赛运动员等进行系统综合集成演练，不断查漏补缺、补齐短板，提升综合调度能力，完善赛事综合保障能力。

2021年7月以来，亚组委会已陆续举办了数十次"韵味杭州"系列赛事，旨在测试场馆和团队运行。2023年3月起，随着亚运会和亚残运会开幕日期的日益临近，在前阶段陆续进行测试活动的基础上，按照《杭州亚运会重要时间节点3.0版》和《杭州亚残运会重要时间节点2.0版》的安排，杭州亚运会和亚残运会各个竞赛场馆的测试赛又开始集中进行。一系列的测试赛持续时间长、覆盖范围广、涉及项目多、层级水平高，也是检验亚运筹办工作进展、实战场馆运行团队水平，为亚运会全面预热的重要平台。

组织举办亚运测试赛及测试活动主要有五个方面的目的：一是检验赛场功能，全面检验场馆设施、配套设备、功能流线运行和赛事器材等方面是否完备，是否能满足亚运赛事需求；二是锻炼队伍，充分提升办赛团队人员的专业素质和协作能力，加强对赛事的整体配合；三是优化办赛流程，检验前期编制的场馆运行计划、运行设计、应急预案，查漏补缺，补齐短板；四是磨合工作机制，加强场馆运行团队各业务领域、属地场馆与外部单位的协同配合，促进场馆运行和城市运行的无缝衔接；五是宣传赛事、宣传亚运项目，提升赛事和城市热度，努力达到"办好一个会，提升一座城"的工作目标。

也就是说，亚运测试赛是竞赛场馆真正用于举办亚运赛事前的最后一道重要关卡。

3月4日，2023中国足球协会五人制足球超级联赛在杭州临平体育中心开战，拉开了该体育中心一系列抗压测试赛的序幕。本届亚运会和亚残运会期间，临平体育中心体育场将作为亚运会足球比赛场地，体育馆将作为亚运会排球、空手道和亚残运会的坐式排球项目比赛场地，预计产生14块金牌。临平体育中心自行组织的包括足球、空手道、排球在内的各项目测试赛，除了对设备设施进行测试外，还对交通、安保、急救、志愿者服务等环节进行了全链条的演练。

2023年4月1日至2日，淳安界首体育中心举办铁人三项测试赛，这是淳安赛区的第一场测试赛，也标志着淳安赛区从亚运筹办工作向赛时转移。这一轮测试赛共举办6场，时间跨度为从4月到7月。

5月1日至6日，"韵味杭州"2023年全国游泳冠军赛在杭州奥体中心游泳馆举行，比赛共产生男女41枚金牌。共有来自全国26支代表队的469名运动员和150名随队官员参加赛事，其中包括张雨霏、汪顺、叶诗文等多位现役国家队运动员、亚运会冠军、世界冠军、奥运冠军和中国游泳未来之星。而这次全国游泳冠军赛，是2023年福冈世界游泳锦标赛的选拔赛，也是杭州亚运会的第二站选拔赛，更是亚运会场馆杭州奥体中心游泳馆建馆以来，迎来的首场高规格、高级别的国家级赛事和首场亚运测试赛。

5月13日，"韵味杭州"2023首届中国杭州国际马术公开赛在桐庐马术中心开赛，来自7个国家和地区的44对人马组合参赛。这已是杭州亚运会2023年进行的第13项测试活动，也是第2场国际测试活动。

5月22日至29日，"韵味杭州"2023年全国拳击锦标赛（第三批）在杭州体育馆举办，来自全国的38支队伍，400多名运动员、教练员和随队官员参赛。赛事共有8个级别，其中女子4个，男子4个。全国拳击锦标赛是中国拳击协会主办的全国性赛事，是国内参赛队伍最多、水平最高的顶级拳击比赛，也是杭州亚运会拳击项目测试赛。

5月23日，杭州亚运会拳击测试赛暨"韵味杭州"2023年全国拳击锦标赛正在杭州体育馆进行。这是杭州体育馆在亚运改造之后，迎来的最高级别拳击赛事。杭州亚组委副秘书长、省体育局局长郑瑶实地察看了贵宾、运动员、裁判员、技术官员、新闻媒体及观众等人员运行流线以及场馆周围居民交通、人员进出等出行流线，深入外围安检、场馆运行、运动员候场检录、新闻媒体等工作区域，听取赛事安保和竞赛领域汇报。他强调，要通过亚运测试赛，进行全流程、全要素演练及赛后的复盘，充分锻炼场馆和运行团队的赛时保障能力。

5月24日，杭州电子科技大学体育馆迎来检验办赛水平的全国击剑冠军赛分站赛（第二站）。本次测试赛是国内击剑比赛中级别与规格最高的击剑赛事之一，参赛的运动员更是群英荟萃，高手云集。据统计，该赛事参赛总规模将超过1000人。来自该场馆运行领域的131名工作人员和400余名学生志愿者，承担此次测试赛的工作任务。

据了解，2023年"韵味杭州"系列赛事安排了54场，其中50场为亚运测试赛事，4场为亚残运测试赛事。随着杭州亚运会的日益临近，亚运测试赛的举办也已进入了密集展开阶段。仅5月份，就有超过20项的测试赛先后在各亚运场馆上演，包括三人篮球、花样游泳、举重、龙舟、攀岩、电竞等项目；6月份，则有滑板、轮滑等项目的亚运资格赛，霹雳舞、藤球等项目的亚洲级赛事。全部测试赛于7月份结束。

各项测试赛紧锣密鼓地举行，亚运村正式运行的日子也日益迫近。2023年5月，亚运村运行管理中心召开全体会议，杭州市人大常委会主任、亚运村运行管理中心指挥长李火林强调"要以运动员为中心，以赛事为核心，在细节上用心用情，高质量全方位做好服务保障，充分展示特色亮点。要以更高政治站位、更严工作标准、更快工作节奏、更实工作作风，下足非常之功、承担非常之责、展现非常之能，努力实现杭州亚运村和五个分村同样精彩"。

"舍南舍北皆春水，但见群鸥日日来。花径不曾缘客扫，蓬门今始为君开。"（唐·杜甫《客至》）尊贵的客人啊，通往我家的小路已被打扫干净，整修一新的家门为你而开启！

第二节

高举火炬，共享激情、快乐和拼搏

欢迎到杭州来看一看！总理已向全世界的朋友发出盛情邀约。开幕式和闭幕式及文艺演出正在紧张排演中，圣火采集活动已取得圆满成功，几乎每个角落都洋溢着迎接亚运的热烈气氛，一个个为亚运作贡献的活动不断举行，表达着各界人士期待亚运会成功举办的强烈心愿。万物复苏，好事正酿。从现在，向未来。

"女士们、先生们、朋友们！今年还有一件'亚洲大事'，就是第19届亚运会将于金秋时节在杭州举行。疫情让相会延期，也让我们对相聚更加期待。从天涯海角到西子湖畔，开放的中国有许多美丽的地方，欢迎大家多去走走看看。"

2023年3月30日，在海南博鳌亚洲论坛2023年年会开幕式上，国务院总理李强在发表主旨演讲时，特意向全世界的朋友发出盛情邀约，请他们在今年的金秋时节，前来这座享誉世界的美丽城市，拥有一次愉快的相会，共襄盛举。"有风景的地方，一定就有新经济，也会有很多互利共赢的合作商机。我相信，只要我们携起手来，团结合作迎挑战，开放包容促发展，就一定能给亚洲、给世界带来更多的确定性，就一定能开创人类社会更加美好的未来！"作为东道主，中国总理在这次重要演讲的最后，把杭州亚运会定义为"亚洲大事"，向全世界发出隆重推介，其含义非同一般。

李强总理的盛情邀约让迎接亚运的热情更加凸显，2023年上半年，前来杭州的各国体育界人士已明显增加。亚组委提供的数字表明，报名参加本届亚运会和亚残运会的运动员、礼宾、技术官员、媒体人员、市场合作伙伴等各方面人士不断增加。亚运会举办期间，外国友人集聚杭州之多将创下新的记录。

杭州亚运会开幕式和闭幕式，将分别于2023年9月23日晚和10月8日晚，在杭州奥体中心体育场举行；杭州亚残运会开幕式和闭幕式，将分别于2023年10月22日晚和10月28日晚，同样在杭州奥体中心体育场举行。

从4月底以来，杭州亚运会、亚残运会场馆布置和测试工作已全面展开，主场馆杭州奥体中心体育场已从5月4日开始，进行开幕式和闭幕式的演出舞美设施设备搭建工作，内场草坪区域的地面保护铺设以及看台区部分灯光设备的架设已于5月中旬完成，演出舞美设施设备搭建工作将于7月初完工交付。

与此同时，开闭幕式群演遴选工作也从4月27日正式启动，仪式演出专班和各参演高校导演团队积极配合，截至5月11日，已完成9所参演高校和部分院团、单位的第一轮群演遴选工作。

在2022年12月13日，杭州亚运会和亚残运会开闭幕式暖场节目分片遴选启动，至2023年2月中旬，暖场节目分片遴选活动落下帷幕。

杭州亚运会开幕式的主创团队包括总导演陆川、总制作人沙晓岚、音乐总监谭盾、副总导演崔巍、制作人吴艳、总撰稿冷淞、执行导演孟可、执行导演高燕、美术总设计尚天宝、技术总监于建平、制作总监Scott Givens、舞美总设计Nathan Heverin、技术总监Nick Eltis、舞美总设计李斌、音响总设计何飚、焰火总设计蔡灿煌、威亚总设计谢永伟共17名中外专家。杭州亚运会闭幕式、杭州亚残运会开闭幕式总导演为沙晓岚。

大型体育赛事的开闭幕式是体现主办城市历史底蕴、文化内涵、科技实力的综合性仪式，尤其是开幕式，往往是赛会的亮相之作，也是最华彩的部分。我们已可预知，在杭州亚运会和亚残运会开闭幕式的舞台上，这支国际化艺创团队深悟此中要义，定能实现创新突破，以体育为轴，以亚运为媒，抒体育之欢畅、亮文化之灿烂、树科技之标杆，创造出令人过目不忘的视觉和文化盛宴。

"开幕式的举办地在杭州，这是一个能创造奇迹的地方。杭州既是一座历史文化名城，又是一座数字之城。在这里，我们能看到杭州的美，看到科技、网络、数字技术带给这座城市的活力和创新力。这些结合，一定会让开幕式更具表现力。我也希望，大家能通过开幕式，看到如今中国的样子以及中国人民的精神面貌。"杭州歌剧舞剧院院长崔巍是本届亚运会开闭幕式的副总导演，曾经执导过G20杭州峰会"最忆是杭州"和雅加达亚运会上的"杭州八分钟"。正全力以赴进行开闭幕式排演的她，说起即将到来的体育盛会，即将呈现在世人面前的亚运会开闭幕式，便充满了期待，"G20杭州峰会让世界认识了一个美轮美奂的杭州，通过本届亚运会，我希望世界看到的杭州，将不仅是一个有历史文化底蕴的城市，更是一个充满了青春活力、健康向上的新时代杭州。"

"杭州是一座人工智能产业发达的城市，我们希望通过平等的视角、同纬度交流、高科技手段、沉浸式演出等途径，让大家感知城市温度，打造亚残运会开幕式经典作品。"著名导演、制片人沙晓岚介绍，与旨在通过亚残运会，在人与人之间建立相互理解与信任的连接这一主题相合辙，开闭幕式同样向残障人士表达一种善意和关怀，充分体现人类命运共同体的价值理念。

据了解，本届亚残运会开幕式将以江南文化为韵，以智慧城市的有爱温度为意，以亚残运动员们的梦想飞越为核，传递出"人人不同却又人人皆同"的暖意，表达全社会对残障群体更为平视、平等、发展的人文主义关怀。

文艺表演将以亚残运会主题口号"Hearts Meet, Dreams Shine"（心相约，梦闪耀）为情感线索，打造一场独特而动人的演出。演出将用体验、倾听、感知、敬仰几个层次贯穿情感，让人们感受到这个充满爱的世界，更值得爱、更值得奋斗。

杭州亚运会举办在即，各主办协办城市迎候亚运的氛围越来越浓。

2023年3月全国"两会"期间，杭州、宁波、温州、金华、绍兴、湖州6座城市的市长共同向世界发出邀约，热情邀请各国朋友共赴体育盛会。

"杭州作为亚运会主办城市，我们将始终牢记习近平总书记'相信杭州有能力举办一届成功的亚运会'的千钧重托,全面对标北京冬奥会、冬残奥会,以精益求精的标准,万无一失的准备,向世界奉献一届精彩绝伦、无与伦比的体育盛会。我在杭州等你来,共襄亚运盛举,喜看天堂新蝶变。"杭州市市长姚高员发出了诚挚的邀请。

"滨海宁波,扬帆世界。作为第19届亚运会协办城市,宁波赛区将承办帆船和沙滩排球两项比赛,我在东海之滨等你来。"宁波市市长汤飞帆热情相邀。

"龙舟情、足球梦。作为第19届亚运会协办城市,温州赛区将承办龙舟和足球比赛,我在千年商港、幸福温州,等你来。"温州市市长张振丰盛情邀请。

"作为第19届亚运会协办城市,湖州将承办排球小组赛和三人制篮球赛。绿水青山就是金山银山,在湖州看见美丽中国,我在湖州等你。"湖州市市长洪湖鹏如是邀约。

"作为第19届亚运会协办城市,绍兴赛区将承办棒球、垒球、攀岩比赛,以及篮球、排球小组赛。名城绍兴,越来越好,我在绍兴等你。"绍兴市市长施惠芳期待与大家欢聚。

"本届亚运会,金华赛区将承办藤球赛和足球赛,欢迎大家来金华看比赛、品火腿、登金华山、游双龙洞,逛一逛义乌国际商贸城和中国横店影视城。我在金华等你来。"金华市市长邢志宏发出的邀请十分恳切。

向世界呈现一届"中国特色、亚洲风采、精彩纷呈"的体育文化盛会,这是杭州的目标,也是全省乃至全国上下共同的使命。同在全国"两会"上,诸多代表委员纷纷表示,期待杭州亚运会取得"高标准的成功、高水准的成功、精彩绝伦的成功、无与伦比的成功",向党和国家交出一份高分答卷。

如何向世界奉献一场精彩的杭州亚运会？中国移动浙江公司原党委书记、董事长、总经理郑杰认为，为全世界观众带来一场精彩纷呈的竞技之旅，离不开技术赋能。"'智能'是我们坚持的办赛理念，围绕办赛、观赛、参赛，我们首创了多项技术应用。"他介绍说。全省建成移动 5G 站点超 6.5 万个，在全国率先实现乡镇以上 5G 网络覆盖。到 2023 年 5 月，浙江移动已全面完成亚运公专网建设，打造安全可靠的赛事专网、弹性自呼吸的无线公网，加快"备战向实战"的转变；到 8 月，将重点做好测试赛、开闭幕式、正赛的网络保障。

"我们希望向世界展示一座美丽洁净、智能绿色的亚运之城，让世界人民领略'中国特色、亚洲风采、精彩纷呈'的体育文化盛会。"省杭州亚运会（亚残运会）工作领导小组副组长、综合办公室主任杨戌标期待，2023 年秋天，来自亚洲乃至全球的宾客、参赛运动员相聚"大小莲花"等多个别具特色的亚运场馆，和浙江人民、全国人民一起，共襄这场体育盛会！

广大运动员对于杭州亚运会的期待和祝福，当然有着他们独有的方式，尤其是那些即将参与本届亚运会赛事的运动员，那就是——备战。

全国人大代表、中国女足主教练水庆霞正带着女足姑娘们备战杭州亚运会。她将"女足精神"概括为团结协作、勇于拼搏、永不言弃、永不放弃。"其实在祖国的各行各业，各个集体当中都有这样的精神，它会让我们更好地建设我们的祖国，让我们的祖国变得更加强大。"对于女足姑娘们将在杭州亚运会上有出色的表现，她充满信心。

曾获东京奥运会女子 500 米双人划艇项目冠军，并打破该项目奥运会纪录的江西运动员徐诗晓 3 月起回到国家队报到，进入紧张的集训状态。

她 2023 年的备战重点是在德国举办的世界皮划艇锦标赛和在杭州举办的亚运会。这也是她第一次登上亚运会舞台，因此她特别重视，备战时也特别投入。徐诗晓说，这两场比赛自己都将全力以赴，争取全部拿下。目前自己的训练状态很不错，体能方面已经突破了自己历史最好成绩。

在安吉县体育中心游泳馆，浙江游泳名将徐嘉余正在加紧训练，他每天都要在泳池里游上两百个来回。在雅加达亚运会上，他在 50 米仰泳、100 米仰泳、200 米仰泳、男女混合接力和男子混合接力五项比赛中一举收获五枚金牌，成为亚运"五金王"。杭州亚运会上，他除了个人单项还会有接力项目，对体能要求非常之高，因此储备多项能力将是他赛前训练的重点之一。

出生于杭州市桐庐县的陈雨菲，2006 年进入浙江省羽毛球队，2012 年进入中国羽毛球队。东京奥运会上，陈雨菲拿到羽毛球女单金牌。2018 年，陈雨菲第一次参加亚运会，在女团决赛中，她所在的中国队 1—3 不敌日本队最终屈居亚军，使得她的奖牌柜里至今仍缺一块亚运会金牌。"3 月，刚参加了世界羽联巡回赛各站比赛，以赛代练，以最好的状态迎接杭州亚运会。"陈雨菲说，这一届亚运会就在家门口，天时地利人和俱备，是自己亚运圆梦的好机会。

绍兴飞人谢震业是现男子 200 米短跑亚洲纪录保持者。2014 年仁川亚运会上，他所在的中国接力队拿下了一枚金牌，但没有完成个人单项比赛。2018 年雅加达亚运会上，谢震业因伤缺席，再次留下遗憾。对于即将到来的杭州亚运会，谢震业充满期待。"杭州亚运会的目标，我个人是朝着单项 200 米冠军发起冲击的，也算是填补一直以来亚运会还没有获得过单项成绩的遗憾吧。至于接力，同样也希望帮助队伍拿下冠军。"

温州棋手丁立人曾于2017、2019年连续两次夺得国际象棋世界杯赛亚军，2022年获得国际象棋世界冠军候选人赛亚军，创造了中国棋手在该赛事的历史最好成绩，并递补获得下一届国际象棋世界冠军赛的参赛资格。作为中国国际象棋一哥，丁立人早已在去年通过选拔赛获得了代表中国队出战杭州亚运会的资格。最近几个月，他一直忙于备战。他说："不论哪个比赛，对手都是世界一流的，容不得松懈。"

龚璐颖在2000年2月出生于浙江金华。2019年，她在全国青田径年锦标赛上跳出个人最佳成绩6米63；2021年陕西全运会跳远项目中斩获金牌。2023年，龚璐颖又斩获全国田径大奖赛（衢州站）冠军。已凭实力获得亚洲跳远"一姐"称号的她目标很明确，就是登上杭州亚运会的赛场。"我将以登上亚运会赛场为目标，全力以赴，如果能够有幸实现，作为本土选手的我，将竭尽所能为国争光、为省添彩。""金华小鹿"龚璐颖信心满满。

国家残疾人草地掷球集训队正在衢州草地掷球公园紧张训练，力争以最优的状态备战杭州亚残运会。这支草地掷球集训队是我国首次组建的，现有的15名运动员是从千余名报名者中层层选拔出来的。对于草地掷球，他们几乎都是从零起步，需要在教练的特殊协同下才能完成相关动作。"我们每天早上八点就开始训练，到晚上五六点钟才下课，备战亚运会的时间越来越紧了，我们都在冲刺。"集训队员翁飞彪说，从2020年组队起，每个队员每天都要重复上百次掷球摆臂动作，全年训练，风雨无阻。"在杭州亚残运会上面夺金吧，这是我们的一个目标，我们现在大家都为了这个目标在加油！"国家残疾人草地掷球队主教练刘国强信心满满。

杭州正在全力以赴，浙江已经翘首以待。

每一个期待着亚运的浙江人，依旧在这方土地上奔忙着，前行着。"全民学英语·一起迎亚运"活动持续进行，热火朝天的全民健身活动方兴未艾，"韵味杭州"系列赛事在亚运场馆陆续举办，城市形象改造提升工程向纵深处推进，交通基础建设和城市能级不断提升，最新的竞赛日程即将定下，亚运博物馆即将开放，亚运影视剧只待播出，亚运会和亚残运门票即将售卖……亚运真的近了。

"中国新时代，杭州新亚运"是本届亚运会的定位。本届亚运会四个"新"的看点十分鲜明。一是使命新。杭州亚运会是继北京冬奥会后又一次大型国际性体育赛事，对展现中国精神、中国力量、中国担当，激励全国人民在新时代新征程上奋勇前进具有重要意义。二是科技新。"智能"是杭州亚运会的办会理念之一，也是亚运筹办的一大重点。从参赛、观赛到办赛，谁都能深深感知浙江数字经济和发展的强劲推动力。三是任务新。通过亚运，新观念将得以传递，体现人与自然、人与社会、人与人之间的和谐开放、包容互进，凝聚亚洲人民的团结和友谊。四是文化新。这几年来，通过"亚运趣味跑""亚运走十城""亚运歌曲征集"等活动，亚洲风土人情、浙江诗画活力、杭州东方韵味、体育文化魅力一一呈现，以赛为窗，运动的魅力、大自然的魅力和人文历史的魅力交相辉映。

抬望眼，青山隐隐、绿水迢迢，亚运倒计时100天火种采集依稀还在昨日。初夏的良渚古城遗址，流水潺潺中天地高阔、呦呦鹿鸣里风起云涌，十九名衣袂飘飘的采火使者缓步登上台阶，在万众瞩目中成功采火。乐声悠扬里火种被高高举起，一瞬间潮声起、风云汇、天地变，无数盛装而行的人从四面八方朝这一光明之火纷涌聚拢，他们眸梢带着和平，心尖缠绕友谊，在亚运火种的指引下，将以团结拼搏、勇创佳绩的信念共襄盛会。

千百年栉风沐雨，且携手共踏弦歌。正如杭州亚运会倒计时100天主题活动"等你来，享精彩"所呈现的，杭州，这座风光秀美兼具朝气蓬勃，宋韵悠长不失古今交融，传统和现代兼容，包容和发展并存的千年古都，正敞开怀抱广纳宾客，万事已毕静候嘉朋，向全亚洲、全世界毫无保留地展示一朵花的绚烂绽放、一条江的热情奔涌、一群人的奕奕风采！

潮平岸阔催人进，风劲扬帆正当时。杭州，约已毕！亚运，等你来！

后　记

杭州亚运会是党的二十大胜利召开之后我国举办的规模最大、水平最高的国际综合性体育赛事，举国关注，举世瞩目。

举办杭州亚运会、亚残运会是国之大事、省之要事，既是习近平总书记和党中央赋予浙江、赋予杭州的重大政治责任，也是推动杭州经济社会高质量发展的重要引擎。为记录好、传播好杭州亚运会、亚残运会申办、筹办过程中的精彩瞬间和生动故事，杭州市政协组织编撰出版了《天作之合——杭州亚运会（亚残运会）申办筹办工作纪实》。2022年3月，杭州市政协成立编辑委员会，确定了编撰方案和写作大纲。在此后的一年时间里，本书在编撰过程中，编撰人员深入实地，对杭州亚运会、亚残运会申办筹办工作的相关人员和事件进行了细致的采访，并采用了杭州亚组委和被采访人提供的相关文字、口述、图像、数据等素材。因撰稿所需，还参照了部分公开发表在权威媒体上的新闻报道。2023年8月，本书由杭州出版社正式出版发行。

全书采用纪实文学的形式，图文并茂记录杭州亚运会、亚残运会申办、筹办过程的重要工作和精彩故事，共分七章。由于筹办工作正在进行最后冲刺，加之图书出版时间所限，本书记录的杭州亚运会、亚残运会申办筹办工作纪实截至亚运会开幕倒计时100天。

后 记

自取得第19届亚运会和第4届亚残运会举办权以来，筹办工作马不停蹄，杭州亚组委各部门在百忙之中挤出时间配合本书的采访和资料收集工作，给予编撰团队积极支持与真诚帮助。在筹办进入"冲刺跑"阶段，杭州亚组委各部门对本书的编撰提出了宝贵意见和建议，在此深表谢忱。杭州市建委、杭州市城管局、杭州市文旅局、杭州西站管委会、杭州地铁集团等部门和各区、县（市）政协也给予了大力支持，杭州出版社为本书的编校和出版付出了努力，特致以衷心感谢！

由于时间仓促、编辑水平有限，疏漏之处在所难免，真诚欢迎广大读者和专家学者不吝批评指正。

2023年8月

图书在版编目（CIP）数据

天作之合：杭州亚运会（亚残运会）申办筹办工作纪实 / 杭州市政协文化文史和学习委员会编 . -- 杭州：杭州出版社 , 2023.8
　　ISBN 978-7-5565-2160-9

Ⅰ . ①天… Ⅱ . ①杭… Ⅲ . ①纪实文学－中国－当代 Ⅳ . ① I25

中国国家版本馆 CIP 数据核字（2023）第 126541 号

Tianzuozhihe

天作之合
——杭州亚运会（亚残运会）申办筹办工作纪实

杭州市政协文化文史和学习委员会　编

责任编辑	李竹月
美术编辑	祁睿一
文字编辑	邹乐陶
装帧设计	浙信文化
责任校对	陈铭杰
责任印务	姚　霖
出版发行	杭州出版社（杭州市西湖文化广场 32 号 6 楼）
	电话：0571-87997719　邮编：310014
	网址：www.hzcbs.com
排　　版	杭州浙信文化传播有限公司
印　　刷	浙江新华数码印务有限公司
经　　销	新华书店
开　　本	710 mm×1000 mm　1/16
印　　张	20.5
字　　数	242 千
版 印 次	2023 年 8 月第 1 版　2023 年 8 月第 1 次印刷
书　　号	ISBN 978-7-5565-2160-9
定　　价	98.00 元

（版权所有　侵权必究）